爱转角遇见了谁

顾七兮 —— 著

中国书籍出版社

图书在版编目（CIP）数据

爱转角遇见了谁 / 顾七兮著 .—北京 : 中国书籍出版社，2014.3
ISBN 978-7-5068-3954-9

Ⅰ . ①爱… Ⅱ . ①顾… Ⅲ . ①长篇小说－中国－当代 Ⅳ . ① I247.5

中国版本图书馆 CIP 数据核字（2013）第 305353 号

爱转角遇见了谁
顾七兮 著

图书策划	崔付建
责任编辑	赵丽君
责任印制	孙马飞　马 芝
出版发行	中国书籍出版社
地　　址	北京市丰台区三路居路 97 号（邮编：100073）
电　　话	（010）52257143（总编室）（010）52257153（发行部）
电子邮箱	chinabp@vip.sina.com
经　　销	全国新华书店
印　　刷	天津兴湘印务有限公司
开　　本	710 毫米 ×960 毫米　1/16
字　　数	140 千字
印　　张	14
版　　次	2014 年 7 月第 1 版　2019 年 1 月第 2 次印刷
书　　号	ISBN 978-7-5068-3954-9
定　　价	42.00 元

版权所有　翻印必究

目 录

第一章　全新开始
　　　　001 ◄

第二章　再次相遇
　　　　017 ◄

第三章　意外不断
　　　　035 ◄

第四章　重新就业
　　　　057 ◄

第五章　自由创业
　　　　087 ◄

第六章　情感萌动
　　　　108 ◄

目录

第七章　爱就勇敢追
▶ 131

第八章　被幻灭暗恋
▶ 142

第九章　打破暧昧
▶ 155

第十章　缺新娘的婚礼
▶ 175

第十一章　大结局
▶ 195

番外：童小惜篇
▶ 203

顾七兮写在后记
▶ 212

第一章　全新开始

经一事，长一智，温暖后来终于在泪水中明白，金无足赤，人无完人，生活亦是如此，苦涩与甜美的交织，方才奏响了生命的乐章！任何一段感情，在开始之前，大家都想要这天长地久，可是，往往过去几年之后，往往那些所谓的深情便败给了时间，败给了残酷的现实。

"小姐，你准备做什么？"打扮的青春靓丽的发廊小妹帮温暖小心翼翼地围好布，很熟稔地撸了下她那柔顺乌黑亮丽的长发，赞叹道："好漂亮的头发。"

"帮我剪了吧！"温暖只是很简短地说了五个字，从镜子里抬脸，看着发廊小妹满脸的惊诧，又很耐心地补了一句："请帮我全部剪掉！"

"小姐，这么漂亮的头发，你确定要剪了？"那发廊小妹看上去不过20多岁的样子，情绪毫不遮掩地挂在她那青涩的俏脸上，"多可惜啊。"

"可惜么？不觉得。"温暖凄婉地勾着嘴角苦笑了下，"剪了吧。"

"小姐，你这头发一定留了很久了吧？"那发廊小妹有些不舍得抚着温暖的头发，手里抓着剪刀，却迟迟下不去手。

"嗯，几年了。"温暖淡淡地回了句，这头发是她跟谢天结婚那一年开始留的，到现在整整七年了。

25岁那年，在一片艳羡的目光下，温暖嫁给了高大帅气事业有成的谢天。其实，那时候的温暖，真的一点也不想结婚。她的人生像琼瑶小说里的女孩子一样令人羡慕，学生时代她漂亮功课好，老师和同学都喜欢她；大学毕业，顺利进入电视台工作，不仅工作能力强，又懂得察言观色，笑脸待人，人缘很好，就连嫉妒她的同事也很难挑出她的毛病。正当她想要在事业上更进一步飞跃时，温妈妈却拉着她去医院体检，做了一次全面的妇科检查。

也是因为这一次的体检，让温暖知道，原来温妈妈患有多囊卵巢性综合征。这病症，会遗传，温暖很不幸地被遗传了，如果不赶着年轻的时候结婚生孩子，以后年纪越大，不孕不育的几率越高。

在温妈妈的鞭策下，三姑六婆的热情鼓动中，在温暖被迫一次一次的参加相亲盛宴中，终于，她遇到了谢天。

年轻，帅气，事业有成，是贴在谢天身上的标签。但温暖对他并不是所谓一见钟情，再见倾心。感情的事，尤其是感觉，并不是对号入座就能摩擦出火花的。只是，在众多极品相亲盛宴的摧残下，温暖第一眼看到谢天，就觉得，他或许是适合结婚的，婚后，她得趁着年轻赶紧要个宝宝。

温家对谢天是相当满意的，谢家对温暖也是非常喜欢。于是在双方家长乐见其成的推波助澜下，谢天跟温暖顺风顺水地交往了一段时间，就领证结婚了。

婚后，为了全力以赴地要宝宝，温暖辞掉了工作，做起了全职家庭主妇。精心准备下，运气不错，孕期如约而来，她为谢天生下一个儿子，乐乐。就这样，温暖踏实、安心地过着平平淡淡的小日子，哪怕与挑剔的公婆同住，时常会受一些小委屈，但乐观的温暖总是能妥善处理，并且以吃亏是福的心态开解自己，尽可能地把自己的家庭经营得温馨甜蜜。

可惜，好景不长。自从5岁的儿子乐乐被查出来患有儿童精神障碍这病症后，这个家庭似乎就被埋下了一颗炸雷。公婆把孩子的病推诿于温暖，对温暖横挑鼻子竖挑眼，还时常在谢天面前抱怨温暖的种种不是。更过分的是，他们思想观念封建，觉得是温暖宠坏了乐乐，所以，不时会对乐乐用粗暴的方式，责骂，呵斥。这让温暖心里非常的不舒服，但碍于是公婆，她也不好责备什么，只能偷偷地跟谢天委屈的哭诉，委婉地让他劝说下公婆。可谢天在教育孩子的观点上，跟父母态度是一致的，甚至还认为孩子不打不成器，就得要以暴制暴，才能驯服。

三番几次下来，温暖不免跟谢天为了孩子的教育问题争执，渐渐争执演变成吵架。最后，两个人的分歧越来越大。而谢天，渐渐以加班、工作忙为由，回家时间越来越少。温暖始终觉得夫妻床头吵架床尾合，她和谢天之间的感情，并没有什么问题。有时候，分开冷静倒是好事。而她，则有更多的时间，能够全心地照顾乐乐。希望儿子的病，能够早一些好起来。

可是，当结果是那么赤裸裸地摆在她眼前的时候，温暖的世界，顿时崩塌了……

回忆很冷，因为现实的残忍！

温暖深深地叹了口气，转过脸看了一眼还在发呆的小妹，"怎么还不动手？"

"小姐，我觉得你还是再想想吧。"那小姑娘看着温暖，"好不容易留这么长剪了好可惜的。"

温暖看着镜子里的自己，那一头乌黑的长发，心里竟然也开始不忍起来，她的感情没了，婚姻走到尽头，连自己那一头长发也得要舍去吗？"算了，你帮我做个护理吧。"最终，她还是没有坚持，淡淡地对着发廊小妹吩咐。

"好嘞。"那发廊小妹欢喜地应了声，忙麻利儿地给温暖做上了护理，"大概二十分钟就好，您先坐着看会电视。"安排好了温暖，她又到一旁忙和别的去。

温暖很安静地坐着，她的脑海里却好像是放电影一样的将她七年之痒失败的婚事历历在目地重新播放了一遍。

温暖真的不明白，为什么，她跟谢天之间，突然就变成这样？

当初的那些相爱，当初的那些誓言，当初的甜蜜依旧犹如发生在昨天一样，可是事实上，他们两个却在离婚协议签字的那一刻起，就变成了曾经最熟悉的陌生人。

半个月前，下着绵绵细雨的阴雨天，在温暖开车出来接儿子的途中，收到一条来自谢天的手机短信。她打开这条彩信的时候，心脏顿时好像被一双无形的黑手给生生地揪住，顿时撕裂一般的疼痛，浑身冰凉。

照片上，一男一女，用最亲密的姿态搂抱在一起，做着某项原始的运动。当然，这不是重点。重点是，照片的男主角是温暖的老公谢天，而那个女主角，当然不是温暖。直到后来，温暖顺着短信，去酒店抓奸在床的时候，她才知道。原来，照片里的女人叫梁桐，谢天公司新招的前台接待，进公司七个月，就跟谢天好了六个月。

六个月，说长不长，说短也不短了。如果，梁桐没有沉不住气，给温暖发来这样的信息，并且引导她去酒店抓奸的话，恐怕，谢天跟她再好上个几年，温暖都不会觉察的。

温暖跟谢天结婚七年，对他是毫无保留的信任，就算是亲眼看到，抓奸在床，她还是那么天真地希望听到谢天的解释，抱着善良的心态，想去原谅他这个迷途了、出轨了的丈夫。毕竟，他是她孩子的父亲。可是，没有想到，谢天却理直气壮地承认自己搞外遇，并且大言不惭地说，温暖一点都比不上梁桐，他现在最烦的就是见到温暖，如果可以，他真的一点也不想回家，不想看到她。

温暖当时的心，凉的就好像是大冬天被迫喝下了带冰的水，将她浑身流淌的血液都冰冷地冻结了起来。她在眼泪中，目送着谢天搂抱着梁桐，渐渐远去，渐渐模糊。喉咙像灌了铅似的，哽咽着，喘不过气来。

温暖哭着回家，却又看到公公婆婆在呵斥乐乐，不由得护子心切地跟婆婆顶嘴，吵了几句，不曾想到，追着她回家的谢天竟然理直气壮地打了温暖一巴掌，送了她一个"滚"字。

这一巴掌，打断了温暖对婚姻的所有美好期冀，也让她决定不再对谢天隐忍及退让，于是她狠下决心，离婚！今天签完字，她便来理发店，想把这头"烦恼丝"给剪去了，然后重新开始新的生活。不过现在她觉得就算不剪也无所谓，要重新生活，靠的是自己内心的毅力，而不是就那么剪个头发就可以。

"暖暖，你在哪里？"童小惜打电话来的时候，温暖正好做完护理，简单收拾了下自己，付完钱就朝着童小惜约的地方匆匆赶去。童小惜是温暖联系算频繁的闺蜜，她离婚了，自然是需要找闺蜜好好地聊聊心事。

斑马线上绿灯转黄的时候，温暖提着步子快速地奔了过去，岳昊天耐着性子，看着前面的红灯转绿，刚一脚油门准备踩下去，却看到一个快速跌撞着奔来的身影，忙一脚紧急刹车，硬生生地在即将撞到温暖的瞬间，把车停了下来。

温暖顿时被吓倒了，惊恐地望着岳昊天的车，她甚至能清楚地感觉到，她只要微微弓一下膝盖，就碰着这车了。如果，这车没有及时刹住，或者，差那么一点点，温暖可能就被撞飞了。

原来，生死，真的只是一线。

岳昊天拧着英俊的眉，摇下车窗，冷冷地扫了一眼温暖，问："你没事吧？"

温暖受惊过度，脸上没有任何表情，茫然地睁着眼，无神地看着岳昊天的前挡风玻璃。很显然是受惊过度。

岳昊天无奈，用力摁了一下喇叭，再问："你没事吧？"突然想起这里禁止鸣喇叭，又暗骂了声："Shit！"然后，拉开车门，抬脚跨了出来，快步走到温暖面前，摇晃了下她："你没事吧？"

"我没事。"温暖终于回神，将视线对上岳昊天。

"你没事？红灯时横冲直撞？"岳昊天语气高了几个分贝："小姐，拜托，你自己想死，但也别害人！"

"对不起。"温暖心虚地低头，她刚才确实莽撞了。

岳昊天冷冷地扫了她一眼，语气嘲讽道："还知道对不起？"

"对不起……对不起……"温暖神色恍惚，没有心思为自己辩解什么，只能不断地重复道歉。

岳昊天神色疑惑地扫了她一眼，吞咽下不满，挥挥手道："既然没事，那你走吧！"杵在这马路中央，太碍事了。

温暖歉意地看了一眼岳昊天，快步退到了路旁，她双手紧紧环住自己，茫然地抬眼看了下四周，顿时，心中生出一种无去无从的落魄感来。

岳昊天上车后，后面的车，顾不得不准按喇叭，早不耐烦地按着喇叭催促起来，岳昊天稳了稳心神，看着红灯转绿，一脚油门轰上去，车就疾驰了出去，只是从后视镜里，隐约地看着这个神色仓皇的女人，渐渐模糊地消失。

"你怎么剪头发了？"温暖看到齐耳短发的童小惜有些意外，她以前是一头长卷发，戴着发锢，特别的有女人味，特别的妩媚，现在看上去却干练了不少。

"是啊，你不觉得现在的样子很知性，干练吗？"童小惜浅浅一笑："很有女强人的范儿吧？"

"是啊。"温暖笑着点头，"可你不是提倡女人就得小鸟依人吗？什么时候想做女强人了？"

"我要找工作去了。"童小惜认真地宣布，说完补充了句，"我觉得女人不管何时何地，都得要自己独立，才能够保持足够的魅力。"

"嗯。"温暖敷衍着点点头，"独立跟你去上班，剪头发好像扯不到什么关系吧？"

童小惜看着温暖，一本正经地说："作为现代女性一定要经济独立，要有经济来源，女人经济独立，才有本钱谈人格独立，如果在经济上太依赖男人，就没有办法独立。"说完不等温暖接话，又扯着嘴角笑了笑，"当然这些跟我剪头发没实质性关系，我不过是想换个形象，给人点新鲜感而已。"

"好吧。"温暖点点头,"我懂了。"

"你呢?"童小惜帮温暖面前的水杯倒满,"今天签字了吧?"

"嗯。"温暖接过小惜递来的水杯,小口地喝了点水,润了润干涩的嗓子,要她波澜不惊地谈起自己离婚的话题她是做不到的,心里就好像是被铅堵塞了似的。

童小惜一脸同情地看着一脸静默的温暖,她此时表现的如此淡然,可是小惜知道,温暖的心已经随着这场触礁的婚姻而变得千疮百孔。一段失败的婚姻,能迅速地让一个女人成长,并且催着老化。

"你还好吧?"沉默了半晌,童小惜还是忍不住开口问。

"还好。"温暖细不可闻地叹了口气,"只是当初想着做全职妈妈能更好地照顾孩子,把工作给放弃了,现在没有工作的我,连乐乐的抚养权都要不到。"

"什么?你没要到乐乐的抚养权?"童小惜拔高了音调喊了句,随即意识到不妥当,四周看了一眼,忙捂着嘴巴压低了声音,"暖暖,你把乐乐给谢家了?"

温暖悲伤地点点头,如果有选择,她一定不会把乐乐给谢家的,就谢家那些不可理喻的粗暴教育方式,她那可怜的乐乐指不定要遭受什么虐待呢。

"这怎么可以?"童小惜不淡定地开口,"暖暖,你又不是不知道谢家那两位对小孩子的教育方式?只会让乐乐越来越孤僻啊!"

"我能有什么办法?"听到小惜的话,温暖的心里好像瞬间被针刺了似的,眼里再一次涌现酸涩,"我没有工作,没有乐乐的抚养权。"

"那你有工作了,是不是就能要回乐乐的抚养权呢?"童小惜看着温暖,"我觉得以你的能力,要找个工作,应该不难啊!"

"在家待了几年,跟这个社会早就脱节了。"温暖无奈地叹了口气,"现在的工作,也不是那么好找的。"

"我说你别这样悲观呢。"童小惜伸手拍了拍温暖的肩膀,"你可是咱们三朵金花中，能力最强的一个，你都这样没自信了，那我回职场岂不是更加没戏了？"

"我也不是没自信，只是在签字离婚后，我突然对这生活感觉很茫然，有点不知道该何去何从的感觉。"温暖诚实地说，"我也不知道我现在该找什么职位比较合适。"毕竟是一个30多岁的女人，不像人家刚出校园的小姑娘。

"你呀先别想太多了，最近跟戚雪联系了没？"童小惜被温暖的情绪带的有些低落，忙转移话题道。

戚雪跟温暖，童小惜是大学同学，一个宿舍的舍友，更是超级死党，被称为"三朵金花"，彼此关系一直很好。只不过，大学毕业之后，温暖进电视台上班，辞职，相夫教子，一路按部就班；童小惜乐衷于享受生活，在形形色色的聚会中，终于觅得"宝马"王子一枚，即将谈婚论嫁；戚雪呢则是去国外继续进修，一路从硕士读到博士。前段时间，温暖跟她打电话的时候，还开玩笑，说她是不是要读成博士后才回国呢！

戚雪则是笑笑，打趣地告诉温暖，她又换了个专业，打算从零开始再一次的进修。

温暖对戚雪的不定性，只是抿着嘴角笑笑，每个人的人生选择不同，方向不同，只要她开心就好。

温暖又想起，戚雪半个月前跟她联络过，说她要回国了，找时间和温暖童小惜聚下。当时，温暖还信誓旦旦地说要去接机，戚雪却说，机票日期还没定。而且，她这次回国了，就不去国外了，要回上海扎根，以后有的是时间跟温暖和童小惜见面，让温暖等她安顿好了再联络。这一段时间，温暖因为离婚，生活彻底被打乱，将这事忘得干干净净。

"戚雪好像要回国了吧？"温暖不确定地回了句，随即忙掏出电话，"我还是打个电话问问看吧。"说着从手机通讯录里翻出戚雪的号码来，清脆的彩铃声，才响了三遍，电话那头的人便接起，亲昵的问候传了出来："暖暖，你总算想到给我打电话了！"

声音亲切而温暖,就如戚雪本人一般让人感觉亲和。温暖心里不自觉地松懈了一口气,随即寒暄道:"雪,你什么时候回来的?"

"上周啊,我回来当天就给你打电话了,但没打通。我估摸着,你是不是出去旅行了,就想等过几天再跟你联络。"戚雪爽朗的性子一点都没变,劈里啪啦地说了一通话,"哎哟!我这刚回来,找房子,搬家,各种忙,就把这事给搁着了!"

"哦,忙完了嘛?需要我帮忙么?"温暖忙关切地问。

"忙的差不多了,要不然,咱们俩抽个时间见见?"戚雪主动邀约。

"好啊,你今天有时间不?"温暖笑着说,"我刚跟小惜在喝咖啡呢,晚上一起吃饭吧?"

"好啊,"戚雪电话那头应了下来,童小惜倒是急切地打断道:"不行,暖暖,今晚我有事,一会就得走了。"

"啊?"温暖茫然地看着小惜,"那怎么办?"

"我来跟戚雪说吧,你们两先聚着,回头咱们仨再约次。"童小惜笑着从温暖手里抓过电话,跟戚雪便聊了起来,最后满脸可惜地挂了电话,"哎,要不是晚上这个人推不掉,我还真的想跟你们一起晚饭来着。"

"好了,你有事的话,先去忙呗,不用管我们的。"温暖笑着把童小惜给送走,深呼吸了一口气,稳了稳心神,再一次换地方去戚雪约的地点。

在淮海路一家情调不错的西餐厅,温暖看到戚雪穿着一身性感的黑色紧身连衣裙,搭配着白色小皮草,脚上还蹬着一双8公分细高跟的鞋,将她玲珑的曲线,凹凸有致地展现出来,温暖不由得轻扯了下嘴角,笑道:"雪,没有想到,一贯钟情休闲装扮的你,什么时候竟然好上这调调了?"

温暖犹记得,戚雪上次回国,还是一身劲装,短发,假小子装扮,可是,眼下,这个留着大波浪长发,举手投足之间,带着无限风情的女子,真让人有点不敢相信,是戚雪。

不过,距离上次见面,好像有一年多了,时间,果然能改变一切。

"哎哟，是人都要学着改变嘛，人家现在只是想更多一点女人味，看，美不美？"说着，戚雪故意摆弄了一个S型的Pose出来。

"美美美！"温暖被戚雪逗笑了出来，忍不住打趣道："就你一身的香水味，能不女人么？"

"切，香水味浓，难道就女人了？"戚雪不满地哼哼："女人味是天生的，就像你，不用摆弄什么姿势，就这样，翘着腿坐着，风情自然就出来了。"

温暖则是轻扯了下嘴角，微微笑了笑，将自已一双修长的腿，交叠摆着，招呼戚雪："好了，你看看，你想吃什么？"顺手将菜单给递了上去。

"我啊，随便的，什么都能吃。"戚雪率性地挨着温暖落座，随即，伸出一只手抬起温暖的下巴，夸张道："暖暖，你最近没休息好？这么浓的黑眼圈？"

"嗯，最近休息的不太好。"温暖避重就轻，睁着黑眸，心里犹豫了下，随即看着戚雪，淡淡地道："雪，我离婚了！"

"什么？"戚雪错愕，手里不自觉地用力，捏着温暖的下巴。曾经，温暖结婚，戚雪还是伴娘来着。

温暖不舒服地微蹙了下眉，戚雪意识到自己失态，忙歉意地松开手，"对不起……"

"没事，你坐着点菜吧。"温暖不以为意地扯了扯嘴角，努力挤出一抹笑来。

随即，戚雪胡乱点了几个菜，然后就对温暖离婚事件，关切地问了问始末，最后，感慨了句："哎，男人果然都靠不住。"说完，特仗义地拍了拍温暖的肩膀，安抚了句："暖暖，你知道我为什么回国嘛？因为，我也刚离婚了！"

"什么？"温暖有点傻眼："你不是还没结婚的么？怎么离婚了？"

"我是闪婚+隐婚！"戚雪淡定地看着温暖："不过，现在是离婚了！"

温暖真不知道该说戚雪什么了，可爱？爽朗？好像都不适合她。她比温暖小一岁，30岁的女人，却保持了一颗18岁少女一样的心。至少，在对待婚姻的态度上比温暖拿的起放得下。当然，这跟温暖有孩子，她们两个一个是母亲，一个不是母亲，多少有点关系吧。

在两个女人悄悄私房话的会谈中，她们将爱情，婚姻，孩子，生活谈了个彻底，最终不由得感慨的下结论：比起生活中的爱情，舞台上的爱情更为耐看！因为在舞台上，爱情一向是喜剧的素材，时而也是悲剧的素材，但是每个人都会为了爱情不顾一切，甚至可以付出生命，可是在生活中，爱情常招来不幸，它有时像迷惑人的妖女，有时又像复仇的女神，可是没人可以抵挡住考验，不是选择自私的离开就是选择不负责的遗忘，从来不会为坚持而坚持，所谓的No.1也只是华丽的言语，善意的永恒也只是见证了没把握的欺骗，该怎么样去不顾意义装傻？结果还是会透彻的懂了，带着一份不可置意的坚强离开，原来，放弃也只是这样而已！

吃完晚饭后，戚雪兴致高昂，嚷嚷着还要去泡吧。

温暖自从结婚后，除了出席活动，偶尔陪着谢天应酬去娱乐场所外，压根就没涉足过酒吧这个地点。对酒吧的记忆，还完全停留在学生时代。眼下，戚雪提了出来，温暖也不想拒绝。杀回职场，那么，是该要去找寻一点青春的影子了。

那时候，乐观，张扬，率真，勇往直前的魄力，都值得温暖重新去拥有。

于是，两人打车来到茂名北路，这里是有名的酒吧一条街。

夜幕下的茂名北路，放眼望去，都是满目的梧桐树影，就着昏黄的灯光，阴雨绵绵的氛围中，看着情侣们双双对对勾肩搭背的甜蜜场景，让温暖心里微微生出一丝苦涩来，神色就不自觉地带了几分哀婉，曾经，她也跟人如此相爱过，只是可惜不能爱到最后。

"暖暖，你那什么表情嘛？"戚雪一把拽着温暖，朝着就近的一家酒吧，迈开脚步，"我跟你说，不能因为离婚了，就这样垂头丧气的。你这大好的人生才开始呢！"

温暖没有说话，只是扯着嘴角，苦涩地笑了笑，在经历了这场失败的婚姻，让温暖整个人的思想都发生了变化，曾经天真，浪漫，爱幻想的她，此时变得开始现实。因为没有工作，她失去了最珍爱的儿子乐乐的抚养权，这就是残酷的现实。

"好了，好了，你别笑了，比哭还难看呢。"戚雪无奈地摇了摇头，拉着温暖进了酒吧："我跟你说，心情真不好，那咱们一会就喝多点，大醉一场，好不好？"

"好。"温暖点点头，这家酒吧里面很热闹，一楼是散客区，摆着三三两两的散台，靠着边沿的是卡座区，而二层则是一些包间。摆在正中央的，是一个红色的大舞台，有一群穿着火辣的女孩，正伴随着音乐，扭动着自己柔软的身姿，摆出各种妖娆撩人的姿态。

戚雪拉着温暖在舞台边，找了一个带座的散座，服务员第一时间送来了酒水单，并且介绍了下散台的台费。戚雪手指在酒水单上飞快的划过，点满了台费，然后，又多加了一包女士烟。

温暖不解地看着戚雪："你现在抽烟？"

"没有啊，只是来酒吧玩，喝酒，不抽烟没气氛。"戚雪朝着温暖眨巴了下黑眸，笑嘻嘻地开口："再说了，一会有烟，没火，可是最好的搭讪方式……"

"搭讪？"温暖的嘴角抽搐了下，服务员已经送上了酒水，纸巾跟果盘，她便止住了这个话题。

戚雪抓过一瓶开好的啤酒，对温暖扬扬手，笑道："来，庆祝我们恢复单身，干一个！"

温暖赔着笑，也抓起瓶酒，跟戚雪碰了碰，学着她的样子，仰头猛地灌了一口下去。苦涩的味道顺着喉咙口，缓慢的滑下，带着一股燥热，径直的涌向肺腑。

"暖暖，看不出来，你酒量不错嘛。"戚雪笑吟吟地再次找到话头，又干了大半瓶下去。

温暖只能跟着喝，脑袋带着一点昏沉，眼神开始迷离起来。她很久没有喝酒了，一喝，便上头了，"雪，为了重新杀回职场，我必须要好好的练习下酒量，来，再干个！"

戚雪跟温暖碰了碰，随即看着她问："你准备找什么工作？"

"我不知道。"温暖摇了摇头，"没有什么方向。"

"我觉得你还是回去做老本行呗。"戚雪笑着说。

"算了吧，就我这把年纪了，倒贴人家电视台都不会再要了。"温暖摇摇头，"我还是想点实际的吧。"

"我朋友有个婚庆公司，最近在招人，你有兴趣不？"戚雪挑着秀眉对温暖眨巴了下眼道，"虽然婚庆公司的主持人吧，比不上电视台那么风光，但是，好歹也算是正业。"

"真的吗？"温暖惊喜地问，"我还可以做主持人吗？"如果当初不是赶着要孩子，她一定不会匆忙地结婚，更不会放弃最爱的主持这个职业，"你觉得我还可以做主持人吗？"温暖毕竟太久没有接触社会，所以心里不免有些打鼓，不自信地连续问。

"当然可以。"戚雪放下酒杯，一脸认真地看着温暖，上上下下将她打量了一遍，才正色道："就你这完美的形象，一点都看不出来结婚，生过孩子的样子，你当婚礼主持我都觉得浪费呢。我看你回去电视台依旧还是可以做花旦的。"

温暖嘴角挂着笑，"戚雪，你就少打趣我了。"

"我可没打趣你。"戚雪笑吟吟地看着温暖，见她神色踌躇，不由道："我说暖暖，你自信点成不？"

"我可真不敢自信。"温暖看着戚雪，"这个社会就业压力太大了，我这把年纪，还真不算行情好的。还别说，我都全职在家这么久了。"

"暖暖，这可不像你啊。"戚雪不满地看着温暖："我可清楚地记得，刚毕业那会，你可是什么地方都敢去的。也算俺们市电台当家小花旦的。当时，就算风华请你去做老板，你都敢去拼一拼的，可现在不就做个主持人，

- 013 -

你就自卑，打退堂鼓了，你让我说你什么好？"啧啧了两声，玩味的丢了句："瞧你就这点出息。"

"我这不是辞职太久，跟社会脱节了嘛，哪敢想那么多。"温暖实事求是地开口。

"得，你别跟我找借口。"戚雪忙打断温暖："你的能力我还不清楚？你跟我玩谦虚？"

"没有啦。"温暖讪讪地笑，"那麻烦你给介绍下，我试试。"要真可以去当风华婚庆公司的主持人，不管怎么说温暖在经济上有了独立性。这对争取乐乐的抚养权，至少也算是有一点筹码了。

"你试都不用试，肯定行。"戚雪自信地说。

"雪，你这话说的，好像风华是你开的似的。"温暖忍不住笑着打趣，"你这对我太自信了，让我非常有压力的。"

"你有啥压力啊？"戚雪没好气地赏了温暖一个大白眼，"现在又不是真让你回电视台做主持人，不就让你主持下婚礼，这样的小事，对你来说，简单的跟玩什么似的。"

"你倒是想得简单，我也是很想有自信，就怕人家风华不要我呢。"

"切，不要你，那是风华的损失。"戚雪对温暖可是信心满满地，随即道："我说要你，肯定就会要，这风华的BOSS是我学弟，我介绍美女主持人给他，还不是一句话的事。"

"好吧。"温暖点点头，"雪，先谢谢你了。"

"你跟我，谁跟谁啊？客气什么。"戚雪说着，忙掏出手机，找了岳昊天的电话，当着温暖的面，就打了起来，"喂，岳昊天，我是戚雪，睡了嘛？"她一向都是急性子，有事能不拖过夜就不拖的。

电话那头的岳昊天不知道说了句什么，戚雪噗嗤一声便笑了出来，"好了，我在茂名北路，××酒吧，想介绍个美女给你认识，你现在能过来么？"

"178桌，你直接过来。"戚雪笑嘻嘻地切断了电话，这才对这温暖道："好了，一会岳昊天过来，你跟他可以先认识下。"随即扯了一抹笑来：

"我觉得吧,你俩要是能看对眼,不但工作有着落了,这个桃花指不定也会梅开二度呢。"

"雪,你开什么玩笑。"温暖嘴角抽搐,"我这刚从婚姻坟墓里被屠杀了,还没爬出来呢,你可千万别乱点鸳鸯谱。"

"嗯哼,这个男未婚,女未嫁,幸好遇见,不是很容易摩擦出火花吗?"戚雪眨巴着漂亮的黑眸,笑嘻嘻地打趣,"暖暖,说正经的,我觉得你跟岳昊天看着挺般配的。"

"戚雪,你别开玩笑了。"温暖忍不住打断。

"我没开玩笑啊。"戚雪回得一本正经。

"我这今天才刚签字呢。"温暖终于叹息了一声道。

"暖暖,你今天签字就遇到我,说明你的桃花要再开了。"戚雪打开桌子上的女士烟,抬眼对上温暖疑惑的脸,笑吟吟地说:"你不知道自从我写了《一朵桃花倾城开》之后,我就有个别名吗?"

"什么别名?"温暖好奇地问,"还有,那《一朵桃花倾城开》又是什么玩意?"

"我的别名是桃花妞。遇到我,就能给你招桃花。"戚雪笑得特别和善可亲,"那《一朵桃花倾城开》呢,是一本言情小说,我忙里偷闲写的。"

"什么?言情小说?"温暖惊诧地瞪大了漂亮的星眸,"雪,你开什么玩笑?你竟然能写言情小说?"

"当然能。"说到自己的小说,戚雪整个人都神采飞舞起来,"告诉你哈,这小说的推荐语可牛掰了。"

温暖茫然地看着戚雪,"怎么牛掰法?"

"2013年,帅哭了亿万女汉子的最轻快,最浪漫,最搞笑,最奇葩,最花痴的'桃花宝典'。给所有偶尔花痴、间歇性脑抽、对爱情记吃不记打的二货美女们的爱情解药。犯花痴者必读!哈哈,牛掰吧?"说着不等温暖接话,戚雪沾沾自喜道,"我当时无聊写着玩,没有想到竟然还能出版。其实我也很意外的。"

"这书有卖吗？"

"有。"戚雪点点头，"作为好姐妹，你改天一定要去买一本书捧个场啊。"

"一定一定。"温暖同样兴奋地点头应承了下来。

"好了，这么开心，快点喝酒，喝酒。"没一会，两个人不知不觉地喝掉了一打啤酒，戚雪又换了鸡尾酒，"为了我们明天更好，再来干一个！"戚雪打着酒嗝，拍了拍喉咙，再次一饮而尽。

温暖眼前的桌面，已经堆了不少的酒杯，而之前灌的酒，也开始有后劲上头了，"戚雪，你喝慢点，我头有点晕。"

"那好吧，我先去借个火哈。"戚雪把玩着烟好一会，没打火机，所以，一直叼在嘴里。隔壁桌，来了一位长相俊美的男人，她便抓着烟，妩媚地走过去，笑吟吟地对那帅哥说了句，"帅哥，借火，行不？"

那帅哥忙殷勤地将打火机拿出来，戚雪却笑着推开，她俯下身子，凑着那帅哥嘴边叼着的烟，接了上去。

烟点燃了，她轻轻地吹了吹，那姿势，性感的要命。

温暖惊诧地看着戚雪，她真的不一样了。

戚雪微笑着朝着温暖扬了下秀眉，正摇摆着柔软的腰肢朝她走回来。

"戚雪，你怎么在这？"

温暖刚想张口跟戚雪说话，却听到一个低沉的男声从背后传来，接着，一个男人从暗处慢慢走了出来，浑身散发着一股隐忍的霸气。

戚雪只看了一眼来者，转过身子，连招呼都顾不得跟温暖打，拔腿就跑。

那名高大志岸的男子，想也不想的拔腿追了出去，嘴里喊着："戚雪，你给我站住！"

温暖目瞪口呆，茫然地目送着戚雪跟这名男子这样戏剧化地退场。

从这个男人的面相看来，不算坏人，从他喊戚雪的语气来说，还算熟悉，从戚雪的态度看来，只怕这个男人和她的关系，非同一般！

温暖可以肯定，戚雪跟他是有故事的。改天，可得好好地找戚雪扒一扒。

第二章　再次相遇

　　岳昊天走进这喧闹的酒吧时，飞扬的俊眉，微微拧了下，他的身上带着一股倨傲的帅气，修长的身子在人群中穿梭，在迷离的灯光下，显得异常得扎眼。他的五官十分俊朗，表情却带了一点生人勿近的淡漠，随着人群的惊叫声，而显得有些不耐烦。穿过舞台，岳昊天深深地吸了口气，接着不动声色地，优雅地朝着 178 的座位走了过来。

　　桌子上，堆了很多空的酒瓶子，温暖摇晃了下昏沉的脑袋，闪烁迷离的灯光，让她微微有点睁不开眼，她随手抽出烟，想要借着烟，让自己清醒一点，可是，有烟无火。温暖苦笑了下，随即，伸手拍了下刚走过来的男士："先生，能借个火给我吗？"

　　"我没有。"岳昊天沉声回答，随即问："这是 178 号桌？"

　　"嗯，好像是……"温暖不确定地回答，茫然地看着岳昊天。

　　"戚雪呢？"

　　"啊？"温暖微微愣了下，"你是岳昊天？"随即，她侧头，与那男人的视线相撞，他眼里有微微的好奇与探究。

　　"你是戚雪要介绍给我的人？"这个女人，貌似有点眼熟。岳昊天微眯了下幽暗深邃的眸子，打量着温暖。

- 017 -

"嗯。"温暖点了点头，随即介绍道："我叫温暖，现在有点头晕，谈不了事。要不，改日聊？"说着，温暖打了一个酒嗝，胃里顿时一阵排山倒海的酸涩涌动，直冲喉咙口，她忙捂住嘴巴，才深深地忍住了要吐的冲动。

"你没事吧？"岳昊天看了眼温暖，又神色平静地扫了一眼满桌子的酒瓶、杯子，看来这姑娘喝得还真不少。

"没事，就是，就是有点晕，眼睛都快睁不开了。"温暖打着酒嗝，大着舌头，总算把这话给说完了，用手拍了拍越来越沉越来越重的脑袋，"你放心吧，我没喝醉的。只是晕。"

"我送你回去吧，你有点醉了。"岳昊天侧过头，淡定地看着温暖，语气平缓地开口。岳昊天本来不是一个爱管闲事的人，更不愿意管这种喝醉酒了的"麻烦"女人，但想着温暖是戚雪的朋友，他只能勉为其难地客套一句。

"好啊，谢谢你！"温暖毫不客气地接了下来，因为，她从椅子上下来的时候，发现自己脚底有点发软，根本没办法控制身体了，当然，回家就成问题了。岳昊天能送的话，虽然有点麻烦，有点不好意思，但是，也是眼下最好的办法了。

听到温暖的回答，岳昊天愣了下，他刚才也只是随口这么客套下。哪知道，温暖却理所当然地应了，这个女人，未免也有点太自来熟了吧？当然，更让岳昊天惊诧的是，温暖因为脚底不稳，打了一个趔，软绵绵的身子，便惯性地倒向了岳昊天的方向。

岳昊天的俊脸，顿时冷了几分，强忍着内心的不舒服，搀扶住温暖，"你没事吧？"

"没事，谢谢你。"温暖含糊不清地对岳昊天说，她的身体重心自然的全部依靠着岳昊天，他的搀扶让温暖能够勉为其难地站稳身子。

温暖柔软的身子，紧贴着岳昊天，微温的触感隔着衣服，传递着彼此的热度，让岳昊天非常的不自在，却只能硬着头皮，将温暖一路半搀半架着，穿过了人群，带出了酒吧。

第二章 再次相遇

到了停车场，岳昊天一手扶着温暖，一手麻利地打开车门，将她扶进了车里，还细心地为她拉上了安全带。

陌生的男性气息，顿时朝着温暖迎面而来，她摇晃了下越来越疼痛的脑袋，很努力地睁着大眼，强打着精神，看着岳昊天那张离自己只在咫尺的俊颜，茫然地道："你叫什么？"

岳昊天嘴角抽搐了下，"岳昊天。"

"岳昊天是谁？"温暖的眼神有些迷离，傻乎乎地问。

岳昊天这下子，连嘴角抽搐都省了，转身，启动车子，淡漠地问："你家在哪里？"

温暖在副驾驶座上微眯着眼，脸色一片绯色的潮红，身子柔软的依着座位，习惯性地报出："××花园，1幢101室。"

"××花园，1幢101室？"岳昊天重复了一遍，听到温暖哼哼的应答后，一脚油门，车子飞快地疾驰了起来。

温暖闭着眼睛，头愈发的晕了，她的脑海却无比清晰地闪过过往的景象，就好像是幻灯片似的。结婚七年，她甘愿平庸了七年，却没有想到，换来的结局是这样的凄凉。小三不但引诱她抓奸成功，还瓦解了她的幸福婚姻，现在更堂而皇之的打她的孩子。温暖想到可怜的乐乐，被打了，小脸满是委屈，黑溜溜的眸子更是充满了泪水，让她这个做母亲的一颗心就好像是被狠狠地揪扯着。她都觉得，自己快要痛苦的喘不过气了，连呼吸都带着刺骨的疼痛。

"我一定要努力成功……"温暖含糊不清地喃喃自语，"宝贝，等我……"

温暖的声音很低，但是在静谧的车厢里，却清晰的传到了岳昊天的耳内。他握着方向盘的手微微用力，随即侧着视线看了一眼温暖。她的轮廓，顿时跟白天那个神色匆忙撞马路的女子重叠了起来——原来是她啊！

夜幕下的上海，车流状况不错，岳昊天的车速度开的很快，没一会，就把温暖送入了××花园，并且耐着性子，在保安的引导下，来到了××

花园1幢101室。

停了车子，岳昊天推了推在车上昏睡的温暖："喂，到了。"

温暖却纹丝不动，显然，醉后沉睡了。

岳昊天想掏出温暖的包包找钥匙，但一想这样翻她包包，似乎不太妥当。岳昊天犹豫的瞬间，看到屋子里的灯亮了起来，他忙下车，去按门铃。

谢天睡眼惺忪地开门，看到岳昊天愣了下，还没来得及张口，岳昊天先一步开口："这是温暖家吗？"

"不是。"谢天回答的干脆。

"这是××花园，1幢101室？"岳昊天再问。

"是。"谢天打了个哈欠："先生，你找温暖吗？"

"不是，"岳昊天摇摇头，心里斟酌着，这什么情况？温暖说的确实是这个地址，但是，这个男人又说不是，随口只能再问："那温暖住不住这里的？"不是温暖的家，温暖又报了这个地方，那或许，这里是温暖住的地方。

"亲爱的，这大半夜的，谁敲门呀？"梁桐穿着睡衣，揉着头发，也跟了出来，"你找谁呀？"看到岳昊天长得帅气，梁桐顿时精神一振，挤了个灿烂的笑来。

谢天回身，瞪了一眼梁桐，没好气道："你出来做什么，回去。"

"还不是你儿子闹的，他要找温暖呢。"梁桐委屈地撇了撇嘴，"这小兔崽子，每晚都这么没完没了的闹，我可受不了了。你最好给我管管！"

"知道了，知道了，你先进去。"谢天不耐烦地挥了挥手，将梁桐给赶进了屋子，随即看着岳昊天，"先生，温暖是我前妻，我们离婚了，这不是她的家，她也不住这儿。请你以后，别打扰我们！"说完，猛地一下子，甩上了大门。

岳昊天退后一步，摸着差点被撞歪的鼻子，满脸得黑线，讪讪地转身回车上，摇晃着温暖："喂，你到底住哪里啊？"这个离婚了的前夫家，显然不是温暖能回的地方，人家新欢还在里面呢。

第二章 再次相遇

温暖动也不动，呼呼睡得很沉，丝毫不知道发生了什么事。

岳昊天没办法，只能给戚雪打电话，想问温暖住哪里，或者，干脆把人送戚雪那里去。

可是，电话打过去，戚雪的手机关机了，岳昊天："靠！"忍不住爆了句粗口。

"喂，你到底住哪里？"岳昊天有点不耐烦的摇晃着温暖，内心里努力克制住要把她一把拽起、狠狠扔出车的冲动，"醒醒，快点醒醒。"

该死的，自己就不该多管闲事，惹这个麻烦的女人。现在，前夫这里不收留她，岳昊天又不知道她住哪里，戚雪关键时刻还不靠谱的关机。难道要他收留温暖，带她回家？

NO，坚决不行！岳昊天忙飞快地否定了这个念头。然后，更加大力地摇晃着温暖，希望能把她给摇醒，"喂，你家到底住哪里啊？"

温暖睡的好好的，被岳昊天这么一阵摇晃，顿时胃里又忍不住地翻滚起来，"呕……"得一声，不偏不倚，吐了岳昊天满身。

"Shit！"岳昊天顿时恼羞成怒，再次爆粗，眼神带着怒火瞪向温暖。而这个闯祸的家伙，吐完了，又翻个身子，继续舒服地窝在柔软的皮椅上，继续呼呼大睡。

岳昊天的俊脸，青了又白，白了又红，红了又青，瞬间转变了好多种颜色。如果，温暖没有醉晕过去，只怕，这会儿真的要被岳昊天给吓到的。原来，再帅的男人，恼怒狰狞起来，都会变得非常的吓人。

岳昊天再三地深呼吸，然后握拳，克制着自己要把温暖给扔下车的冲动，转身回到驾驶位，然后，猛地一脚油门，快速地轰了出去。

岳昊天抱着瘫软如泥的温暖，到了酒店的房间门口，他将温暖依靠着酒店的门口站着，一手扶着，另外一手，麻利的抓着房卡打开了房门。而后，岳昊天将温暖再一次拦腰抱起，大步流星地走去了房内，毫不犹豫地对着柔软的大床上，猛地扔了上去，

温暖只是不适地"哼哼"了两声，随即翻了个身，调整了一个舒适的

角度，抱着被子，继续呼呼。

岳昊天拧着俊眉，有点无语地看着床上的温暖，接着低头看了一眼自己。身上灰色的休闲衫，被温暖刚才那一吐，弄得满是污渍，这会看来，有点惨不忍睹的样子。岳昊天虽然说没有洁癖，但是，被吐成这样，他实在是感觉浑身都不舒服。于是，他毫不犹豫地脱下了外套，走去洗手间，麻利地搓洗了起来，搓干净了，又低头闻了闻，感觉自己身上似乎还有那么股味道，不由得把身上的衣服，都脱了了个干净，里里外外彻底地清洗了一遍，然后，又依次套上裤子。

就在岳昊天准备穿衣服的时候，"砰"地一下，浴室的门被人连推带撞地打开了。

随即，温暖冲了进来。

岳昊天条件反射地用衣服捂着自己裸露的上半身，惊恐地望着本来被他安置在床榻上，应该正在沉睡的"醉鬼"。

"啊！"高分贝的女声，失控地从温暖的嘴巴里惊叫了出来，然后，条件反射地捂着自己眼睛，随即，又意识到什么，松开。接着，温暖惊恐地看向岳昊天，随即毫不犹豫地扬手，"啪"地一下，利索的甩了一巴掌给岳昊天。

岳昊天被这巴掌给打蒙了！一瞬间压根不知道该给温暖什么反应，只是俊脸黑的能跟电脑屏幕媲美。

"你是谁？"温暖伸手捂着自己的胸，作出一副防备的姿态来。

岳昊天冷冷地瞪了一眼温暖，没有接话，只是麻利的抓起自己的衣服，当着她的面，快速地穿了上去。

温暖拧着秀眉，拍着脑袋，很努力地回想。她这会其实还是醉酒状态，脑子里根本没有办法清楚的思考，只是对岳昊天怀有一种对陌生人戒备的态度而已。

岳昊天穿好衣服，冷冷扫了一眼温暖，见她茫然地眨巴着黑眸，盯着自己一瞬不瞬地看，眼神却又没有什么焦距，便也懒得去理她是不是酒醒了,还是根本醉着。岳昊天毫不犹豫地一把将杵在洗手间门口的温暖推开,然后,恼羞成怒地扬长而去。

该死的,什么叫做狗咬吕洞宾,什么叫做好心没好报,他今天算是真切的体会到了,这个女人,他难得善心一把,结果,却换来一巴掌,那好,她爱咋咋去吧,岳昊天懒得管了。

温暖一脸茫然地目送着岳昊天的扬长而去,接着听着"砰"地一声,房门自动关上,她还呆呆的压根就回不了神,胃里却犹如排山倒海似的,不断地在翻涌着。终于,温暖懒得去思考,转身,猛地扑在洗手台上:"呕……"的一声,继续呕吐。

胃里吐的再也没有任何东西了,温暖才疲倦地眯着眼睛,迷迷糊糊地爬回床上睡去……

这一觉,直到日上三竿,温暖才头痛欲裂地被自己的电话给吵醒。温暖一睁眼,意识到自己躺在酒店的大床上,忙下意识地看了看自己身上,见衣衫完整,就是脏的有点狼狈,才暗自地松了口气,然后从包包里翻出锲而不舍响个不停的电话,是戚雪打来的,她忙接起:"喂,戚雪。"

"暖暖,昨天不好意思啊。"戚雪一接通电话,忙道歉,随即关切地问:"你没事吧?"

"没事,"温暖拍了拍依旧昏沉的脑袋,"就是,头有点晕。"

"哦,你昨天怎么回去的?"戚雪随口问,随即又想起什么,追着问:"对了,我走之后,岳昊天来了嘛?"

"岳昊天?"温暖茫然地接话,"谁啊?"虽然感觉很熟悉,但是,一时之间,似乎脑袋有点短路,有些片段衔接不上。

"就是我要给你介绍的,风华婚庆公司的 BOSS 啊。"戚雪嘴角抽搐了下,"这个死小子,昨天肯定没来,真欠骂!暖暖,你等等,我先打个电话给他!"戚雪说完,不等温暖给反应,忙挂断了电话。

"岳昊天?"温暖低低的重复了几遍这个名字,昨晚的记忆,模模糊糊的开始在脑海里闪现。她醉倒之前,好像岳昊天来了的,接着,她虽然不记得了，但是，看着自己完整无缺的在酒店，应该是岳昊天送她过来的吧？

"糟糕。"温暖暗叫了一声不好，戚雪还以为岳昊天昨晚没来，这会正打电话过去骂呢，那岳昊天岂不是冤枉死了？温暖忙回拨戚雪的电话，可是，电话似乎一直在占线中。

温暖打了好一会，一直都是这样的状况，不由得泄气。看来，戚雪那个急性子，真的打电话去骂岳昊天了！

打不通戚雪的电话，温暖就只能先放着，快速地去洗手间。看着镜子里的自己，温暖不由得吓了一跳。镜中的女人顶着一头凌乱的头发，因为没有卸妆，眼影、睫毛都糊得眼睛四周黑乎乎的一片，配着她那白皙的脸蛋，乍一看，还有几分贞子再现的错觉。温暖忙俯下头，调好水温，麻利地将自己收拾了一番。洗去妆容的她，脸蛋白皙而精致，一头及腰的长发，也被她打理柔顺、服帖，她对着镜子扯了扯嘴角，绽放了一抹笑容，接着有点嫌恶地看了看身上这套皱巴巴的服装，泄气地撇了撇嘴，自言自语道："看来，以后不能喝醉了。这样子，太狼狈了。"

隐约地听到手机铃声响起，温暖快速地奔出了洗手间，接起电话："喂，您好。"

"您好啊，温暖小姐。"戚雪故意拖着调调，在电话那头的声音，故意打趣温暖来。

"戚雪，你能不能用正常的口吻跟我说话？"温暖嘴角抽了抽，无奈地抗议，真心受不了戚雪这阴阳怪调。

"暖暖啊，昨儿个，明明是岳昊天送你回酒店的，你咋跟我说，不认识岳昊天呢？"戚雪继续拿捏这那一份语气，对温暖问话，"你说你，啥意思啊你？害得我把岳昊天乱骂了一通。"

"我昨儿喝的有点多，断片了，记不太清楚了。"温暖忙解释："刚才，我才想起来岳昊天送我到了酒店，想给你打电话让你别乱骂人。哪知道，你动作那么快啊？"温暖说完这话，不等戚雪开口，又忙补充了句："帮我跟岳昊天说一声对不起，还有谢谢。"

"要说，你自己去说。"戚雪毫不犹豫地推脱，"我才不帮你做传声筒呢。"

"我又不认识他。"温暖无奈道。

"一回生，二回熟，接触接触就认识了哇。"戚雪笑吟吟地打趣，随即又道："反正，昨晚喝多了，你们正事也没谈，要不，今天再约个时间，好好谈谈呗。"

"啊？"温暖错愕："这个，让我想想吧。"不知道为什么，她心里有些说不清楚的感觉，可能，昨晚的记忆不完全，她没回忆清楚，感觉就有点忐忑。

"你有什么好想的？"戚雪没好气地打断温暖，反问道："你还要不要工作了，还要不要赚钱争取乐乐的抚养权了？"

"要是要啊，那也不用这么急……"

温暖的话还没说完，戚雪已经快一步地打断："暖暖，我跟你说，我介绍你和岳昊天认识之后，我就要出去旅游了，什么时候回来可没准。所以，你说，要不要急？"

"你什么时候出去？"温暖问。

"晚上九点的飞机，我现在忙着收拾东西。所以，我给你们安排好了，七点，在机场咖啡厅见。"戚雪一本正经地说完，"你跟他正好都来送送我，顺便把你们的事，也给办了。"戚雪说完，不给温暖开口的机会，快速地切断了电话。

"你这是赶着出去旅行呢，还是逃难来的？"温暖自言自语地对着挂断的电话说。

七点，机场咖啡厅，人来人往，热闹非凡。

温暖准时踩着点，赶到喧杂的咖啡厅，然后问了下服务生，顺着她引导的方向看去。在靠着角落里，戚雪跟岳昊天面对面坐着，正交头接耳的在说些什么，她深呼吸了一口气，稳了稳心神，然后，踩着细高跟的鞋，尽量迈着优雅的步伐走过去，对戚雪笑了笑；"我来了。"

"来了就坐吧。"戚雪伸手拍了下自己身边的位置,随即热情地相互给介绍了下:"温暖,岳昊天。"

"您好。"温暖嘴角扯着笑容,礼貌地对岳昊天伸手,"我是温暖。"

岳昊天轻扫了一眼温暖,手却没有及时伸出来,冷峻的脸上,挂着毫不遮掩的疏离。戚雪见状,不动声色地在桌子底下,狠狠地踩了岳昊天一脚,并且嗖嗖地射了两个冷眼去,"什么人呐!礼貌!"

正当温暖敏感的觉察到,岳昊天并不是那么喜欢她,想尴尬地缩回自己的手时,岳昊天却快速地伸手,跟温暖公式化地握了下手,随即,又快速地抽离:"你好,我是岳昊天。"嗓音低沉,语气带着压抑的不快。

温暖心里微微有点发僜,看着岳昊天的冷峻跟淡漠,她的脑海里却飞快地转着。岳昊天昨晚酒吧说送她回家的语气和态度不是挺好的吗?怎么,今天就摆出这么一副生人勿近的样子来呢?

昨晚,到底发生了什么呢?

"暖暖,你先坐下吧,大家都自己人,不用太客套。"戚雪眼瞅着气氛不太和谐,忙机灵的打圆场。

温暖对戚雪笑笑,坐了下来,"岳昊天先生,谢谢你,昨晚送我回去。"不管岳昊天的疏离跟冷漠,温暖还是决定先选择道谢。

"不用谢。"岳昊天这话的回答,几乎是咬牙切齿的。

被岳昊天这样生疏地对待,温暖再笨,也觉察得出来,昨晚肯定是发生了什么自己记不得又让这位岳昊天先生不太愉快的事情了。所以,她忙开口问:"昨晚,我是不是失礼了?"

岳昊天没有接话,只是沉默地扫了一眼温暖。

温暖被他这么无声的控诉,弄的心底发慌,忙解释道:"我昨晚喝的有点多,所以不太记得发生什么事了……"

"温小姐,你不能喝,下次就不要喝那么多酒。"岳昊天冷冷地道:"请别拿喝多,不记得来为自己的行为辩解。"

温暖有点傻眼,不知道该给岳昊天什么反应。听他话的意思,昨晚温暖记不得的事，肯定非常失态，让岳昊天不舒服了。

"岳昊天，够了你。"戚雪摆出一副家长的样子来，训斥道："暖暖是我最好的朋友，你送她回家，一点也不委屈。你再摆出这副臭脸来，我告诉你，我可跟你翻脸。"

岳昊天并不是多嘴的人，他昨晚送温暖的一波三折，并没有跟戚雪详细说，更没有说温暖扇他巴掌的事。只是在戚雪今天约他跟温暖见面的时候，他毫不犹豫地拒绝了。他对温暖的印象，除了麻烦，就是麻烦，不算好的那种。在戚雪的再三追问下，他才勉为其难地说了他昨晚送温暖的事。

戚雪跟温暖一样，是个大大咧咧的人，甚至，她比温暖还要没心没肺，所以，并没有想太多。只觉得，岳昊天是个不爱多管闲事的人，性子冷漠，送温暖回家，所以心里不开心了。她就威逼利诱了一番，将岳昊天再次约了出来。并且，把温暖的能力，给神乎其化地夸赞了个遍，让岳昊天不要因为自己的心情不爽，而丢失这么一个人才，尽管岳昊天申明了，风华婚庆公司现在有几个主持人了，并且口碑都不错，不需要主持人了。可戚雪依旧强荐。

岳昊天被戚雪缠的没办法，才勉为其难地答应再见温暖一面，继续谈谈公事。可是，在看到温暖的时候，这个女人脸上竟然一点歉意都没有，岳昊天心里顿时就不舒服了。接下来，听到温暖说，喝多了，忘记了扇他巴掌的事，岳昊天心里顿时就怒了。你说，他做好事送她去酒店，温暖不感激就算了；吐了他一身，不愧疚也就算了；最后，她竟然把甩自己巴掌的事情忘记了！一时间，岳昊天气得差点吐血，只觉这巴掌挨得亏，挨得压根不值得啊。

"岳昊天先生，昨晚，我到底做过什么……"温暖话说到这，犹豫了下，心里想着该用什么合适的措辞呢。关键，她真不记得，自己昨晚到底做了什么让岳昊天不开心的事了。

"你昨晚什么都没做。"戚雪赏赐了一个大白眼给岳昊天，接过话头，对温暖道："他呀，就是那么个人，不爱管闲事，讨厌麻烦的女人。昨晚，送你回家，他觉得不爽了。"说着，戚雪又狠狠地瞪了一眼岳昊天："男人送女人，天经地义的事嘛，你这小鼻子、小眼睛、小家子气的男人，真没劲。"

被戚雪这么一说，岳昊天并没有解释什么，甚至都懒得接话，只是慢腾腾的用勺子转动着杯子里的咖啡。

温暖顿时愧疚起来："岳昊天先生，对不起。"

岳昊天顿时恩赐似地瞟了一眼温暖，那一眼，带着点复杂，让温暖心里越加的心虚跟尴尬起来："对不起，我真不知道。如果，早知道的话，一定不会让你送了。"

岳昊天放下手里的勺子，慵懒地往后倒靠了下，才慢悠悠地开口，"算了，过去的事，就过去了。"

"就是，咱们现在要谈的是正事。"戚雪忙接话，"岳昊天，你们公司的主持人，我觉得我家暖暖适合。要不让她去试试吧。"说着，她朝着温暖伸手一指："看看，这长相，这身材，这甜美的嗓音，这范儿……"

"学姐，我们公司主持人真的够用了。"岳昊天淡漠地扫了一眼温暖，公事公办地开口。

"嗯？"戚雪微微错愕，岳昊天这话，明着拒绝了温暖，竟然连她戚雪的面子都不给，戚雪脑子飞快地转着，她该怎么帮温暖？

"主持人并不是真的只是一个花瓶而已。"岳昊天淡然地看了一眼温暖，"虽然温小姐看着形象是不错，但是，毕竟很久没有工作了，我看换个别的职位吧。"

温暖听着岳昊天这话，自然懂他的意思，相当于变相的再说自己是没能力的花瓶，她忍不住开口，为自己辩解："岳昊天先生，虽然我真不知道昨晚我哪里失礼地得罪你了。但是，我想说，我并不是一个花瓶。我温暖做事，从来都是靠实力取胜的。"以前在电视台做主持人她温暖都没被嫌弃过的，还别说，她现在屈尊只是做一个婚庆公司的主持人而已。

"温暖小姐，我说的是工作，跟昨晚的事，无关。"岳昊天冷冷地反问:"你说,你用实力取胜,可我没见过你的实力,你让我怎么信服?"说完,从鼻子里冷哼了声道:"就算,你是戚雪姐介绍的人,但是我岳昊天的公司,需要的是能者居之。而不是,随便什么说自己有实力的人,都可以走后门进来混薪水。"

温暖不知道该怎么回应了,她咬着自己的唇,神色微微尴尬起来,听着岳昊天的意思,已经不再是委婉的拒绝了,而是明着拒绝了。

"你想见识下暖暖的实力,那还不简单?"戚雪再一次跳出来,笑嘻嘻地拍了拍温暖的肩膀,然后严肃地看着岳昊天,"这个星期,那福生集团的庆功酒会,我让暖暖全权负责加主持,你到现场去观摩下,就知道,我们的暖暖,靠的是实力。"

岳昊天没有说话,定定地看着戚雪,半晌之后,才问:"你确定?"

"当然。"戚雪信心满满地点头,"你见识过暖暖的能力后,一定不会愿意错过这样的人才的。"

"好吧。"岳昊天无奈地耸肩,默认这一场庆功酒会的策划跟主持是温暖进风华婚庆公司的入门卡。

温暖却一脸茫然地望着戚雪,"福生集团的庆功酒会?"

戚雪对这温暖点点头:"是啊,福生集团的庆功酒会,你今晚回去找找资料,想想方案。明天,我会整理好所有的资料,找助理移交给你。然后,你就放心、大胆地去做吧。"

温暖嘴角抽搐了下,"戚雪,会不会太急了点?"看着岳昊天的态度压根就不欢迎她,她这强扭的瓜,非送上门去,实在是有些别扭。

"不会。"戚雪笑吟吟地说,"一个小酒会而已。你放心吧。"

"可是……"

"你别可是了。"戚雪打断温暖,"暖暖,我是力推你去风华的,这被这岳昊天说我走后门,所以你一定要争气。"戚雪说到这,伸手拍了拍温暖的肩膀:"亲爱的,没有一种方式,比用事实说话强吧?你一定要证明给岳昊天看,你是实力派,不是花瓶哦!"

温暖听着戚雪这般鼓励，忙点点头，答应了下来，坚定地保证道："戚雪，你放心吧。我一定会好好做，圆满完成任务。"

岳昊天看着戚雪跟温暖的互动，心里自然明白，戚雪是铁了心要帮温暖进他公司了，而且从戚雪对温暖的信心，岳昊天大概也能猜出，温暖或许是一个长得偶像派，却很实力派的人，要不要温暖这个主持人确实不是岳昊天私心作祟，在戚雪介绍之前，他们公司已经招满了一批新的主持人，加上原来那些口碑不错的，这个主持人还真的是不需要了，其他职位，倒是还在继续招聘的。

当然作为男人岳昊天也敢承认，他对温暖的没好感。他是喜欢有实力，能干的人才，而不是这种靠着朋友关系走后门进公司打酱油混的"米虫"。这次福生的小酒会给这个温暖试试手也不错，让她知道，风华是没那么容易的走后门进公司。

当然，这个温暖如果真的是实力派的话，岳昊天是非常欢迎这样的人才。他一定会放下成见，好好留住她，栽培她。如果不是，对不起，只能给戚雪一点面子，勉为其难地留着当花瓶在公司里打杂。

接下来，三个人安静地坐着，喝了一会咖啡，直到戚雪抬手看了看手表，惊叫道："哎哟，要登机了，我得走了。"说完，急急忙忙地从座位上站起，看了一眼温暖，又将视线看向岳昊天："记得帮我把暖暖送回去。"

温暖傻眼了下，下意识道："不用麻烦岳先生，我自己打车回去就行。"

"打你个头啊。"戚雪没好气地伸手拍了下温暖的脑袋："有免费的司机，不用白不用。"视线再次落回岳昊天身上，张开双臂："姐走了啊，你倒是有点反应那？"

岳昊天这才起身，伸出手，跟戚雪拥抱了下："一路顺风。"

"岳昊天，结账。然后，记得送暖暖回家。"戚雪临走前，挥手，不忘记再次交代。

"知道了，啰嗦。"岳昊天忍不住嘴角抽搐了下。

温暖目送着戚雪风风火火地离开她的视线，直到再也看不到戚雪影子了，才转过脸，看着岳昊天道："岳先生，昨晚的事，我很抱歉。不过你放心，福生集团的庆功酒会，我一定会全力以赴。"心里补充了句，证明给你看，我并不只是花瓶。

岳昊天似乎有点错愕，随即招来服务员结账，然后，面无表情地看着温暖，冷冷地道："希望你能成功。"

温暖没有接话，咬着唇，耐心地等岳昊天结完账，才拎着包包起身，礼貌地告别："岳先生，我还要回去想策划。现在时间不早了，我该回家了。再见。"温暖可不敢指望岳昊天送她了。这位爷，送了人就心里不舒服，以后指不定会不会给自己穿"小鞋"呢。

"我送你。"岳昊天斩钉截铁地说着，然后，一把主动从温暖手上抓过她只是随意拎着的小包，转身，大步地离开座位。

温暖傻眼地看着自己空空的手，又目瞪口呆地看着岳昊天的背影，犹豫了下，还是飞快地追了上去："岳先生，我不用你送了，自己回去就行……"

岳昊天却充耳不闻，似乎，根本就没听见。哪怕，温暖跟着他身后，连续重复地说了好几遍。

温暖无奈，只好一脸小媳妇地跟着面无表情的岳昊天身边，一路走到了停车场，跟着他上了一辆悍马。

岳昊天的俊脸始终像面无表情的雕塑一样，俊美是俊美，但是，也冷的有点伤人自尊。温暖不是不识趣的人，岳昊天不喜欢她，甚至有些刁难她，她都能清楚地感觉出来。但她还是硬着头皮跟他上车。毕竟，这一开始，两个人没必要把关系搞僵。只是，两个人上车后，话不投机半句多，所以，都识趣的一句话都没有说。

沉默，尴尬，不断地在两个人之间蔓延。

温暖百无聊赖的左手拨弄着右手的手指，心里怨念地想，她以后要跟岳昊天这冷面上司一起工作的话，她得要被冰冻多少次啊？现在提前习惯，也是不错的。

可是，岳昊天却在开下高架之后，调头去了一家汽车修理店。随后，招呼着温暖下车,要她等一会。在温暖茫然的等待中,看着岳昊天推出一辆摩托车,对温暖说"好了,上车吧"的时候,温暖顿时凌乱了,她惊悚地看着岳昊天:"你说什么?"随即伸手指着岳昊天的摩托车:"你要用这个送我回家?"

拜托,他没开玩笑吧?竟然,用悍马换了这车?

这一刻,温暖不得不怀疑,她昨晚到底做什么事了,让岳昊天跟她结仇了,才会这样的报复虐待自己?

"对啊,上车吧。"岳昊天利索地上车,戴上头盔,还给温暖递了一个来。

"No!"温暖拒绝,"岳昊天,你不愿意送我没关系,我能自己回去。但是,你也没必要拿这个车,来故意报复我吧?"温暖心一急,顾不得说话要委婉,不能得罪人,对这岳昊天连名带姓的喊着。

"温小姐,我跟你没仇,也不是故意报复你,而是,我昨晚送你回去之后,我的车被撞了,悍马是问朋友借的,他现在有急事要用,所以,我才拿我这车送你的。"岳昊天很难得的耐着性子解释了遍,但是,他看着温暖的眼神,却带着几分轻蔑:"温小姐,这车送你,真委屈你了嘛?"

"我,对不起,……"温暖听着岳昊天这些话,顿时面红耳赤起来。她其实并不是瞧不起摩托车,只是,她刚开始真的以为岳昊天故意在为难她。可是,听说岳昊天因为送她回去后,车被撞了,温暖心里顿时愧疚了起来,忙一把接过岳昊天递过来的安全帽,顾不得自己穿着裙子,就爬上了后座,抓紧了岳昊天的衣角道:"呃……麻烦你了,送我回去吧。"

被温暖突然拽着腰际的衣服,让岳昊天浑身不自觉地紧绷了下,他冷着俊脸,沉声问:"你家到底住哪里的?"

"温家汇××小区。"温暖忙报出了现在住的地址,末了,还补充了问句:"你认识嘛?"

岳昊天只是微微拧了下俊眉,随即道:"认识。"然后,猛地一脚油门轰了出去。

突然加速,温暖防备不及,忙惯性地朝后倒了下,随即,朝前面岳昊

第二章 再次相遇

天的后背冲了去,她忙紧张地抓着岳昊天的腰间。两个人的贴近,使得她能清楚地感觉到岳昊天浑身肌肉紧绷。看来,坐摩托车,紧张的不是她一个呀,岳昊天也在紧张呢。

这一路,岳昊天跟温暖,依旧跟在汽车上那会一样,一句话都没有说,摩托车轰轰的鸣声,响亮地贯穿这一路。初春的寒风,透过温暖的打底裤,生涩地钻进她的身子,冻得她一阵接着一阵的瑟瑟发抖,但是,又不敢把岳昊天抱太紧,用他宽厚的身子来挡风。

好不容易,在温暖觉得自己差点要冻成冰棍的时候,总算到了自家小区,她忙对岳昊天叫道:"到了,到了。"她可是真的一点也不想在坐这么拉风的车了,冻死人了。

岳昊天猛地一脚刹车,将车停了下来,接着温暖哆嗦着下车,将安全帽解开,还给岳昊天,"谢谢你。"

岳昊天没有接话,只是凌厉地扫了一眼温暖,然后,麻利地调转车头,一脚踩着油门,轰轰的开着摩托,头也不回地走了。

温暖打了个喷嚏目送着岳昊天的车在自己的视线里消失,皱了皱眉头,觉得有些莫名其妙。她昨晚喝醉了,没怎么着岳昊天吧?怎么搞的人家见她有种避祸不及的感觉呢?

瑟瑟的冷风吹上来,温暖不自觉地搂紧了双臂,快速地奔回家,洗了个一个热水澡,然后,敬业地开着电脑,在那边查找有关福生集团的一些资料。这是温暖要回到职场的第一次战役,她一定要全力以赴的完胜,坚决不让岳昊天看不起。

脑海里想到岳昊天这个名字,他那公事公办,强悍冷酷的形象,顿时在温暖的脑袋里浮现。温暖不自觉地揉着自己的太阳穴,看来,这个未来的"上司"不是一个很好相处的人,温暖可不能丢了戚雪的脸,一定要争口气,让这个岳昊天对她刮目相看。

温暖一边看资料,一边开了文档,将前期准备的工作都认真、仔细地做了划分,终于在12点之前,赶出了一份粗略的计划来。现在只等天亮,戚雪的助理送来福生集团这次庆功会的产品资料跟企业介绍，她就可以做更详细的工作部署了。

温暖合上电脑，去洗手间洗了个脸，然后，躺在床上，闭上眼睛，脑海里，便是乐乐那张哭泣的小脸，在对着她喊着："妈妈，妈妈……"温暖深深地呼吸了一口气，对这天花板暗暗地发誓："乐乐，妈妈一定会争取到你的抚养权。"

随即，温暖又不动声色地叹息了口气。岳昊天只怕是不那么好相处的，自己到底是哪里得罪了他呢？温暖认真地思来想去，就是想不通，她翻来覆去不能入眠，好几次，都忍不住地想抓着手机，干脆给岳昊天去个电话问问得了。最后，才傻乎乎地发现，她压根没有岳昊天号码，这才打消了这个念头，安分地躺着床上，迷迷糊糊地睡了过去。

只是，这一晚，温暖睡得很恍惚，梦中的黑暗里，有一双黑手撕扯着她不断做着可怕的梦魇。

第二天醒来，温暖看着镜子里的自己，两个浓浓的黑眼圈，心里别提多懊恼了，三十多岁的女人，伤不起啊，她拿出化妆品，细细地给自己打了一层粉，然后，又拿出遮瑕膏，盖了一层，这才看起来稍微精神了点，换上一套合体的小西装，搭配了一条彩色的丝巾，拿着亮红色的唇彩，给自己唇上上色，抿了抿，这才精神满满地走出了洗手间。看了看墙壁上的钟，已经9点一刻了，她赶忙抓了一件厚实的外套，拽着包包，急急忙忙地换上高跟鞋，拉开门就奔了出去。

戚雪的助理约了温暖十点见面，移交资料。

第三章　意外不断

温暖走到约好的咖啡厅，看到柔柔的时候，愣了下，惊诧地问："怎么是你？"

柔柔抬起青春的俏脸，对着温暖甜甜地笑着打招呼："暖暖姐，你来了。"

"嗯，你什么时候成戚雪的助理了？"温暖脱下外套，在柔柔对面坐了下来，随口问。

"切，你听我表姐胡说，我才不是她的助理呢。"柔柔娇笑着解释："我刚大学毕业，还没找工作正式上班，我表姐就让我帮她的忙，说等她回国稳定了，带着我一起创业。我就没去工作，帮她打杂。"说完，忙迅速地将一个文件袋递给温暖："喏，这里是福生集团的所有资料，你先看看。我表姐说，你很久没做这类活了，但是呢，凭你的能力，一定是小菜一碟的，要你别紧张，好好做就是了。"说完对着温暖扯着嘴角灿烂地笑了笑，"暖暖姐，我相信你一定能完成的非常漂亮。"

温暖点点头："嗯，柔柔，谢谢你。我会尽力。"

"不谢，暖暖姐，咱俩谁跟谁啊？"柔柔笑着拍了拍自己的胸脯道："你有什么问题，尽管麻烦我。我就一打杂的，你没问题，也可以尽情地使唤我，我也给你打杂。"

"哈哈。"温暖被柔柔逗笑了，看着她，"你现在越长越漂亮了。"夸完之后，看着柔柔那一头帅气的短发，犹豫了下，还是开口："柔柔，你这头发，是不是剪的有点短了？"乍一看，真的很像假小子。

当然，柔柔的穿衣风格，很像几年前的戚雪，简单的T恤、牛仔裤、休闲鞋，如果不是看着她那张清丽的俏脸，温暖当真会以为是个假小子。

"不短啊。"柔柔揉揉自己竖得直直的短发，嘟囔了句："我本来还想剪板寸的，可是，那个理发师死活不同意，说我剪成板寸，就生生地毁了我这张脸了……"

温暖嘴角微微抽搐了下，"你跟戚雪在某些方面，还真的是很相似。"

"那是必须的，不是一家人，不进一家门嘛。"柔柔沾沾自喜地接话，还故意甩了下头发，摆了个帅酷的Pose来，"暖暖姐，我告诉你，以后干活的时候，你把我当男人使好了，我浑身都是力量。"

温暖看着如此率性的柔柔，心里不由得羡慕起来，青春洋溢的她，还像一张白纸一样的她，那样的青葱岁月，却是温暖再也回不去的时光了。

接下来的一个月，温暖忙得有些人仰马翻。如果，在27岁那年，她没有辞职，混的风生水起的时候，她压根不会把这样普通的一个小酒会太当回事。可是，几年后的今天，她需要这个庆功的小酒会作为应征去风华公司的"入场券"，所以，她不得不加倍努力，让这一场普通的酒会，变得别出心裁一点来。

首先策划方案，将前期工作细化，她是将这块工作分成两块的：一，她罗列了几个备选的现场方案，以备不时之需，应付突发状况；二，她邀约了一些价格适中的歌星来现场献唱，还邀请了一些选秀歌星一起登场，给活动增加更多互动性。（那些琐碎的事，戚雪基本都给温暖妥善地处理了，包括活动标题、主题、流程、物料准备、工作人员分工等。）

当然，策划案交出去之后，温暖首先要解决的就是很久不登台主持的问题，她除了背熟台词，在舞台上也是来来回回不断地找寻着最佳角度，力求做最完美的一场"表演"。因为她是主持人，是舞台上的焦点，在那些闪闪发光的明星光环下，甘当绿叶，但是又不能太失色的绿叶。

终于，到了福生集团庆功酒会的这天，温暖早早地到了酒店，看着展台跟四周的精心布置都是她的心血，不由得有一种自豪感。她的高跟鞋，踩在玻璃台上，很有规律地发出清脆的响声，那是一种自信的声音。今天，她一定可以圆满地做好这次庆功酒会，让岳昊天对自己刮目相看的。

受邀的BOSS跟嘉宾，还有员工都陆陆续续地进场了，温暖信心满满地等待着活动准点开始，圆满结束，还有那胜利的掌声，以及明媚的新生希望。

当柔柔一脸焦急地走过来，拽着她，紧张的结巴道："暖暖姐，不好了，不好了"的时候，温暖的心里被揪了下，忙紧张地问："怎么了，发生什么事了，柔柔，你慢慢说。"

"我的电脑突然冒烟，蓝屏了，开不了机了。"柔柔急得满头大汗。"活动的流程表在电脑里，这样根本就不能按照正常程序执行下去了。"

流程表里的音乐、视频、企业介绍的播放环节，歌手出场顺序跟主持人报幕的台词，全部按时按点地做好规划了，没有的话，这些环节根本不能正常地进行下去。

"U盘呢？不是让你备份了的嘛？"温暖一听，忙追着问。

"我早上赶着过来最后彩排，出门太急，忘记带了。"柔柔歉意地看着温暖，"我以为，我电脑里有，就大意了，怕迟到，没折回去拿。可是我真不知道，我电脑会突然坏啊。"柔柔的声音，都带着点哭腔了，她也是第一次遇到这样措手不及的情况，"暖暖姐，对不起。"

"没关系，我们还有第二套备用方案，你先赶回去拿流程表，我把主持的顺序倒一下。"眼下不是责骂柔柔的时候，本来这些重要资料是她管的，昨天彩排的时候，温暖接到乐乐的电话，说他发烧进了医院，她急得方寸大乱，柔柔就自告奋勇地帮她盯着彩排，保管资料。温暖见这场发布会筹划的够详细了，预期的效果也达到了，不由得微微有些松懈，再加上特殊情况，她就将工作移交交给了柔柔。

谁知道，不怕一万，就怕万一。今儿个，还真的就遇到万一了，温暖心里也急得上火，但是，她得顾念着大局，不能表现出来，否则，这发布会就乱套了。

"好的，我现在立马回家去拿。"柔柔忙转身就要跑出了会场，迎头却急冲冲地撞上了岳昊天。"对不起。"

岳昊天不动声色地拧着俊眉，瞅了一眼柔柔，又把视线看向温暖，淡漠地出声："发生什么情况了？"

"柔柔，你快去。"温暖将愣眼的柔柔打发走，然后，稳了稳心神，看着岳昊天，有条不紊地回答："电脑死机，流程出现了一点点小问题。"

岳昊天没有说话，沉默地盯着温暖看了一会，气息阴沉，顿时，让温暖觉得房间里瞬间冷了好些温度。她怔松呆滞了下，随即回神，招呼岳昊天："你先去那边稍等会，我们会准点开的。"

"温暖姐，温暖姐！"岳昊天刚转身，还没跨脚走出去，另外个负责服装的女孩子又急急忙忙的奔了过来："温暖姐，不好了。"

"又怎么了？"温暖不动声色地微微拧了下秀眉，看着那女孩，"你慢慢说。"

"温暖姐，你那件主持的礼服拉链被拉坏了，现在怎么办？"那女孩子怯生生地看着温暖，"我不是故意的。"

"什么？"温暖一听，瞬间不淡定了，顾不得招呼岳昊天，看着那姑娘道："你怎么回事啊，怎么把礼服给弄坏了？"随即深呼吸了一口气，"你赶快去找针跟线来，一会我换好了，就直接缝上去。"

"好的，温暖姐。"那小姑娘急匆匆地跑了过去。

"温暖姐，你该去化妆了。"

"哎，来了。"温暖应了一声，忙看了一眼岳昊天，"谢谢，请让让。"绕过他就快速地朝着更衣室化妆间匆匆奔去，喊道："我的礼服先给我拿来啊。"

最终手忙脚乱地换好衣服，打好妆，温暖上台前忘记跟音响师沟通，匆匆忙忙奔上台，（酒会开启的准点）导致开场白的音乐放错了，她原本背熟的主持流程颠三倒四的磕磕碰碰的一再出现状况。

当温暖焦急而被自己的裙子给绊倒，摔倒在地，裙子又被不小心勾破时，岳昊天终于看不下去了，深深地叹了口气，等温暖回到后台小憩时，他终于开口发话，"温暖小姐，不可否认，化妆了的你，真的很漂亮，气质也很好，但是主持人并不是真的只是一个花瓶的角色，你现场灵动性，还有调和力实在是差的可以。"岳昊天毫不客气地说，"你这样做事，真的很不适合。"

被岳昊天这样直白地训着，温暖并没有为自己辩解什么，她点了点头，承认道："我今天实在是有点紧张。"

"作为一个合格的主持人，面对任何场面都是不能紧张的。"岳昊天看到温暖，"你这样真的不适合做我们公司的主持人。"

如果说，以前的岳昊天碍着戚雪的面子，对温暖是温婉地含蓄地拒绝，那么今天，他说的是很直白的。温暖顿时有种泄气的感觉，她信心满满地准备那么久，满怀希冀地等待着成功的掌声，却发现这条通往成功的道路，布满了荆棘。

岳昊天的俊眉，已经拧成八字了，"温小姐，就算你遇到很多的意外状况，但是作为主持人，你必须要以不变应万变，你这样手忙脚乱的，真是不像话。"

"任何一场大小型的聚会，只要人多，便会容易出错，有意外的状况发生，但是作为一个主持人，一个全会的焦点领袖的人物，就算是遇到了意外，那也一定要保持镇定，也能赶在意外之前将它生生地掐死在摇篮里。而不是慌乱到摔跤，破裙子，毁形象这样的糟糕事件里。"

"嗯，对不起，我不是故意的。"温暖听着岳昊天的口气，就知道，她进风华做主持人肯定是没戏了，但是就算没戏，她已经是这场庆功酒会的主持人了，下面还要现场互动节目，她一定要继续硬着头皮做好的，所以温暖看着岳昊天,"我会尽全力把下面互动环节给做好的,请您相信我。"

就算不相信,也不可能临时再去换主持人了,岳昊天只能无奈地叹息了声,看了看再一次上台的温暖,撇了撇嘴巴,转身离开了会场,他真的不需要这么一个连小小的庆功酒会都能状况百出主持不好的人,要是温暖真的作为风华的主持人的话,只怕以后没有大型活动敢请风华了。风华可不能被这样的人砸了招牌。

温暖渐渐适应了舞台,她开始跟现场的员工做互动的唱歌节目,凭着这副不错的嗓音,终于给柔柔迎来一些时间,将企业介绍,宣传放到节目的最 High 点,让在场福生的高层虽然不说太满意,至少也还凑合过得去。

柔柔崇拜地看着温暖:"暖暖姐,我知道你厉害,但是,我不知道,你这样厉害。"说着,对着温暖竖着手指夸了起来:"你的现场调动应变能力好棒。"

"这次只是一个小小的庆功酒会就搞得这样人仰马翻的。"温暖挫败地对着柔柔说,"其实很多事情,可以更加妥善地去处理的。我还是太失败了。"她作为一个主持人,却因为临时的变动性而搞得说台词都磕磕巴巴的,实在是有点无地自容的感觉。

"暖暖姐,你对自己的要求太高啦!"柔柔笑吟吟地对着温暖安抚,"其实你真的做到已经很好了。"

"哎。"温暖深深地叹了口气,"还是算完工了吧。"只是去风华公司做主持人的事,估计就这样泡汤了。

"暖暖姐,你要相信自己,你以后会更棒的。"柔柔对着温暖做了个加油的手势,"我们要一起变得更好。"

"嗯,加油。"温暖伸手握住了柔柔,相互打气,在她的心里清楚的知道,今天的庆功酒会的表现是入不了岳昊天的眼,所以他早早就退场了。不过,通过这次活动的练手,让温暖再一次对工作燃起了最高的热情度。一个女人,没有完整的婚姻家庭并不可怕,可怕的是找不到自己的位置,她现在要找到属于自己的最佳位置,尽自己最大能力去完成自己曾经的梦想，为自己的人生，再重新做一次选择。不管是为了儿子乐乐，还是为了自己。

就像小惜说的，女人长得漂亮是优势，但是活得漂亮才是本事，女人不论何时何地，要保持自己的价值，才能够有自己独特的魅力。

柔柔所崇拜的温暖，看在岳昊天眼里，并不觉得多能干，最多也就勉强及格，在他心里给温暖再一次定位成花瓶后，他就早早退场，一个人漫步游逛在闻名遐迩的衡山路。初春午后的阳光，柔和地照在身上，让他有一种暖暖的感觉，街道上，这个时间点，行人稀少。岳昊天一个人，沿着宽宽的梧桐大道轻盈漫步，看着那一幢幢西式的洋房、古典的教堂，精致的公园、私人家小院，还有那散落各处的酒吧和咖啡馆，他用心地感受着上海这座城市的情调风姿。当他看到那个穿着干净衣服，却躲在公园门口垃圾桶旁的小男孩时，顿住了脚步，俊眉微微拧了下，犹豫不到一秒，步子就朝着他走了过去，"小朋友，你在干嘛呢？"

看样子，这个小男孩大概五六岁，长得很漂亮，穿的也很干净，不像是乞讨的儿童。可是，附近却没有孩子的家长，公园里，也是空空旷旷的。现在，拐卖儿童组织很多，这个可怜的孩子，该不会是被拐来的吧？岳昊天的脑海里，顿时这样猜测，忍不住就关心起来。

乐乐看到陌生人，没有接话，黑溜溜的眸子怯生生地看着岳昊天，见他走过来，顿时害怕地抱着垃圾桶。

岳昊天的俊眉拧得更紧了，放低了声音，尽可能温和地说道："小朋友，你别害怕，叔叔不是坏人。"生怕吓着乐乐，他努力在不拘言笑的俊脸上，扯出一抹和煦的微笑来："叔叔只是想问，你怎么一个人在这里？你的家人呢？"

乐乐还是不说话，紧紧地抱着垃圾桶，似乎，这样抱着能给他一种安全感。

岳昊天看着乐乐的本能反应和他淡漠的眼神，脑海里自然想到，曾经，童年的自己，似乎，也是这样的。尤其被误诊为儿童精神障碍的疾病后，他更是远离了小朋友，一个人孤独的差点真的得自闭症。这个孩子，该不会是跟自己一样吧？

岳昊天的心里，充满了同情，他蹲下身子，眼神真诚地看着乐乐，"小朋友，你不要害怕，叔叔真的不是坏人。"他慢慢地挪着步子，朝乐乐靠过去："叔叔叫岳昊天，你呢？叫什么名字？"随即，他伸出自己的手，"小朋友，别抱着垃圾桶，过来，叔叔带你去找妈妈好不好？"

乐乐咬着唇，瞪着眼睛，看着岳昊天朝着他伸过来的手，突然扑上前，猛地抓住岳昊天的手腕，狠狠地咬了一口。

岳昊天猝不及防被咬个正着，吃痛的松开了抓着男孩的手，甩了两下，看了眼伤口，两排红红的整齐的小牙印，就这样咬在他手腕上。

乐乐见状，一溜烟地从岳昊天的眼皮子底下，飞快地离开垃圾桶，跑了出去。

岳昊天站起身子，本来不想管这孩子了，可是看着他不管不顾地朝着大马路上狂奔出去，心里不由得捏了一把汗，忙追了上去："小朋友，别乱跑！危险。"话刚喊完，乐乐便自己绊倒，摔了下去。

岳昊天刚想松口气，放慢步子，抬眼一看，从十字路口开来一辆大卡车，大卡车"叭叭"的按着喇叭，放缓车速提醒，可摔倒在地的乐乐却被吓傻了，愣在那里，一动不动。

情况顿时危急起来，岳昊天心里一急，忙快步奔过去，一把抱起在地上的乐乐，利落地闪到了路旁，惊魂未定地拍了拍乐乐的后背，安抚他："小朋友，不怕，不怕……"

"你怎么带孩子的？怎么不看好孩子？要出事了，你这不是害人么？"卡车司机气急败坏地开了车窗，对这岳昊天就一顿训，"想作死，也连累别人。"

"对不起。"岳昊天只能道歉，等那司机骂骂咧咧地走了，他再温和地揉了揉乐乐的脑袋，关切地问："小朋友，你没事吧？"

乐乐还是不开口，但是，轻轻地摇了摇头。

"你叫什么名字？"岳昊天耐着性子问，语气尽可能的温和。

乐乐看着岳昊天，半响都不说话。

"小朋友，你不会说话？"岳昊天想，这孩子该不会是个哑巴吧？

乐乐摇摇头。

"会说话呀？"岳昊天勾着性感的唇，温和地笑笑："那你怎么不跟叔叔说话？叔叔真的不是坏人。"

"我想找妈妈。"乐乐终于清脆地开口说话了。

"好啊，叔叔带你去找妈妈。"岳昊天应承了下来，接着问："你妈妈叫什么？家在哪里，你知道吗？"

"我妈妈叫温暖，我家住在××花园，1幢101室。"小乐乐一字一句，重复得很清楚。

这是温暖从小就教乐乐的，如果，他走丢了，找不到妈妈了，只要要找警察叔叔，告诉他这个地址，就能回家了。

岳昊天一愣，温暖，××花园，1幢101室，要不要这样巧？低下头看了看抱在自己手里的乐乐，他拧着俊眉叹息了一声："叔叔带你去找妈妈。"

"不要，妈妈说，要回家，就找警察叔叔。"乐乐一听岳昊天要带他走，忙下意识地开口拒绝。

岳昊天一听乐乐这奶声奶气的话，"噗嗤"一声笑了出来，"看不出来啊，你挺有警觉性的。"他随即换了一个手，抱着乐乐："不过呢，咱们今天不用找警察叔叔，因为，你妈妈呢，正好叔叔我认识。"

"你骗人。"乐乐不相信地看着岳昊天。

"叔叔才不骗人呢，等着，我给你妈妈打电话。"说着，岳昊天从口袋里掏出手机，翻到了温暖的号码，拨了过去。这号码，是那天在机场，戚雪给存的。

温暖这会正忙着收拾，清理发布会的后续工作，看到陌生号的来电，愣了下，随即就接了起来："喂，您好，我是温暖。"

"我是岳昊天。"岳昊天简洁地丢了这五个字来，接下来的话把温暖惊的有点傻眼，愣了好一会，她才反应过来。岳昊天在说，乐乐好像走丢了，他正跟乐乐在一起。温暖忙紧张地问："岳昊天，我儿子没事吧？"连岳先生这句客套话，她都急得顾不上了。

"没事，他要跟你说话。"岳昊天说着，把手机递给乐乐："你妈妈。"

"乐乐，乐乐，能听到妈妈说话吗？"温暖忙对这电话问。

"妈妈，妈妈……"乐乐听到温暖的声音，忙委屈的喊了起来，"妈妈，我想你。"

温暖一听这话，眼睛顿时就忍不住地酸涩起来，差点就落下泪来，"宝贝，妈妈也想你。"深呼吸了几口气，吸了吸鼻子，才问岳昊天："岳先生，你们在哪呢？我现在去接我儿子。"

岳昊天便把地址报了过去。

十分钟后，温暖急急忙忙地赶过来，第一件事，就是紧紧地抱着乐乐："宝贝，你没事吧？"

"没事。"乐乐摇摇头："妈妈，你什么时候回家呀？我不要看到那个坏女人，她打我。"乐乐说着憋屈地嘟起了小嘴，看得温暖那个叫心痛，她温柔地抚摸着乐乐的脑袋："宝贝，你再等等，妈妈一定会把你带在身边的。"

乐乐点点头，乖巧道："妈妈，我等你。"

温暖的眼角湿湿的，用力地抱紧了乐乐，深深地呼吸了一口气，平稳了下心情，才对岳昊天开口道谢："岳先生，谢谢你。"

"不客气，我送你们回去吧。"岳昊天的声音，面对温暖的时候，就没有面对乐乐那一副温和了，语调礼貌，但是生硬。

"嗯，谢谢，不麻烦你了，我要送乐乐去他爸爸那。"温暖客气地拒绝了岳昊天。

"我认识路。"岳昊天说完，从温暖手里接过乐乐："××花园，1幢101室，走吧。"转身，大步朝着自己的车那里走去。

温暖愣了下，心里打了个问号，岳昊天怎么会知道？随即，看着乐乐并不太抗拒岳昊天,便踩着高跟鞋,追了上去,当她看到岳昊天抱着乐乐上了一辆灰色的BMW,心里不自觉地松懈了口气,她刚才还真有点怕,岳昊天开着摩托去送她们母子两个呢。

"岳先生,真的是太麻烦你了,谢谢。"温暖上了副驾的位置,将乐乐抱在怀里,边拉安全带,边真诚地对这岳昊天道谢。

"不客气。"岳昊天的语调里,带着波澜不惊,面无表情地看着视线前方,然后,启动车子,疾驰了出去。

岳昊天的少言寡语,让车厢内的温度,瞬间低了几分,温暖敏感地觉得自己进入了冰凉的异度空间,能言善辩,人缘极好的她,在面对岳昊天的时候,总是有无力的词穷,她怔怔呆滞了半晌,然后,深呼吸了一口气,努力将那些个不适应的感觉摒除,接着,低下头,看着宝贝儿子,温和地对乐乐教育道:"宝贝,以后不能一个人乱跑,知不知道?爷爷奶奶找不到你,会着急的。爸爸找不到你,也会着急的。"

乐乐点点头,随即问:"那妈妈,你找不到我,会不会着急?"

"妈妈当然会急,都快要急死了。"温暖一点也没夸张,担忧地看着乐乐:"宝贝,你以后真的要乖乖的,等妈妈稳定一点了,就接你跟妈妈一起住好不好?"

"好!"乐乐点点头。

岳昊天不动声色地看着温暖跟乐乐,心里微微涌起一股自己也说不清楚的涟漪来。

将乐乐送回谢家之后,面对曾经亲密的一家人,眼下却变得礼貌,疏远。温暖的心里,不自觉地忧伤起来。才两个月不到的时间,曾经她的家,却有另外一个女人取代女主的位置。时间,果真能够改变一切。

温暖上了岳昊天的车,不自在地看向车窗外,目光却意外撞上一道冷冽探究的目光。那目光,来自她的前夫,谢天。或许,他以为,温暖离婚之后,跟岳昊天在一起了吧!

可是,事实上,温暖到现在,跟岳昊天说话的次数,手指头都能数的过来。

温暖悄然地望了一眼岳昊天的侧面，他长得很帅气，侧脸的轮廓异常俊美，只是紧抿着的唇，让他整个人看起来有几分冷酷和严谨。但是，温暖不可否认，他的身上，散发着沉着俊雅的味道，让她仿佛成了情窦初开的"花痴"小女生，竟然，不由自主的偷偷地看他。

"你儿子叫乐乐？"岳昊天边开车，边随口问了句。

"嗯，是啊，谢乐乐。"温暖回答。

"多大了？"岳昊天又问。

"五岁半。"

"长得像你。"岳昊天一板一眼地说。

"嗯，是啊，"温暖笑笑，"今天，真的谢谢你。"

"你要去哪里？"岳昊天瞬间又转移话题。

"我……我去酒店再看看。"温暖犹豫了下，还是决定去亲自处理善后问题。

"哦。"岳昊天应了一声，双目认真地看着前方，专注地开车。

温暖悄然扫了他几眼，最终，咬着唇，也打消了说话的念头。因为她发现，岳昊天是个话少的人。而她，面对岳昊天，有着一股莫名的心虚，找不到什么合适的话题。

车厢里的气氛，顿时又变得暧昧跟尴尬起来，岳昊天随手点开了广播电台，在讲一个品读书会的节目，在介绍当红网络作家的新书，温暖听着不觉得好奇，她竟然都没听过这些作家的名字。

当介绍到新书作家顾七兮的《一朵桃花倾城开》时，她激动地竖着耳朵听了起来，对岳昊天道："这个是戚雪。"

岳昊天茫然地转过脸扫了一眼温暖，波澜不惊道："我知道。"

"啊，你知道？"温暖是后知后觉戚雪写书这事，所以听到岳昊天的回答，不由得有些傻眼。

"嗯。"岳昊天淡淡应了一声，又转过俊脸专注地去看着路面的车况。

第三章 意外不断

因为临近下班时间点,路上交通开始堵塞,岳昊天的车,刚转过一个十字路口,就发现前面排着长长的一条"龙"了,将这条道上的车,全部堵住。他们又没有办法调头,只能苦等。

"前面,是不是出车祸了?"温暖好奇地摇下车窗问。

"或许吧。"岳昊天的话依旧简洁,但是,不拘言笑的他,冷酷的他,却在遇到堵车这样糟心的事的时候,依旧保持这种淡定的状态,他的俊眉微微的拧着,然后,手指耐心地扣着方向盘,"嗒嗒"的打着节奏。

温暖跟岳昊天相处,总带着一丝不自然,她的脑海里,又想到那一晚她醉酒的事,隐忍了很久,终于,还是忍不住开口道:"岳先生,我那一晚,喝醉了,有没有对你做什么?"

岳昊天一听温暖这样直白的问,愣了下,随即不动声色地回答:"没做什么。"

岳昊天一口咬死没做什么,但是,温暖是个敏感的女人,她能清楚的感觉到岳昊天对她的不满。但是,她真不记得自己做过什么,所以,她跟岳昊天独处的时候,内心会变得非常紧张。或许,外表,她伪装的别人看不出来,但是,内心里,只有温暖自己知道,她是多么紧张跟不安。为了缓和这样的不安,她是想要问问清楚,那一晚,到底发生什么了?

不管事情好坏,她心里总得要有个底啊。可是,看着岳昊天这么冷酷,一脸不愿多谈的样子,温暖也就只能将满肚子的问号,一个人悄悄的吞了回去。望着窗外密密麻麻被堵塞的车流,她轻轻地叹了口气。面对岳昊天都这样的不自在,要在他手底下做事的话,只怕,结局不乐观。而且,就算岳昊天给戚雪面子,让温暖去风华工作,只怕,在温暖的心里有一道坎过不去了。在岳昊天面前,她始终是个走后门,靠关系的花瓶。与其被他瞧不起,那还不如,放弃风华的工作,调整好心态了,在职场上,重新给自己定位,然后寻找属于自己的快乐和自信。

就这样一想,温暖的心里顿时松了口气。她或许找到自己面对岳昊天那种不自在跟自卑感,是从哪儿来的了。

温暖扯着嘴角自信的笑了笑，没有风华，她可以自己想办法去人才市场找找工作。不管结果怎么样，她总归是靠着自己的学历、能力去应聘的，而不是现在，靠着戚雪的关系，靠着戚雪的人情，把她硬塞进去。岳昊天还这么心不甘、情不愿外加不待见。

一阵悦耳的手机铃声将温暖从幻想中惊醒，她仔细听了下是自己的手机，便歉意地看了一眼岳昊天，然后接起柔柔的电话："喂，柔柔。"

柔柔在电话那头跟温暖交代，"暖暖姐，善后工作已经彻底完成，我们准备撤离，去庆祝，你来不来？"

"我现在被堵在路上了，"温暖看了看外面的车流："一会，回家还有事，就不去庆祝了，你去定个包厢吃饭，回头再安排活动，费用回头我报销。"交代完了，又补充了句："玩得开心点。"本来温暖是想说，那她晚点过去，但是，送她的人是岳昊天，这样来来回回地绕的话，只怕他会不高兴。

"你不用去酒店了？"岳昊天看着温暖，见她切了电话。

"嗯，是啊，她们收拾好了。"温暖温和地笑了笑。

"哦。"岳昊天点点头，"那你回家？"

"嗯，是啊。"温暖神色不太自然地点点头，"要不然，你前面放我下来，我自己打车回去！"她可不敢把岳昊天当成司机使唤。

"不用，"岳昊天那双黝黯、深邃的眸子，淡扫了一眼温暖后道："送你回去好了。"

"那真是谢谢你了。"温暖不自在地扯了扯嘴角，笑了笑，随即道："我家是在……"

"我知道。"岳昊天打断温暖。

温暖愣了下，上次岳昊天送过她，没有想到，他竟然记得，被他这么打断了，温暖顿时又不知道该接岳昊天什么话了。

"你着急出来工作，是为了儿子？"岳昊天淡声问。

"嗯。是的。"温暖诚实地点点头。

岳昊天的眼里闪过一丝犹豫，随即淡漠道："那你把你的资料发我邮箱吧。"他算是默认温暖进风华了，那么个公司养个吃闲饭的也无所谓。

温暖没有错过岳昊天的眼神，听到这话，内心百味交杂，如果，岳昊天在第一次见面就这样说的话，温暖会觉得很开心；如果，岳昊天的眼神没有犹豫，她也会重新考虑。但是，就刚才那么一会，温暖想通之后，她不想去风华了，所以委婉地对岳昊天开口："岳先生，很感激你，给我这么一个机会。但是，通过这次庆功酒会，我发现了我很多地方的不足。我想，我驾驭不住贵公司的职位。"缓了缓气，看了一眼错愕的岳昊天，继续开口道："我想给自己重新定位。"

岳昊天没有说话，黝黯深邃的眸子，深深地看了一眼温暖，那一眼包含的情愫太过复杂，有意外，有茫然，有疑惑，有太多的不解，最后，他面不改色地点了点头："既然，你有了自己的打算，那我就不勉强了。"

"嗯，"温暖点点头，"还是要谢谢你。"

岳昊天没有接话，看了看他正在响着的手机，是安瑶的来电，俊眉微微挑了下，又扫了一眼温暖，才接起电话："Hello，how are you？，Catherine？"

温暖将脸再一次扭向车窗外，听着岳昊天用流利的英文跟对方讲话，大概意思是说，让岳昊天去机场接一个朋友，岳昊天无奈地答应了下来，随即，切断了电话，眼神无奈地看着渐渐开始移动的车流，慢慢踩着油门也跟着动了动。

温暖心里更不安了，率先打破沉默道："你有事的话，把我在前面路口放下来吧。"耽误岳昊天的事，温暖可不敢。

"没事。"岳昊天简单地丢了两个字，然后，慢慢地跟着车流，行驶起来。

温暖只能讪讪地住嘴，然后，一路不安地看着车窗外，直到岳昊天将车稳稳地停在了她家的小区门口。

温暖快速地提着包包下车，岳昊天摇下车窗，难得心情极好的对这温暖挥挥手，然后，调转车头，一脚油门，疾驰了出去，温暖目送着岳昊天的车，在她的视线里消失，心里清楚地知道，他们之间的交集，或许到此为止了。但是，她的心，却有一点点，自己也说不清楚的凌乱感来。

岳昊天的手腕上，刚在打招呼的时候，一排小小的牙印醒目地跃入温暖的眼中。乐乐的性格，抗拒陌生人，只怕那是他咬的，而岳昊天却什么都没有说。

就好像，醉酒当晚，温暖此时才隐约的记起，好像，她扇过岳昊天一巴掌，但岳昊天始终是只字未提。

岳昊天，或许，只是冷酷严谨了点，但不可否认，他确实是一个十分有绅士风度的男人。

温暖还没来得及打开家里的门，戚雪的电话就追了过来，"温暖，你搞什么啊？为什么拒绝去岳昊天的风华上班？"

"雪，首先，我很谢谢你，这么帮我。"温暖先对戚雪表示感激，随即话锋一转道："可是，我现在想给自己重新定位个目标。"

"什么目标？"戚雪追着问。

"我想去人才市场找下工作。"温暖说的正色，"虽然我知道要碰壁，可是不去试试，我就算进了风华，也一样被人瞧不起，我是开后门进去的。"

"拜托姐姐，都什么时代了，有关系，有人脉你不用？"戚雪不认同地大叫了起来，"你的能力去风华绰绰有余，我都嫌人风华小庙容不下你这大佛呢，你倒好，你要去人才市场应聘？你还以为自己是刚出社会的大学生吗？"

戚雪的话说得也不是没道理，但是温暖此时也是头脑发热了，坚持道："虽然你说得很有道理，但是我真的想试试。"她稳了稳心神，最后安慰戚雪，"如果我碰壁了，再回头也不迟。"

"好吧，你想试试就试试吧。"戚雪也不强求，"我只是觉得有捷径，你不需要那么辛苦的。"

"雪，走捷径固然是好，但是脚踏实地凭实力说话，岂不是更好？"

"你既然想好了，那就大胆去做吧，有什么困难，随时找我。"戚雪知道温暖的脾气，劝说是无效的，所以，也懒得去劝说了。

"嗯，雪，我真的谢谢你。"温暖由衷地感激。

"我们之间客气什么？"戚雪笑着打断，"你呀，就是太较真了。"

挂了戚雪电话后，温暖开始上网递简历，她现在迫切地需要一份工作，来解决温饱问题，跟争取乐乐抚养权的问题，可是翻了半天，发现适合她的职位很少，而她想做的职位，尤其对待年龄要求卡的很严，她突然有种很茫然的感觉，那些回不去的日子是曾经的青涩年华啊。

温妈妈打电话来的时候，温暖已经降低标准，准备先随便找个文职工作应对，过渡一下，瞅着邮件发送成功，这才接起电话："喂，妈。"

"暖暖，你是不是有事瞒着我们？"温妈妈的语气并不和善，带着一股威严的压迫感。

"嗯。"温暖犹豫了下接话，"妈，我离婚了。"

"什么？你离婚了？"温妈妈一听这话，瞬间就激动起来，"暖暖，你都多大的人了，你还那么任性？"换了口气，"离婚，是闹着玩的么？"

"妈，我没有闹着玩，我跟谢天已经离了。"温暖稳了稳心神，尽可能地波澜不惊的说着，可是她的心，还是带着一阵难以形容的酸涩。

"那乐乐怎么办？"温妈妈焦急地问。

"抚养权现在在谢家。"温暖痛心地说完，忙坚定道："不过，我一定会尽快要过来的。"

"算了算了，电话里说不清楚，你今天给我回家来。"温妈妈揉着心口，语气无奈道。

"嗯，好。"温暖犹豫了下，便答应了。

简单收拾了下自己，温暖便回温爸爸，温妈妈那。走到家门口，温暖摸钥匙，发现口袋空空的，就拉开随身的包包找起来，还是没看到家里的钥匙，只能用力大声地拍着门，门一开，就看见温爸爸黑着一张脸站在门口，温暖顿时感觉就好像上高中的时候，班主任告状说她早恋似的神情，温暖心虚，有些理亏，小心翼翼地把鞋换了，整齐地排放到鞋架上，讨好似地赔了个笑脸，"爸，我回来了。"

温爸爸拧着眉，看了温暖几眼，欲言又止，最终无奈地叹息了一声。

温暖的心跟着沉了下去，她稳了稳心神，就进屋，就看到温妈妈蹲在地上很卖力地擦地板，她有些害怕弄脏妈妈辛苦的劳动成果，只好轻手轻脚地走着，生怕身上带的灰尘给掉落地上，老妈又白费力了。

可温妈妈一看到她，立马就停下了手里的工作，挨着温暖身边走过来问："你为什么要跟谢天离婚？"

"妈，他外面有人了。"温暖诚实地回答。

"你傻呀，他外面有人你就离婚给他让位？"温妈妈的手指没好气地朝她脑袋戳了过来，"你就不能忍忍？"

温暖咬着自己的唇，没有接话。在她的爱情世界里，是容不下第三个人的。

"这年头，只要你忍，把小三耗死，就不用离婚。"温妈妈语重心长地说，"你看你，现在婚离了，乐乐也给谢家了，自己的年纪又不小了，你该怎么办哦？"

"妈，我一个人也会好好的。"温暖扯着僵硬的笑容对温妈妈说的同时，也在心里给自己打气，女人一定要活的漂亮。

"你呀，"温妈妈深深地叹了口气，"我真不知道怎么说你。"

"那你接下来准备怎么办？"温爸爸也忍不住张嘴插话问。

"先找个稳定的工作，然后要回乐乐的抚养权。"温暖看着温爸爸，见他的两鬓已有不少白发，鼻头一酸，眼睛一涩，眼泪就这样克制不住地流了出来。

"好了，你别哭呀。"温妈妈看到温暖的眼泪，心更酸了，忙抱着她安慰："离了就离了吧。没准下个更好。"

"嗯。"温暖只是胡乱地点点头，下个人？她经过这次失败的婚姻之后，已经很难再去相信爱情，很难再去打开心扉去接受下一个人的存在了。

"暖暖,你在哪?"童小惜打电话来的时候,温暖正收拾包包,要去人才市场,因为网上投递的那些简历,就如石沉大海一样没音讯,她不想再等了。

"我准备去人才市场。"

"你要去人才市场找工作?"童小惜惊诧地叫了起来,"暖暖,你没开玩笑吧?"

"你觉得我像跟你开玩笑的么?"温暖拉上门,"好了,小惜,我要出去了,你有急事就说,没事的话,我们改天再聊。"

"那什么,暖暖,我去接你吧。"童小惜末了羞涩地补了句:"我也去人才市场陪你逛逛。"

"姐姐,你当是逛街呢。"温暖嘴角抽搐了下,"什么叫陪你去人才市场逛逛?"她是去认真地找工作的。

"哎哟,之前我不是跟你说,我也要找工作么?"童小惜讪讪道:"朋友介绍了一个,我去试了两天,真心不习惯。"说到这,不等温暖接话,忙说,"我也想人才市场去看看,现在这个社会到底需要些什么样的人才?顺便估量下,我到底是不是这样的人才嘛。"

"好吧,那你来接我。"

童小惜没一会就开着她那辆拉风的奥迪来接温暖了,兴高采烈道:"暖暖,这是我长这么大,第一次去人才市场找工作啊,我好激动。"

"说实话,我也挺激动的。"温暖也是第一次来人才市场找工作,当初大学毕业后,她便顺风顺水的专业对口,学校保荐进了电视台,之后辞职在家相夫教子,从未来过人才市场这样的地方。

童小惜停好车,跟着温暖进了满是形形色色找工作的人的人才市场,但是目测下来年纪都属于偏青涩的,不由得讪然道:"暖暖,我怎么觉得好像都是年轻人多?"

"嗯。"温暖轻轻地应了一声,"你可以挑一些主管,经理的招聘位看看。"这样相对来说,比较适合她们的年纪。

"可是，这些招聘单位除了不要实习生，要么就是要工作经验几年以上的，我们俩在家赋闲这么久了，是不是有点不合适？"童小惜伸手指着一家招聘主管的公司对温暖道。

"亲爱的，你别提醒我了，我也看到了。"温暖挫败地撇了撇嘴，"不管怎么说，咱们还是先试试吧。"说着拉着小惜往一家招聘项目经理的公司走过去，恭敬地递给那位面试官简历，"您好，我是温暖。"

那戴着眼镜的中年妇女接过温暖的简历扫了一眼后，委婉地回了句："对不起，我们需要本专业对口的人，您这专业不太合适。"

"专业是死的，人是活的，我觉得我们可以试试啊。"童小惜不服气地对着那中年妇女说道，"你们的招聘要求也没说一定要理科专业，我们学文科的怎么了？你歧视我们啊？"

"小姐，我们没有歧视你们。"那中年妇女耐着性子道，"而是你们俩真不适合我们的职位。"

"什么叫不适合？都没做的，怎么知道适合不适合？"童小惜承认自己有点急躁，她一直对自己很有自信，甚至有点沾沾自喜，她这样全能型的人才，丢到哪里都是闪亮亮的金子，可是才进这个人才市场，她便觉得自己有些渺小，她的自尊心顿时受挫，只想找人理论翻，发泄心头的不快。

"小姐，您这是来找茬的吧？"那中年妇女面不改色地招手喊来保安，"这里有人捣乱。"

"小惜，好了，你别说了。"温暖忙制止小惜，其实她心里也是有落差感的，昨天跟戚雪说话的那种满满自信，在这里见识过多的招聘条条框框之后，她也不得不承认，工作还真的不是那么好找的。

"我就郁闷了。"童小惜看到保安真的过来赶人，不由得泄气，"我不是找茬的，我只是想问问清楚，情绪激动了点而已。"

"是啊，大姐，误会，误会。我们不是来找茬的。"温暖忙跳出来对着那中年妇女打圆场道，"我们真的很想去贵公司试试，所以情绪不免有些激动。"

"是误会就好。"那保安上上下下仔细打量了下温暖跟童小惜，看她们两个姑娘也确实不像是坏人，忙调和了句："你们的情绪都不要激动，有话好好说。"然后便转身离去了。

童小惜瞪了一眼那中年妇女，扭身气恼的将简历往隔壁那一桌招聘经理职位的扔去，"我叫童小惜，想来应聘经理这个职位。"

温暖忙跟这小惜过去，那负责招聘的是个25岁上下的白净男人，穿了正规的工作西装，给人感觉有很浓的书生气，他上下看了眼童小惜，又随意问了几个问题，童小惜都对答如流。见他脸上的表情也越来越满意，跟童小惜交谈相当愉快的样子，温暖紧绷的心弦，这才稍微松了点，低下头认真地看了看招聘公司要求。

这不看不知道，一看真吓一跳。

这招聘公司竟然是"风华"。

温暖看到"风华"脑袋里自然地就浮现出岳昊天那张面无表情的俊脸来，心情顿时有一些说不清楚的滋味蔓延。

"好了，那我把简历放下了，还有我姐妹的一起放下了哈。"童小惜说着伸手从失神的温暖手里抢过简历，一并递给那个招聘的负责人，笑吟吟道："那我可等你们公司的消息了哈。"

"嗯，你们两个一定都没问题的。"那负责人笑着说，"咱们公司缺的就是你们这样能说会道又能来事的人才。"

"哈哈，那是，那是。"童小惜忙不迭地点头，"不是我自夸，我这姐妹当初还是电视台的当家小花旦呢，要去你们公司混个司仪，主持人什么的，完全就是手到擒来的事。""是吗？"那负责人对温暖的兴趣瞬间大增，毫不遮掩地上下打量着她说道："嗯，看着形象确实非常不错，我把你们简历优先给人事递交上去，真希望我们能成为同事。"

"哈哈，我们也很希望。"童小惜笑着说。

温暖反应过来时，她的简历已经在那人手上了，抢也不是，不抢也不是，只能硬着头皮道，"小惜，我们先走吧。"

"好嘞。"童小惜笑着应声，又跟那边招聘的负责人挥手道别："那么再见了。"

走出人才市场的大门，童小惜拍了拍温暖的肩膀，自信满满道："亲爱的，我觉得我现在浑身都充满了热血沸腾的斗志。我好想大干一场啊。"

"你想的太美了，今天不过是简历投出去了，之后公司还有面试，复试呢。"温暖的心情有些说不上来的复杂，淡然地开口，"我劝你别太乐观。"因为风华的BOSS，岳昊天可真不是什么和善可亲的人物。

"暖暖，你怎么回事嘛？"童小惜不满地嘟了下嘴，"这是我第一次来人才市场，第一次正儿八经的找工作，好不容易遇到个对眼的，欣赏我这种人才的帅哥，你不鼓励我就算了，还这样打击我，我会很受伤的好不好？"

温暖嘴角抽搐了下，"小惜，不是我说你，你真愿意去风华上班啊？"开了四个圈圈的人，就算真的做了风华的项目经理，只怕那些工资还不够这丫头的生活费。

"愿意啊，当然愿意。"童小惜忙不迭地点头，"我自己找的工作，就算是倒贴，我也会兴致高昂地做好的。"

"好吧，那就等通知吧。"温暖也不想把自己跟岳昊天乌龙的相识事件跟童小惜八卦，轻描淡写地带过了这个话题。

"暖暖，想吃什么？我请你吃晚饭。"

"随便吧。"温暖的心情有些说不上来的七上八下，按照常理说呢，这样的简历投出去了，招聘负责人是这样说尽快给上面，但是实际上，能通过，遇到面试，复试的几率也不是很高。温暖潜意识里，害怕接到面试通知，因为要再一次去面对岳昊天，可是矛盾的又想早些得到面试，因为她这次是正儿八经的投简历去风华的，人事处如果经过面试，复试录用的话，那可以证明，她温暖还是有点人才价值的。

第四章　重新就业

　　岳昊天再次看到温暖时，是在"风华"人事招聘的复试上，当他亲自去面试这次的项目经理，在候选人中看到温暖的时候，他愣了下，忙仔细翻了翻手里复试者的资料，看到温暖这个名字时，踌躇了下。

　　温暖接到面试电话的时候，正跟童小惜在煲电话粥，正巧她也收到了面试通知，所以两个人便一起去面试了，结果出来，温暖成功进入复试，而童小惜被刷了下来。面试之后的复试，温暖的心情是非常忐忑的，她总有一种说不清楚的预感，早早地换了一套淡色系的小洋装，化了一个精致的淡妆，既大方得体，又彰显青春活力，还特意提早了半个小时到达风华公司。

　　可当温暖看到面试主考官是岳昊天时，顿时就有一种五味陈杂的感觉来。她不断地深呼吸，好不容易才克制住自己想跑的冲动。经过第一次面试，这次坐在培训室等待复试的人只有八个人，五男，三女，男人都是西装革履，精神抖擞；女人的模样都不错，画着精致的妆容，明丽又不张扬，温暖抓着手机，心里异常的紧张，她这一刻想，如果当初一开始，她就直接投简历来风华面试会不会情况比现在好一些？

　　面试顺序是按照排队叫号来的，轮到温暖的时候，已经是最后一个了，她看着空荡荡的培训室，深吸了一口气，稳了稳心神才走进去。

除了主位上的岳昊天，他左手坐了一个美女，是温暖初次面试的人事部经理，右手边做了个四十岁左右的男人，听说是风华的副总，开始进入面试环节后，"请简单介绍下你对这份工作的计划？""请简单介绍下你的优势，应变能力？"等等的问题，一个接着一个，好在温暖之前做了充足的准备，以至于没有被问的措手不及。

"岳总，您觉得呢？"大概走了一遍过场后，那个人事部经理小心翼翼地问着岳昊天。

副总也转过脸看着岳昊天，低声道："我觉得还可以的。"那位副总跟人事部经理本来就对温暖挺看好的，所以并没有太去刁难，倒是岳昊天紧抿着唇，不发一语，让面试的气氛变得有些说不出来的凝重。

温暖心里忐忑地看了一眼岳昊天，又忙低下头，紧张地攥着拳头，手心都开始冒着汗。

岳昊天掂了掂温暖的简历，面无表情地说："虽然，你的履历不错，而且应变能力也可以，但是你毕竟太长时间没有工作了，而我们的这个项目经理需要的是复合型人才，我觉得，你应该从基层先做起，了解下我们公司。"

"啊？"温暖傻眼，听着岳昊天的意思，他这算是录用温暖呢，还是变相拒绝她呢？

人事部经理跟副总同样对岳昊天的话打着疑问，不由得都扭过脸望着他。

"你如果愿意接受从基层做起的话，我们公司是可以录用你的。"岳昊天淡扫了一眼温暖，波澜不惊地说着。

"基层做起？"温暖的秀眉拧了起来，"岳总，您还是对我的能力有疑惑是吗？"随即直白地看着岳昊天问。

他这到底是什么意思嘛？说到底就是把温暖当作花瓶，不认可温暖的能力，要知道温暖可是实打实地过五关，斩六将地杀到这个复试机会的，而不是靠人脉关系。

"我不是对你能力有疑惑。"岳昊天眉梢动了动，看着温暖，"而是希望你能得到更好的锻炼，才能够胜任这份工作。"说罢不等温暖接话，又说了句实话，"温小姐，你虽然各方面都不错，但是已经七年没工作了。"

岳昊天这话的意思很委婉，就是温暖七年没有工作，早跟这个社会脱节了，就算有天赋，有能力，但是也得要重新去社会基层里打磨下，不然只怕华而不实。

温暖眉头锁了锁，心里思量计较着岳昊天的话。他说的其实也不是没道理，但是让温暖真的从基层普通文员做起，她心里总是有些疙瘩跟不快的。

"温小姐，你可以回去考虑下。"岳昊天说完这话，大步地离开了面试间，他这不是故意在刁难温暖，而是真觉得这个女人如果想要在事业上拼出一片天的话，需要好好打磨。

在岳昊天的眼里，温暖各方面条件都不错，但是她真没有经历过挫折跟磨难，太顺风顺水了，就跟温室里的花朵一样，这样的人一旦做了项目经理，只怕会优柔寡断地处理不好某些棘手的问题，与其那时候出现问题，还不如现在直接把这些问题扼杀在摇篮里。

温暖心情复杂地离开了面试间，她心头难以遮掩的是淡淡的失落。

童小惜打电话来的时候，温暖的心情依旧拔凉，拔凉的，她恹恹地接着电话："喂，小惜啊。"

"亲，你今天去风华面试，结果怎么样了？"小惜关切地问。

"不太好。"温暖无精打采地说。

"不太好是什么意思？"童小惜疑惑，"是录取了，还是没录取？"她被刷掉，心里是有点不平衡的。

"要我从基层做起。"温暖叹息了一声道，这是最让她心凉跟为难的，基层要是做的好，升级做项目经理是没啥问题的，要是做不好，只怕就得回家吃老本。再说，基层小文员的工资，真的不够温暖生活，更别提去争取乐乐的抚养权了。

可是，如果不从基层做起的话，风华公司这个职位，只怕就泡汤了。那样温暖又得要满世界地去投简历，然后不断循环面试，复试，最后也不一定能在短期内找到合适的工作。

安心相夫教子，七年没有工作是温暖最大的缺点，她其实比那些新出校园的孩子好不了多少，甚至更加可悲一些，因为她算是上了年纪的人了，这工作，高不成低不就地真的很难找。

"风华开什么玩笑？"童小惜一听这话，立马不淡定了，"暖暖，这家公司肯定是在刁难你，你不去也罢了。"小惜说完又愤愤不平道，"我这样的优秀的人才都不要，简直太没天理了。"

温暖的嘴角抽搐了下，"小惜，你淡定。"她哭笑不得地安抚了句。

"我淡定不了。"童小惜愤慨地叹了口气，"我都把那边工作辞职了，结果这边连复试都没过，我想死的心都有了。"

"你不是吧？"这下轮到温暖不淡定了，"你都没确定，你辞什么职啊？"

"哎呀，我以为我肯定没问题嘛。"童小惜讪讪道："算了，那边的工作辞职就辞职了吧。反正我也不稀罕。"

"那你接下来准备做什么？"温暖关切地问。

"先玩几天吧。"童小惜漫不经心道，"对了，去看过乐乐吗？"

一听到儿子乐乐的名字，温暖的心顿时抽疼了下，"最近太忙，没有去看呢。我准备一会去看看。"

"好吧，要我送你去吗？"

"不用了，我自己去。"温暖感激地拒绝，"小惜谢谢你。"

"哎哟，你跟我客气什么？"童小惜不满地哼哼，"我反正现在辞职了，一个无业游民，不就充当下你车夫的角色么？没事。"说完不等温暖开口客道，忙说，"暖暖，你要再说什么客道的话，那可就是跟我见外了。"

"没，我没准备客道，我想说的是，看完乐乐，我请你吃饭吧。"温暖把客道的话生硬地吞回了肚子里，改口邀约。

"这话么，还能听听。"童小惜满意地点点头，"好了，你在家里等着我，一会就到。"

看到乐乐身上那些青紫的伤痕，温暖的心就好像被针扎似的疼痛，她的眼泪噗噗地往下掉，抱着乐乐不停地安抚，"乐乐，你没事吧？"

"妈妈，我没事。"乐乐抱着温暖，死死地不松手，奶声奶气道："我要跟妈妈一起住，我不要跟坏女人住。"

"乐乐，乖。妈妈一定会要回你的。"温暖抱着乐乐坚定地说，心里想着，还是去风华上班吧，从基层做起就基层吧，至少有稳定工作了，比什么都没做的强，在做的同时慢慢调节再换工作吧。

"该死的，这不明摆着在虐待乐乐嘛！"童小惜愤愤不平道："暖暖，你就这么忍心咽下这口气？"

"我能怎么办？"温暖无奈地拧着秀眉，"抚养权在谢家，我能偷偷来看乐乐一眼，已经属于违规了。"她这个母亲真的很失败，失败的连自己亲生儿子的抚养权都争不到。

童小惜张了张嘴，最后终于欲言又止。因为有些话，说了也没有用，那还不如不说。

"小惜，我决定去风华上班了。"温暖看着乐乐，坚定地开口，"我一定会想办法做好，然后拿下项目经理这个职位的。"不管是为了要回乐乐的抚养权，还是证明她温暖的实力，她都要努力去做一做。

"好吧，你加油吧。"童小惜安慰地拍了拍温暖的肩膀，"我相信你，一定可以成功逆袭。"

温暖重回职场的第一天，被安置去参加培训，说实话，这个所谓培训就是灌输一些无偿为公司服务奉献的理念，等到培训结束，就开始从基层轮岗实习，温暖的第一份轮岗工作是主持人助理。

说是主持人助理，实际上就是一个拎包的保姆而已。

想她温暖曾经还是电视台的当家小花旦，此时却在伺候一个婚庆公司的主持人，做她的保姆，鞍前马后不说，还处处被挑刺，加班加点都是常有事，挨骂简直就是每天必须要面对的。

说实话，温暖的心里真的很难过，这样的落差感，让她真的羞愤地想要钻地洞去，可是想着那可怜的儿子乐乐，她的心里就不断地告诫自己，一定要坚持下去。再苦再累再难都得坚持。

至于岳昊天，温暖来公司实习上班到现在一个多星期了，连面都见不到。温暖也渐渐淡忘了这么一号人物。

对于工作，温暖从最开始的心里不平衡，不甘愿到现在，不但帮她的主持人安娜处处主动打理好，晚上还留下来主动加班把第二天她要参加的酒会流程演说词细心地打点好，她也渐渐明白岳昊天的苦心，确实她的人际交际能力不错，但是实际实践知识并不强，尤其面对突发事件的应对能力确实不咋地。

从基层做起，确实能磨炼，让她学习到很多曾经看不到的东西，也能将她性格里一些缺陷给弥补足，她确实跟这个社会脱节很久，通过基层的接触，渐渐的开始跟上了节奏。

当温暖将安娜第二天要用的东西都准备妥当，她才嘴角勾着微笑，又在日历上画下一笔，因为今晚是最后的加班了，明天她终于不用备受煎熬地跟着安娜，品尝她星光熠熠地在醒目的舞台上主持那种酸涩的滋味了，她要去策划部做助理了。

温暖收拾完包包，办公室只剩下她一个人了，她却丝毫不觉得疲倦，唇畔都带着浅浅笑涡快步离开公司，见她所在楼层的电梯还没关严，忙不顾自己踩着高跟鞋飞奔过去，"喂，等一等。"说着伸脚卡住了关了一半的电梯门，等门开了，抬眼看到面无表情的岳昊天时，她愣住了，脑袋突然有些短路。

"进不进来？"岳昊天不耐烦地催促了声。

"哦。进来了。"温暖忙快步跨进了电梯,看了一眼 1 楼的数字,便小心翼翼地站在一边,咬着唇,犹豫了许久,才开口问:"岳总,您也加班啊?"

"嗯。"岳昊天淡淡地应了一声。

温暖见他明摆着不想跟自己搭话,她也没了搭讪说话的勇气,搅着衣角,默默地看着电梯楼层一层一层的数字往下,突然"哐当"的一声,电梯停住了,里面的灯瞬间也暗了下去。

"啊。"温暖身体失重,惊恐地失声惊叫了声,然后条件反射地伸手抱住了身后的岳昊天。

岳昊天浑身一僵,想推开温暖,但是犹豫了下,最终没推开她而是拽着她,伸手按下了紧急按钮。可是按了半天也没反应,不知道是不是物业值班的人在偷懒,还是全楼都停电了,暂时没人发现电梯出故障了。

"你别叫了。"岳昊天不耐烦地打断温暖,这个女人的惊叫声就没停过,让他心情异常的烦躁。

"电梯是不是坏了?"温暖紧紧地拽着岳昊天,虽然她知道自己这样做,真的很没出息,但是她怕黑,真的怕。

"嗯。"岳昊天按着紧急按钮,然后另一只手从温暖那里抽了出来,掏出手机一看,没电了,压根打不出去电话,他忙对温暖道:"你的手机呢?"

温暖一手像只无尾熊一样紧紧地拽着岳昊天的衣角,一手忙从包包里掏出自己的手机递给他,岳昊天接过一看,她的手机屏幕漆黑一片,不知道什么时候起,已经自动关机了。

"怎么办?手机都没电了。"温暖虽然看不清楚岳昊天的表情,但是从他还给自己手机的举动中,她可以敏感地感觉道,岳昊天是在鄙视她手机关键时刻没电的。

"能怎么办?等人来救。"岳昊天的声音冷冷的。

"可是,这么晚了,还会有人来救吗?"温暖惊恐地问,这个时间点,估计维修工人早就下班回家了,而那些值夜的保安应该是不会维修的吧。

"废话。"岳昊天不耐烦道。

温暖一听他如此不善的语气，心里顿时有些讪然，神色焦急地伸手去按那个紧急按钮，希冀能够有人早一点发现他们被困在电梯里。

"好了，你别按了。"不断按键的声音在寂静、狭小的电梯空间里显得更加让人心情烦躁，岳昊天不耐烦地打断，"保安会联系维修工来处理的。"

温暖只能松开手，另外一只手紧紧地抓着岳昊天的衣角，紧张的浑身的毛细孔都张开，冒着冷汗。

岳昊天不开口说话，这里的气氛静得让人浑身都起鸡皮疙瘩，温暖只能厚着脸皮主动开口说话，"岳总，你是不是对我有什么意见？"每次说话语气都是那么的不耐烦，好像温暖欠了他什么似的。哦不对，想到欠他的那巴掌，温暖心里一阵发虚，讪讪地开口，"岳总，上次我喝醉了，是不是打你了？"

"哼。"岳昊天没有接话斜睨温暖一眼，心里顿生不快。

在黑暗中都似乎能感觉到岳昊天那阴冷不善的眸光，温暖的心里被慎了下，不安地吞咽了下口水，才小心翼翼地继续开口，"对不起，那一晚我喝醉了，真的不是故意的。"

"你不觉得你的道歉有点晚么？"岳昊天面无表情地说。

温暖确认了那一晚她断片的事，心里越发地发虚了，"岳总，我真的很对不起。"除了说对不起，温暖真的不知道此时此刻还能说什么。

岳昊天则是连话都懒得接了，他伸手将温暖紧拽着他衣摆的手不动声色地想要推开，却不料温暖因为害怕反而厚着脸皮抓得越发的紧了。

岳昊天试了几次，最终无奈地选择放弃，任由她抓着。

温暖跟岳昊天都没有再开口说话，电梯里的气氛顿时陷入了一种无声诡异的尴尬中。

不过这样的尴尬并没有持续太久，外面便传来敲门声，模模糊糊还能听到喊话声，"电梯里有人吗？"

"有啊有啊。"温暖忙大声地对着门外喊，"快来救我们。"

第四章 重新就业

"好嘞，你们不要急，我们马上进行紧急维修。"电梯外面的人安抚着温暖他们，"你们要保持冷静。"

"你们倒是快点啊。"温暖都觉得这个狭小的空间里，让她真的有种密室恐惧，就算维修好了，短时间内估计她都不敢再坐电梯了，因为产生了严重的心里阴影。

岳昊天倒是淡定地不发一语，他幽暗深邃的眸子在黑暗中看着温暖，虽然看的模糊不真切，但是他可以实实在在地感觉到温暖的那种焦灼跟害怕，而从这个女人身上传来的这种感觉，竟然让他由生一种想要去保护的冲动。

一定是这个狭小的电梯将自己的脑子给闷坏了！岳昊天连忙快速地摇头，将这样的思维给生生地扼杀在脑海里。

外面的维修人员确实很有效率，没一会，那显示楼层的数字开始亮了起来，电梯里的灯也跟着亮了起来，接着那停顿的电梯开始向下运行。

"你可以松开我了。"岳昊天淡漠地提醒。

"啊？"温暖愣了下，随即反应过来，电梯总算是修好了，忙低下头看着自己紧紧拽着岳昊天的手，触电似的缩了回来，忙不安地搅着自己的衣摆，"岳总，谢谢你。"

"不客气。"简单没有情绪波动的三个字从岳昊天的嘴里丢出来。

温暖的心里松懈了口气，抬脸看了看岳昊天，见他俊美的脸上竟然也是满额头的大汗，忙从自己随身的包里找出了面纸，朝他递过去："岳总，您擦擦汗吧。"

岳昊天淡扫了一眼温暖，并没有伸手去接，

温暖举着的手顿时尴尬了起来，犹豫了下，最终还是收回了包里。

电梯"叮"地一声到达，岳昊天抬脚大步流星地走出去。

温暖走出来，保安歉意地忙赔不是，她忙大度地说，"没事，没事，虚惊一场。"接着她也匆匆地回家。

刚到家把手机充上电，悦耳的铃声便响了起来，温暖掏出来一看，竟然是谢天，心里"咯噔"了下，还是紧张地接了起来，千万不要是乐乐有

- 065 -

事啊！

"谢天，是不是乐乐有事？"

"暖暖。"谢天低沉温和的声音透过话筒清晰地传到了温暖的耳朵里，让她的心里不由得怔住。

"暖暖。"谢天的声音带着明显的醉意，"暖暖，我想你了。"

温暖的心顿时就好像被针扎过似的疼起来，她嘲讽地笑了笑，"谢天，你打错电话了吧？"此时，他不是应该春风得意地抱着他的新欢吗？

"暖暖，你不要这样对我。"谢天打了个酒嗝，"我知道我对不起你。"

温暖的眼睛一涩，眼泪就这样克制不住地流了出来，她深呼吸了一口气，紧紧地咬着唇，听着谢天在那不断地说，"暖暖，我对不起你，你原谅我好不好？"

"原谅？"温暖伸手擦了一把眼泪，"谢天，你觉得我能原谅你么？"在那样深深地伤害温暖之后，在剥夺了乐乐抚养权之后，再让温暖变得一无所有以后，他还有资格要求温暖去原谅吗？

"暖暖，我醉了，求求你，不要不管我好不好？"谢天的声音带着醉意，"我真的知道错了，我也知道对不起你。可是我也不想失去你的。"在跟梁桐交往后，发生诸多问题后，谢天才不得不承认，原来的温暖到底是有多好。

温暖没有说话，眼泪刷刷地往下掉。

"暖暖，原谅我一次好不好？我们重新来过好不好？"谢天可怜巴巴地求着。

"谢天，在我们签字离婚的时候，就已经回不去了。"温暖深吸了一口气，"你喝醉了，早点回家吧。"然后挂断了电话，慢慢地蹲下身子，抱着无助的自己开始撕心裂肺地大哭起来。

男人出轨之后要求女人原谅，可曾想过那样对女人的伤害？女人的感情世界，几乎是容不得任何沙粒的，就算是原谅了丈夫的出轨，可是，有时候她就是无法原谅自己。

原来的生活，也都会存在无法述说的阴影。回不到曾经的，那叫作过去。

可是，就算温暖清楚地知道这些，甚至她也果断地做出选择了，但是在听到谢天这些话时，她的心还是忍不住抽搐地疼痛，为自己那一段失败的婚姻。

这一晚，温暖又失眠了，反反复复的纠结跟煎熬，脑海里想的都是她跟谢天那些回不去的过去，曾经，在任何一段感情跟婚姻开始之前，大家都是想着要好好的一辈子，可是事实上，残忍的现实总归会有那么些反反复复的纠缠，男人出轨之前都抱着侥幸的心理，希望家里红旗不倒，外面彩旗飘飘，而出轨之后更是贪心地奢望享受齐人之福，要是不幸东窗事发，要么就是痛改前非的要求原谅，要么就是选择义无反顾的离婚重头来过，而真的选择重头来过的男人，过了不多久便会发现，原来百依百顺的情人在作为妻子人选之后，便跟原来的老婆是一样的，甚至有的还不如自己原来的妻子，这时候，他便会后悔，一改当初的薄情冷血，渴望能够跟前妻重新来过。

要是女人心软，要是女人无奈妥协，重新接纳这样的男人，那么婚姻生活继续下去，要是没有办法接受的话，陌生了，就继续陌生下去了。

温暖记得，她曾经看过一个描述出轨男人的句子，出轨的男人就好像是沾屎的人民币，捡起来恶心，丢掉了可惜，她现在的心情就是有点矛盾的反复，想着乐乐，她潜意识是想原谅谢天的，但是想着之间发生的那些让她恶心的事，她顿时又没有了那样的勇气，最终还是无奈地叹息了一声，还是好好地工作，争取早一些把乐乐抚养权给要过来，跟谢天这个前夫还是不要有任何纠缠不清了。

温暖心情浑噩地收拾了下自己去上班，刚进办公司就被安娜迎头扔过那一份她加班写的台词，"温暖，你写的什么东西啊？"

"怎么了？"温暖不明所以地接过那流程表跟台词，"这些是哪里有问题吗？"

"有，从头到尾都是问题，你给我改。"安娜气势凶悍道："你不知道这家企业三兄弟闹的水火不容么？你竟然要我邀请他们一同登台相互致辞，你这不是明摆着为难我，让我难堪么？"

"虽然是水火不容，可是台面上的事，不会那么难看吧？"温暖心里还是抱着侥幸的心理，"至少当着很多人的面，应该不至于闹得很难堪吧？"

"不至于闹的很难堪？"安娜冷嗤了一声，没好气道："上次有个公司把他们两个请一起，结果当众就闹得很不愉快，这次你还别说三个了。你是想看他们打群架么？"

"对不起。"温暖歉意道，"把这个流程表给我吧，我重新给你做。"

"快点做。赶着用呢。"安娜不耐烦地催促道。

"好的。"温暖本来今天要去人事部报道做经理助理的，就为这事给耽搁了，忙活了一天，临近下班时间点的时候，办公室的玻璃门突然被人大力地踹开，梁桐黑着一张脸，旋风似的冲了进来，气势汹汹地指着温暖破口大骂道："温暖，你个贱人，狐狸精，你要不要脸？"

四周顿时鸦雀无声，眸光灼灼地看向了温暖跟梁桐。

温暖顿时有种一头雾水的感觉，愣愣地看着破门而入的梁桐，这个成功瓦解她跟谢天婚姻里的小三，她有什么资格骂温暖狐狸精呢？要说贱，温暖也贱不过梁桐这个不要脸的三啊。

"你个不要脸的。"梁桐开骂的同时手毫不犹豫地朝着温暖的脸上甩过去。

"啪！"清脆的巴掌声，在安静的办公室里格外的响亮。

温暖顿时头昏眼花，直冒星星，整个人都差点被打飞出去，当然最重要的事，她心里酸涩委屈的无法言语，看看，这都是什么情况？

梁桐这个谢天曾经的第三者，温暖曾经抓奸他们两个出轨在床都没有这样理直气壮地扇她巴掌。

"你个不要脸的贱人，竟然叫谢天跟我分手？"梁桐吼得歇斯底里，满脸狰狞,"你凭什么让谢天跟我分手?"

贱人?这个字眼深深地刺痛了温暖敏感的神经,她顿时血气冲上脑海,顾不得在公司,便毫不犹疑地上前猛地甩了梁桐两巴掌,"啪,啪。"清脆的声音响起,她才甩着发麻的手,冷眼看着梁桐,一字一句道:"当初你勾引我老公,做不要脸的小三,被我抓奸在床,我都没甩你巴掌,现在打你,只是想告诉你,你有什么资格来跟我说这些?"

"是啊,你都跟谢天离婚了,你还有什么资格要他跟我分手?"梁桐理直气壮地吼道,"温暖,你都已经签字离婚了,你还跟前夫牵扯不清做什么?"

在场的人都被这样的八卦给震得顿住了脚步,停下来围观,他们虽然没有大幅度地指指点点,但是窃窃私语还是不时有那么几句飘进温暖的耳朵里。

"哎,温暖竟然是离异的。"

"听着好像离异了跟前任纠缠不清啊……"

"我并没有跟谢天牵扯不清。"温暖稳了稳心神,正色地看着梁桐,"我也没有让他跟你分手,请你出去!"

"哎哟?敢做,不敢承认啊?"梁桐嘲讽地看着温暖,"你敢说昨晚你们没通电话么?"

"我……"温暖条件反射想说没有,但是脑海里闪过谢天昨晚醉酒后的电话,顿时泄气,讪然道:"他昨晚是给我打电话了,那又怎么样?"温暖又没有真的唆使谢天跟梁桐分手。

"打你电话,你就怂恿他跟我分手是不是?"梁桐恼怒地瞪着温暖,"既然放不下你的前夫,那你干吗要签字离婚啊?"说完不等温暖接话,接着又道,"既然已经离婚了,你还回头干吗?你个不要脸的贱人。"

"你才贱人。"温暖气恼地回骂了句。

"你贱人。不要脸。"梁桐大骂着朝温暖扑了过来,毫不犹豫地伸手掐住了她那白嫩的脖子。

温暖闪躲中，也示不甘弱地拽住了梁桐的头发。

本来仪态万千，带着范儿的两个女人，此时都不顾形象地扭打到了一起，女人打架虽然没有像男人的拳头来得直接，但是扭打，撕咬，互扯头发，互掐……招数五花八门，没一会，两个人都蓬头散发，衣衫不整，狼狈不堪。

办公室那些围观看戏的人都指指点点，还有好心的人在旁边出声劝告，但是谁也不敢贸然上前拉开两个打疯了的女人，只能面面相觑地围观看戏，岳昊天路过办公室，看到这情况，俊眉顿时拧了起来，毫不犹豫地一把大力地拉开了温暖，喝住了梁桐，"你们在干什么？"

梁桐狠狠地瞪着多管闲事的岳昊天，咬牙切齿的说："关你屁事，滚。"

"保安呢？"岳昊天面无表情地对一旁围观看戏的人群淡漠道。

"在来了。"安娜讨好地对岳昊天回答。

"你谁啊？"梁桐一看岳昊天，恍然大悟道："哎哟，我当谁啊，出来护短的是温暖的老情人。"

办公室的人顿时被这个消息给雷到，眸光不动声色地在温暖跟梁桐还有岳昊天三个人之间来来回回巡视着，探究着。

"梁桐，你不要胡说八道。"温暖一听扯上岳昊天，神色顿时开始发急，"不管你跟谢天在一起，还是分手，都跟我没任何关系。"

"是啊，你都带着老情人回家了，能跟我们有关系吗？"梁桐嘲讽地说，"温暖，你本事啊，看着碗里的，想着锅里的，现在不但跟老情人在同一个公司，还跟前夫念念不舍。"

"你不要胡说。"岳昊天面色淡淡的，温暖却急的整个人都跳脚了，急怒攻心道："你胡说八道。"

"我需要胡说八道么？亲眼所见。"梁桐伸手朝着岳昊天一指，"我亲眼看到你们一起走的。"

"我……"温暖被噎住，顿时不知道该接什么话。

"保安，带走。"岳昊天面无表情地吩咐匆匆赶来的保安。

"小白脸,你混蛋,你竟然敢赶我走?"梁桐第一次这样毫无形象地被两个保安架出去,不由得气急败坏了起来。

"再让我看到这个疯子进来,你们都干脆回家别干了。"岳昊天淡漠地说完,面无表情地返身折回自己的办公室。

那些围观的同事,幸灾乐祸地看了场戏,见老板动怒,都自觉地散开了去。

唯有安娜,她目光阴郁地看了温暖半晌,才口气不善道:"岳昊天是名草有主的人,你最好别打什么歪主意,不然我跟你没完。"

温暖愣眼,看着安娜,听着她的语气,好像她跟岳昊天之间有什么关系,忙解释道:"我跟岳总只是普通的朋友关系。"

"连普通朋友都最好别做。"安娜看着温暖,"就简单的上下级关系。"

温暖沉默了下,咬着唇并没有接话,在她的概念里,跟岳昊天虽然不是好朋友,但是也不仅止于普通上下级关系,至于到底算是什么关系,她自己也说不清楚。

在梁桐大闹之后的第二天,温暖上班的时候,发现众人看她的眼神带着一些说不清楚的诡异,让她犹如被 X 光扫射那样浑身不自在,接着便有不少闲言碎语传着她的八卦。

坚持了一个星期,被排斥,被异样的眼光盯着,被指指点点后,温暖终于忍受不了了,她提出了辞职。

人事部的经理很爽快地批了,岳昊天连眼都没抬,也利落签字批准,温暖心情低落地收拾完东西,便离开了上班刚够一个月的"风华"。

温暖抱着东西离开公司后,心里顿时涌现一种茫然无措的感觉来,上海这个城市,温暖生活了这么多年,却从来没有这样的陌生过,抬脸,看着来去匆匆的行人,再看看那马路两侧霓虹闪烁,她的心,带着疼痛的空洞,下面她到底要去做什么?看着这个城市,看着因为经济快速发展而渐渐变得面目全非的城市,她不知道该怎么去适应这带着浮躁,带着快节奏的生活。

再去人才市场找工作？经历基层锻炼？那得经过多长时间后，才能爬上去呢？如果不去人才市场，又再次依靠人脉找关系的话，会不会是再次经历被鄙视，被看不起呢？

岳昊天开车出去的时候，就看到温暖略显寂寥的背影，正茫然地在公司门前徘徊着，她背影很美，有一种柔弱，让人想去保护的感觉，岳昊天摇了摇脑袋，心里暗笑，你这是脑抽风了吗？怎么又莫名其妙的同情心泛滥了呢？可是心里这样想他的脚底却踩着油门，把车缓缓地开到了温暖身边，按了一下喇叭。

温暖并没有注意。

岳昊天又按了次，带着刹车慢慢地跟在失魂落魄的温暖身后，"喂。"

温暖这才反应过来，茫然地看着岳昊天，只听他面无表情的俊脸上，嘴巴在张合地说着，"上车。"

那两个字简短有力，果断得根本不给温暖任何拒绝的机会。

岳昊天见温暖不接话，又不耐烦地催促了声，"温暖，上车。"

"哦，不用了。"温暖忙礼貌地拒绝，"岳总，谢谢你，我自己回去就好。"

岳昊天却把车往温暖跟前一横，然后顿住，摇下车窗，不耐烦道："快点。"

温暖见状，再拒绝好像矫情了，只能提着裙子，放下盒子，然后弯身跨进了车里。

她刚上车，岳昊天就开始踩着油门了，"现在送你回家？"

"嗯。"温暖受宠若惊地回答，"你知道我家的吧？"这个刚辞职，老板亲自送回家的待遇，让温暖很别扭，"岳总，其实你不用送我的。""戚雪要我好好照顾你的。"岳昊天答非所问地说，"你这样辞职，我有责任。"如果不是梁桐那天闹的太难看，公司里传言太多，温暖又是自己扛不住压力主动辞职的，岳昊天还真通过一个月的考察，发现温暖确实不像是长得漂亮的花瓶。他确实想要好好栽培下温暖。

"是我自己不好。"温暖淡然地接话,"在你们公司,我还是学到很多东西的。"

岳昊天并没有再虚伪客道,而是看着前方的路面,专注开车。

岳昊天没有再开口,温暖也不会自讨没趣地跟他主动去搭讪,只能讪讪然地将俏脸扭向车窗外,看着道路两旁的建筑物,一排排熟悉而又陌生的擦过,她的心情跟着怅然起来。

"其实,你不用非得辞职的。"沉默了半晌,岳昊天还是忍不住开口说了句话,在狭小安静的车里,显得异样地突兀。

"嗯。"温暖敷衍地应了一声,如果不是被逼到一定地步,她那么迫切想要工作的人,怎么可能在"风华"刚刚好不容易做上手,却要辞职了,茫然地再去职场里,重新开始给自己定位,找工作。

"你的工作能力其实不错。"岳昊天中肯地评价道。

"谢谢。"温暖礼貌地应了句。

"但是就算你工作能力再强,私生活也得处理妥当。"岳昊天犹豫了下,还是张口说道。

"岳总,谢谢你的提醒。"温暖心里气闷,嘴巴上虚应了句。心里鄙视道:这都什么人啊?这话都什么意思啊?搞得温暖好像是私生活很混乱的那种人。

其实温暖冤枉死了,她哪知道自己前夫的小三会如此极品啊?更加猜测不到的事,她喝醉酒那天,岳昊天竟然把她给送去谢天家里,还正好被梁桐给看到了,把岳昊天也扯了进来。

话不投机半句话多,岳昊天显然也觉察到他刚才那话表达的意思有些不妥当,温暖的神色明显不对了,他便不再开口了。

温暖就好像吞了个苍蝇似的,恶心又吐不出来,也失去了跟岳昊天聊天的兴致。

两个人都安静了下来,狭小的车厢里的气氛就开始变得诡异起来,一一路沉默着直到温暖家小区门口，岳昊天停稳车，淡漠地丢了句，"如果找不到更适合的工作，就回风华来。"

"谢谢您。"温暖客道了下。心里却坚定道，去哪里工作都好，坚决果断不会再去"风华"。"再见。"岳昊天说完，猛踩油门，那辆香槟色的BMW就快速地消失在温暖的眼里，融入到车流中。

温暖深吸了一口气，不管怎么样，她的生活还是要继续的。投简历，找工作，面试，等消息，成了温暖接下来一周的生活状态。

接到童小惜电话的时候，温暖正从一家外企面试出来，她声音略带疲惫地接电话，"喂，小惜啊。"

"暖暖，我心情不好。"童小惜的声音里透着忧伤的味道。

"心情不好？"温暖愣了下，忙问，"你怎么了？"

"失业加失恋了。"童小惜"哇"地一声便哭了出来。

"小惜，你别哭。"温暖举措不安地安抚，"到底发生什么事了，你跟我说说。"

"我现在心里很难过，我就想哭。"童小惜大声地说完，便在电话那头大哭起来，那声音真的是凄凉跟哀婉，听得温暖心里实在不是滋味，焦急地问："小惜，你到底在哪里？你先告诉我。"

"利丰大厦顶楼。"童小惜哽咽着报了个地址，然后又呜咽地哭了起来，"暖暖，我好想死。"

"别，你别胡思乱想。"温暖忙激动地制止，"小惜，你等我，我马上过来。"说完她忙焦急地去马路上打车。

"暖暖，让我先哭会。"童小惜说完，挂断了电话。

温暖听着电话那头的嘟嘟声，顿时有些焦急得六神无主，小惜一向都是个坚强乐观的女孩，从大学毕业后，一直在为找寻真爱，找寻白马王子而努力，寻寻觅觅了许久，爱过，伤过，痛过，哭过，笑过，寻求真爱之路波折不断，好不容易才找到一个"宝马"王子，并且谈婚论嫁，温暖他们甚至都已经坐等小惜安定地结婚生娃了。可突然来个失恋，这让温暖实在是无法淡定。

或许是这条路太偏，或许是这个时间点不好打车，温暖等了许久都没打到车，她甚至打了招车电话，都无人接听，温暖不免焦急起来，提着裙子走向十字路口，看到那辆眼熟的香槟色 BMW 时，脑袋一热，手便伸出去拦车了。

岳昊天看着前面突然蹿出来的温暖，俊眉不动声色地拧了下，但还是由踩着油门的脚换到了刹车，在温暖面前缓缓地停了下来，摇下车窗。

"岳总，您好。"温暖稳了稳心神，厚着脸皮开口道，"您现在有急事吗？"

岳昊天不动声色地扫了一眼满脸焦急的温暖，淡漠地开口，"你说吧，有什么事？"

"你能不能帮我个忙？"温暖说到这，明显底气不足道，"我朋友现在有急事需要我去利丰大厦，可是我打不到车。"

"上来吧。"岳昊天丢了这句话，摇下车窗。

温暖愣了下，随即忙提着裙子，拉开车门跨了进去，嘴里不断地道谢："岳总，真的非常感谢你。"

"不客气。"岳昊天生硬地回了句，然后转过脸沉默地开车。

温暖心里担心童小惜，也顾不得跟岳昊天客道，她一路都在打小惜的电话，但是都是无人接听状态，这可把她急得满头大汗，心里不住地祈祷，童小惜可千万不要出什么事才好。

岳昊天将温暖送到利丰大厦门口，"到了。"

温暖道谢，"岳总，真的非常感激你，我有事先走了。"然后急冲冲地跑下车，往商场顶楼奔去。

岳昊天目送着温暖的背影消失在他的视线里，才接起安瑶的电话，"我知道了，现在在去接你的路上了。"掉头，转身离开。

温暖满头大汗跑到利丰大厦顶楼的时候，看到童小惜，见她就在这座写字楼顶，蹲着，抱着手臂哭得撕心裂肺的。

"小惜，你到底怎么了？"温暖放软了声音，小心翼翼地走过去，心里打鼓，这小惜真的受刺激到想自杀了？

温暖不敢开玩笑，这个可是7楼的天台，即使不跳楼，不小心踩滑摔下来估计准能成弱智！

童小惜抱着身子抽噎，并没有回答。

温暖轻手轻脚地走到童小惜身边，怕吓到她用极其温柔的声音，"小惜，你到底怎么了？跟我说说呢。"

童小惜没有抬头，却把手伸了出来："给我纸巾！"

温暖不敢多想什么，直接把整包餐巾纸给递了过去，估计能说这话，也是伤心好了，现在满脸的眼泪鼻涕和妆混合在一起，没脸见人呢！

小惜擦完脸，看着温暖深深地吸了口气道，"我现在失恋、失业，心情不好，请我吃饭。"

在这样的情况下，温暖哪敢说不好啊？忙点头，"好。你说吧，想吃什么？"

"火锅。"小惜率先迈开步子走下去，温暖忙提着裙子跟了上去。

晚上温暖和童小惜就在平江吃了一顿火锅，用童小惜的话，今天温暖请客，所以她要化悲愤为食粮，温暖无所谓地笑了笑："吃吧，吃吧！能吃就是福！"说着又倒了点作料下去，浑身的火锅味，不过感觉很爽！

"暖暖，我今天遇到萧威了，他和他老婆孩子在一起！"童小惜一边麻利地下着火锅料，嘴里却波澜不惊地开口。

"啊？"温暖诧异地把夹着的丸子掉回了锅里，溅起了不少的油花，头上直冒汗，难怪童小惜情绪反常，原来是遇到萧威了，这个男人一直是童小惜挥之不去的过去，反反复复纠缠，不死不罢休的那种。"小惜，其实萧威的事已经过去那么久了。"温暖小心地措辞，"再说了，你跟林浩不是挺好的么。"怎么萧威一出来，就失恋了，这跟林浩又扯到什么关系了？

"虽然过去很久了，但是有些事在心里真的是没有办法过去的。"小惜深呼吸了一口气,看着温暖,"我真的过不去。"

"就算你真的过不去,那你悄悄放在心里不就好了?"温暖无奈地叹息了一声,"你毕竟还是需要全新开始生活的。"

温暖说到这,犹豫了下,还是张口问,"林浩呢?为什么遇到萧威你就失恋了?"这里面肯定有什么不为人知的故事。

"我遇到萧威情绪失控了。"小惜扯着嘴角艰难地笑了下,"林浩便吃醋了,跟我吵架,然后就分手了。"

"他吃醋跟你吵架说明他在乎你呀。"温暖语重心长地劝慰着小惜,"有对你这样在乎的男人,你就不要再想那些过去了,好好过日子吧。"

"可是已经分手了。"小惜摊手。

"分手了,你哄哄不就回来了?"温暖扯着嘴角微笑,"你童小惜这点魅力都没有吗?"对别人做不到,对林浩,只怕是只要童小惜愿意,勾勾手指,分手了立马就可以复合。

"我做不到。"小惜猛地灌了一口啤酒,"暖暖,我真的做不到,我也放不下。"哄林浩不是难事,难的是林浩所介意的事,有了第一次,可能还是会有第二次。

"小惜,都多久了?"温暖深深地叹了口气,"你反反复复,寻寻觅觅多久了?你何必这样执念呢?"说句不好听的话,世界上又不是只有萧威一个男人,世界上那么多人,失恋的多了去了,再恋的时候,各个都好好的,可童小惜无论时间多久,新欢多好,她就是一根筋地对着旧爱萧威念念不忘。

可是,事实上,那些相爱的曾经,早就在那些念念不忘里,变得面目全非了。

小惜所执着的不过是自己的不甘心,她放不下的不过是自己的骄傲跟尊严。

"我就是执念,我就是魔怔了,我就是放不下。"小惜说到这,眼泪再一次失控,哭得稀里哗啦的,"他怎么可以那样伤害我以后,还能够心安理得的结婚？跟别的女人生活在一起？"

"小惜，我懂你，"温暖安抚地拍着小惜的肩膀，叙述道："当初你跟萧威爱的时候，那么认真，那么容易就去相信，那么容易的就去选择原谅，最后却要把自己禁锢起来，你认为你值得么？"

小惜只是掉眼泪，没有说话。

"小惜，林浩真的是个不错的人。"温暖语重心长道，"你谈过那么多次不靠谱的恋爱，作为姐妹，我从来都没有多说过什么，因为那是你自己选择的路，可是这次不一样。"温暖缓和了下语气道，"这次，你都已经谈婚论嫁了，你怎么能再这样任性？"

"不是我要说分手的。"小惜撇了撇嘴，说得有些委屈，"是林浩不要我了。"

"那是因为，你没给林浩安全感。"温暖没好气地扫了眼小惜，"你一直飘忽不定，咋咋呼呼地，做什么事，都随心所欲地看心情，林浩喜欢你，宠着你，你就不该再为萧威有任何的感伤了，这个男人真不值得。"

"我其实知道自己错了。"小惜低下头，讪讪道："在林浩跟我发飙说分手的时候，我就突然意识到，是不是自己真的太任性了？我虽然心里放不下萧威，可是，我真的没有想过要跟他破镜重圆或者藕断丝连，所以，他在我现在的生活中，或者以后的生命中，都充其量是一个曾经来过的路人甲而已，为了这么一个路人甲，我至于把疼爱我的人气走吗？"

"你说你至于吗？"温暖本以为自己还要花点口舌去劝告小惜，却没有想到这丫头在这件事上想得倒是很透彻。

"那我是心情不好嘛。"小惜憋屈道，"以前林浩都哄着我的，这次竟然跟我发飙，我能不生气说分手吗？"

"你生别的气，估计林浩都能把你当奶奶哄着，捧着，但是你为你前任，我要是林浩，不揍你已经算是给你面子了。"温暖夹了口菜，白了眼小惜，"一会气消了，就好好地去哄哄林浩，他还是不错的男人。"

"嗯，我知道了。"童小惜也夹了口菜，随口问："对了，我听说谢天想回头来找你？"

温暖夹着菜的手顿时抖了下，讪然道："没有的事。"

"什么没有的事？"童小惜不准备放过温暖，"听说梁桐去你公司闹了场？"

"小惜，你别问了。"温暖显然不太想多谈这个话题，"吃东西吧。"

"暖暖！"童小惜不满地喊，"你到底当不当我们是姐妹嘛？"说罢不等温暖开口接话，继续道："每次我们遇到什么不开心的事，都会第一时间告诉你，你也会来安慰我们，可你呢？你自己的事，从来都不会主动告诉我们，作为姐妹，我们会帮你的。"

"其实真的没什么。"温暖抬起脸，认真地看了眼童小惜，"谢天是给我打过一个电话，梁桐确实去公司闹过，但是现在我已经辞职了，一切都过去了。"

"什么？你辞职了？"童小惜后知后觉地惊叫起来，"那你接下来要怎么办？"

"找工作呗。"温暖随意地耸肩道。

"可是现在工作真不是那么好找的。"童小惜挫败道，"我们俩又不是没去人才市场见识过。"说到这，语气顿时又变得愤愤不平起来，"这不招，那不招的，烦死了。"

"你呀，你就好好的安心地做你的林少奶奶呗。"温暖打趣道，"等你将来有了孩子，就好好带娃。"说到这"噗嗤"一声笑了出来，"从大学毕业到现在，我就见你找人谈恋爱比较上心，什么时候操心过工作呀？"

"哎哟，我这不是觉悟了嘛。"童小惜拍着自己的脑袋瓜道："我以前是不上心找工作，也不想正儿八经地工作，心想啊，在家有父母养着，等以后结婚了，老公赚钱养家，我负责貌美如花好了，我找什么工作嘛？"说道这里，正色地看着温暖道："可是，现在我觉得，这样的想法是错的。"

"嗯？"温暖应了声，洗耳恭听。

"我之前看过一个帖子，上面说，很多女人在选择结婚后，相夫教子，脱离社会，然后缺钱就问老公伸手要，开始的时候，老公都会宠着你，给予你，但是听到我这词了没？给予！"童小惜拍了拍桌子，"老公的给予带着心情，万一哪一天他心情不好，你要钱，他便会不耐烦地说，你除了知道要钱，还会什么？久而久之就会嫌弃你了。但是，如果你有一份独立的工作呢，不管赚钱多少，至少跟这个社会是不脱节的，老公给你，你就收着，老公不给你，你自己也有钱，你就不必去依赖老公，从而在婚姻生活里失去主导能力。"

温暖没有接话，不动声色地叹了口气，这些话如果在她结婚之前听到的话，她一定不会选择结婚之后辞职，当然或许她跟谢天之间的结果，也不会是这样的惨烈了。

"哎呀，暖暖，对不起。"童小惜看着温暖明显低沉的脸色，忙歉意道。

"没事。"温暖勉强地挤了个笑，"我没事的。"

"哎，不说了。"童小惜撇了撇嘴，感慨句道："反正做人难，做女人更难，做好女人啊，难上加难啊！"

温暖一听这话，顿时忍不住"噗嗤"一声笑了出来，"小惜，你呀，总是这么活宝。"

"那是当然的。"童小惜眨巴了下漂亮的黑眸，"谁叫我是童小惜呢。"

温暖笑着摇了下头，看着童小惜又叫来6瓶啤酒，不由得劝阻："好了，小惜，你别喝多了。"

"没事。这点喝不倒我。"童小惜笑着朝温暖扬扬酒瓶："来嘛，陪我干一个。"

"你少喝点酒！多吃点菜哈！"温暖端着酒瓶，不忘记劝说童小惜。

"知道了知道了，你好啰嗦啊。"童小惜猛地灌了口啤酒，然后看着温暖道，"听说你跟你上司有点暧昧，真的假的？"

温暖吃着鱼丸差点就被噎卡死，忙急切地问："小惜，你都听谁胡说八道了？"

"哎哟，就小马啊。"童小惜眨巴了下漂亮的眼，对着温暖贼兮兮地问:"你跟岳昊天到底什么情况?"

小马是那天招聘的管事,之后跟童小惜和温暖都加了微信,彼此常会点个赞之类的,温暖猜也是小马,听到童小惜承认,不由得解释道:"我跟岳昊天真没什么关系,是梁桐胡说八道的。"

"哦。"童小惜点点头,贼兮兮地开口道:"暖暖,我可听说岳昊天是个精品钻石王老五哦。"

"那又怎么样?"温暖语气波澜不惊地反问。

"那又怎么样?"童小惜一听这话不淡定了,激动道:"当然是拿下。"

"咳咳。"温暖就这样被生生地呛了口,咳个不停,好半响之后接过童小惜递来的水,喝了顺过气才开口,"我说小惜,你别乱开玩笑好不好?"翻了翻白眼,语气无奈道:"我跟岳昊天是根本不可能的。"

"世上哪有那么绝对的事啊?"童小惜无视温暖的白眼,挑着火锅里的丸子道:"男未婚,女未嫁,你们可以试试凑一对的啦!"

"你倒是跟戚雪说了同样的话。"温暖接话,"不过,我明确告诉你,我真跟岳昊天没戏。"

"切。"童小惜嗤了下,"我是不相信的。"

"你不相信,那我也没办法。"温暖无奈地摊手,接下来就跟童小惜专注地开吃,开喝,没一会童小惜就醉倒了。

温暖本来想打电话找林浩来接童小惜的,结果翻了翻自己的电话,没有林浩号码,而童小惜的手机早被自己打得没电了。

温暖没有办法,付完钱,拖着童小惜好不容易才走出火锅店,几乎是背着她去叫了车,童小惜一头倒进车里,就开始呼呼大睡。

温暖在车里,看着车窗外不知不觉想起岳昊天的俊脸来,这个男人对人似乎永远都是那么一副冷冰冰的样子,但是真要去麻烦他,他又会很绅士的帮忙,其实岳昊天人真的不错,如果能够多笑笑,那肯定会"迷死"很多姑娘。当然,就算现在整天板着一副脸,公司还是有不少姑娘对他芳心暗许,包括那个处处找自己茬的安娜,温暖可以肯定,她一定是喜欢岳昊天的。

可是，温暖她自己呢？她喜欢岳昊天吗？温暖在心里问自己，随即忙摇摇头，否认了这个问题，温暖啊温暖，你脑子抽风了，才想这样的问题？

且不说岳昊天有多优秀，就你现在离婚还带着孩子，想再嫁都是老大难的问题了，更别说岳昊天那样的人物了，想都不用去想了。

温暖将童小惜带回了自己的屋子，刚开门的时候，被家里的灯光给吓了一跳，看到戚雪正抱着靠垫窝在沙发上，（她有温暖家的备用钥匙，但从没有不请自来过）温暖不由得扶着童小惜过去，"雪？你怎么来了？"开口问的同时，看到戚雪俏脸上布满了泪痕，心里忙担忧起来，"你怎么了？"

"没事。"戚雪闷声哼了哼。

温暖将童小惜安置在沙发上，从茶几上抽了面纸给戚雪，放温和了声音，"雪，你到底怎么了？有什么事的话，跟我说说。"

"我现在郁闷着！你别理我！"戚雪边说边吸了吸鼻子，温暖望着她红红的眼睛，突然不知道要开口说什么，只能咬着唇，安静地坐在一旁，等戚雪调整好状态，主动开说。

三个女人就这样挤倒在沙发里，各自有各自的心事，相互偎依着取暖。

半晌之后，戚雪终于开口了，"暖暖，我要结婚了。"

"结婚？"温暖愣住，随即道："结婚好事啊，你哭什么？"搞得好像跟童小惜一样失恋，失业了，温暖白担心一场。

"我要嫁一个自己不爱的人。"戚雪深吸了一口气后说，"给我的孩子找一个现成的爸爸。"

"什么？"温暖的声音克制不住地拔高音调，"戚雪，你再说一次？"

"我说，我要结婚了，嫁给一个我不爱的男人。"戚雪不耐烦地重复了遍。

"戚雪，你不是开玩笑吧？"温暖严肃地看着她，"什么叫给孩子找个现成的爸爸？"说着不等戚雪回答，忙问："孩子原来爸爸去哪了？你为什么要找现成爸爸？你倒是给我说说清楚。"

"暖暖，你别问了。"戚雪神色哀怨地闭上眼，"我真的不想说。"

"戚雪。"温暖语重心长地喊了声。

"暖暖，你不要再问了。"戚雪重重地叹了口气，"我现在真的不想说。"

"那你好好想想，想好了告诉我。"温暖看着戚雪，心里堵着千言万语，但是又不知道从哪里说起，最终无奈地叹息了一声，"你们怎么一个个的不让人省心哪？"

她本来就为自己工作的事、为了乐乐抚养权的事，心烦气躁的，可是这两个闺蜜倒好，一个比一个能折腾。

"年轻嘛，当然要折腾。"戚雪勉强地挤了一个笑容给温暖，"我这真没啥大事，就是有点小忧伤。"

"你知不知道，结婚了是一辈子的事？"温暖看着戚雪，一本正经地说，"你随随便便为了孩子找个现成的爸爸，你想过后面的麻烦事没有？"

戚雪点点头，"我都想过了，而这个结婚对象知道我有孩子了，愿意娶我的。"

"雪，婚姻真的不是你想的那样简单。"温暖拉着戚雪，"就算他现在爱你，愿意接受你跟孩子，可是结婚之后呢？他要不爱你了呢？会怎么对孩子，你想过吗？"

"他要对我跟孩子不好，我就带着孩子离婚单过。"戚雪果断地说，"如果他对我好，我一定会试着去喜欢他的。"

"雪……"温暖张嘴还想继续劝慰，却被戚雪打断，"暖暖，我知道你想劝我，我也知道你说的都是为我好，但是，路是我自己选的，我既然确定了，我就一定会勇敢走下去的。"

"雪……"

"暖暖，你别说了。"戚雪再次打断，"闪婚闪离这样的事，我都做了，不在乎多一件带着孩子嫁人的。"

"你……"温暖被戚雪这么一堵，顿时也不知道该说什么了，"反正你记得,女人不论何时何地,要对自己好一点。"

"暖暖,我会的。"戚雪点点头,"你也一样,要对自己好一点。"

"嗯。"温暖点点头。

三个女人,像曾经刚出校园时代一样,喜欢窝在同个沙发或者床上,静静地睡着聊天,八卦着彼此的喜怒哀乐,最终沉沉地,迷迷糊糊地睡去。

早上起来,温暖看了看童小惜还没醒,不由得感慨她的好命,每天都是睡到自然醒,不用朝九晚五去为上班愁的人,而戚雪却人影都不见了。

温暖活动了一下窝的四肢都酸痛的关节,她真的是找罪受啊!照着卫生间的镜子,温暖发现她的眼睛都肿了,忙跑到客厅的冰箱里挖了几块冰,按着眼睛消肿,那清晨的冻啊,直让她冰凉地龇牙咧嘴的跳脚!

温暖捂着冰块,匆匆跑到阳台上拉了几件衣服,换下脏衣服,随意地冲洗了个澡,跑回房间,对着镜子涂了些眼霜,发现下眼角有黑眼圈,忙又扑了点粉,化了一个烟熏的妆,再次感慨,三十多岁的女人真心伤不起了。不过再伤不起,都不能耽搁她今天的面试。工作没有着落,温暖的心就玄得跟走钢丝一样。

"暖暖,你大清早化妆准备干吗去?"童小惜终于打着哈欠,睡眼朦胧地依在温暖洗手间门边问。

"面试啊。"温暖涂完唇膏,对着镜子抿了抿嘴,又转身照了下。

"你还面试?"童小惜伸了个懒腰,"从你上周辞职到现在,我打你电话找你,不是在面试就是在面试的路上,你找这么久,难道真的没一个合适的吗?"

"真没合适的。"温暖挫败地撇撇嘴,"我要的,人家不要我,人家要我的,我暂时还不考虑人家。"

"听你这语气,怎么搞的跟找对象似的。"童小惜感慨,随即问:"暖暖,要不然你考虑下自主创业呗?"

"自主创业?"温暖抬脸看着童小惜,"我不是没考虑过,只是我不知道该做什么。"

"你想做什么，就做呗。"童小惜看着温暖，"你看你之前的大好年华都浪费了，现在好不容易能有机会重新来过，当然做你自己想做的事啦。"

"我想做的事？"温暖自言自语道，脑海里有个声音在回答，你想做主持人，你想完成你曾经未完成的梦想。

可是，温暖现在这把年纪，真的不适合再去电视台了，就算真的靠各种人脉关系开后门挤进去了，她都可能没有机会去做主持人了。

错过了的，就是错过了。

"暖暖，想好了没？"童小惜笑着道："其实你不说我也知道，你想做主持人。"温暖喜欢这个职业，疯狂的喜欢着。

"这个就不想了。"温暖口是心非道，"不切实际。"

"什么叫不切实际啊？"童小惜不满地哼哼，"电视台的主持人是没戏了，但是婚庆公司的那种主持人还是可以试想下的。"

"婚庆公司？"温暖看着童小惜，试探地问："你的意思是，想要我开个婚庆公司？"

童小惜忙不迭地点头。

"小惜，你开什么玩笑。"温暖忙摇头，"开个公司成本太大了。"她要是手里有这么多钱的话，早去跟谢家争乐乐的抚养权了，"而且，我手里是真没有这么多钱。"所以她连想开个服装店都不敢想。

"你有我跟戚雪，你怕什么？"童小惜瞪了一眼温暖，"先说好，我只出钱，不做事。过年给我红包就行。"

"小惜，你没开玩笑吧？"温暖认真地看着童小惜，"虽说你家养你，不需要工作，可是开公司不是小数目的钱呀。"

"我知道啊，所以说我们三个人合资嘛！"童小惜看着温暖，蹬蹬跑回沙发那，从自己的包里掏出她的车钥匙，往温暖手里一压，"这是我投资的股份，其他的你看着办。"

"啊？"温暖傻眼，看着童小惜的车钥匙，"你的意思是？"

"把这车卖了。"童小惜豪爽地摆摆手,"虽然不值什么大钱,但是30来万还是有的。"

"那你怎么办?"温暖问。

"我等你公司赚钱,年底分红给我换个BMW呀。"童小惜扯着嘴角笑了笑,"温暖,我相信你一定可以的。"

"我还是跟戚雪商量下吧。"温暖犹豫地接过童小惜的钥匙,又还回去,"车你先拿着。"

"别商量了,戚雪昨晚把银行卡给留下了。"童小惜手上又抓出一张银行卡,"昨晚我上WC的时候,戚雪走了,她说想跟我们一起开个公司。"

温暖看着童小惜,见她嘴角挂着笑意,而她的两只手,一张卡,一把钥匙,"昨晚我们窝在沙发里的感觉,像极了曾经刚出校园的时候,还记得那时候,我们的梦想是什么吗?创业,开办自己的公司。我们要做合伙人,一起赚钱,数钱数到手抽筋。"

温暖的心里一阵热乎,那时候的她们天真浪漫,阔别8年后,真的还能够再续这样的梦想吗?

"暖暖,以前我们想做的就是婚庆公司,给我们彼此都设计一场独一无二的婚礼,"童小惜正色地看着温暖,"现在,请你把这个梦想继续下去,我们结婚,或者再婚的时候,都有一个独一无二的婚礼。"

"好。"温暖点点头。

"加油。"童小惜紧紧地握住了温暖的手,"我相信你。"

第五章　自由创业

　　为了给彼此设计一场独一无二的婚礼，而开办一个婚庆公司，听着是一件荒谬的事，可是事实上，女人就是如此的天真跟梦幻，每个女人都渴望穿上婚纱的时候，自己的婚礼是独一无二、与众不同，给自己的幸福人生一场别开生面的开始。

　　有了戚雪的资金，童小惜的车卖了以后，戚雪将房子作为贷款抵押后的第二天，温暖就立即找房子，租房，注册公司，办理工商登记等一系列琐碎的事之后，终于，成立了一家小型婚庆公司——梦恒。

　　梦恒的意思是，梦想恒久远，阔别八年，三姐妹再一次聚首，为的是圆梦。

　　梦恒公司的第一位员工，就是童小惜。她背着包包，带着电脑，直接奔进温暖的公司—— 一间大概30多平方的办公室，找了靠墙的一个格子间，径直落座，然后对这温暖道："暖暖，我知道公司前期资金什么都比较紧张，所以自觉地来上班。好让你少请个人，节约开支。"说完笑着跟温暖保证，"虽然我以前没好好上过班，但是我自己的公司，我一定会坚持朝九晚五，做最合格的员工的。"

　　温暖笑着点头，"你说你只出钱，我还想着要招人呢，你能来帮我，那是最好不过了。"说着，就跟童小惜一起动手整理杂物，两个人埋头苦干了半天，肚子饿的"咕咕"直叫。

温暖放下扫帚，提议童小惜出去吃完饭再回来干活，童小惜倒是笑着摇头，"我难得浑身充满斗志，迫切渴望干活的，你就让我多干一会呗。"

"那你不饿吗？"温暖笑着道，"你不饿，我是饿了啊！"

"没事，一会戚雪会给我们送外卖的。"童小惜笑着拍了拍温暖的肩膀，"放心吧，这个公司，咱们仨都有份，所以前期要打杂滴干活，谁都跑不了。"

"戚雪？"温暖一听这名字，便不满地嘟嘴："戚雪什么意思啊？只跟你联络，不跟我联络？"自从那一晚之后，温暖接了她的银行卡，本来想打电话跟她商量下的，谁知道，她说又出去旅游了，短期内不回上海，一切事宜交代温暖全权办妥。

"她不是跟你联络了吗？要你全权负责？"童小惜笑着说，"你看你，遇到我们这么好说话的合伙人，多幸福的事啊。"别的合伙人唧唧歪歪的磨叽地做不成事，她们几个是一拍即合。

"是哦。"温暖笑着点头，"你们一个个的那么相信我，要我去处理，给我很大压力的好不好？"温暖说这麻利的将公司的桌子、椅子，挨个的擦了一遍，"我是怕自己做不好，辜负你们的信任。"

"暖暖，给自己一些信心嘛。"童小惜笑着对温暖打气，"你说，我们都那么相信你了，你怎么可以对自己不自信呢？别有压力，有动力就行了。"

"小惜，谢谢你们。"温暖真心地道谢，她这辈子走到这，婚姻失败了，唯一庆幸的是，还有两个这么好的闺蜜，所以说，女人闺蜜之间的感情就好比男人哥们之间的义气，好的话都是两肋插刀的，当然不幸遇到不好的话，被插两刀也是有的事。

温暖是幸运的，她遇到的不管戚雪还是童小惜都单纯干净的像一张白纸一样，她们之间的友情也是那种细水长流的绵绵不绝型。

当柔柔送着外卖敲门，看到开门的是温暖时，张口就笑吟吟道："暖暖姐，我表姐说了，她现在在安胎，公司前期帮不了忙，就让我代替她来上班，你不会嫌弃我笨手笨脚吧？"

"你来我们这上班？"温暖愣了下，才消化这消息，"柔柔，你没开玩笑吧？"

"我当然没开玩笑啊。"柔柔麻利地放下外卖盒子，看着温暖，"我表姐说了，以后让我跟你好好混，你可千万不要嫌弃我这个实习生。"

温暖笑着摇摇头，"不嫌弃，不嫌弃，你能来帮我，那就太好了。"柔柔虽然是应届大学生，没什么工作经验，但是她为人聪明伶俐，做事认真负责，待人真诚有理，加之公司开业初期，正是缺人手的时候，有她来帮助自己，实在是一件非常幸运的事。

"哈哈，欢迎小美女加入，我是童小惜，你叫我小惜姐好了。"童小惜从收拾垃圾中抬起脸，看着柔柔和善地开口。

"小惜姐姐，我是柔柔，你还记得我不？"柔柔嘴甜的见谁都喊，笑嘻嘻地开口。

"柔柔？戚雪家小表妹？"童小惜刚开始对柔柔有一点印象，但是不敢喊，现在确认了，更是觉得亲切，"真好，以后咱们可就是一家公司的人了，福难共患哈。"

"必须的。"三双手坚定地握到了一起，"加油。"

梦恒公司正式营业后，温暖靠着婚前积累的人脉资源和自己的八面玲珑，还有童小惜、戚雪等人脉关系善加利用，公司逐渐开始接到一些单子。但是，这些都是很小的单子，比如，某公司的开业，策划个典礼，或者一些新产品，在大公司的策划下，他们公司做一点承接的推广广告语策划等。这些单子，根本都不够公司的正常运营，更别提盈利赚钱了。

要不是员工是童小惜、柔柔这样的算自家人的，估计温暖都要拮据地连工资都开不起了。

在接到戚雪的慰问电话时，温暖忍不住幽幽叹息了一声："最近，还好吧，就是单子都很小。"

"暖暖，我知道你心急，想要把公司做好。"戚雪一改往日的焦躁，语重心长道："但是，做公司不比别的，只能慢慢来，累积经验。你这样心急不好，要知道一口吃不成胖子的。"

"嗯，我知道。吃撑了，还容易噎死，是不是？"温暖心里清楚，但是月底的时候，她去看乐乐，看到孩子手上，明显的青紫伤痕，她气就不打一处来。她的乐乐，她的命根子，肯定是被谢家某些人虐待了。

温暖找到谢天，大吵了一架，并且放下狠话，一定要把乐乐的抚养权给要过来，可是，日子一天一天的过去，公司这样半温不火的打不开市场，让温暖难免有些坐不住了。

"你先不要着急，慢慢来吧。"戚雪安抚了几句温暖，就匆匆地挂了电话，温暖放下手机，看着手里的名片，神色相当犹豫。万元胡，这是以前旧同事介绍的朋友，她约了几次，都被委婉地推掉了。温暖认真地想着，她该换种什么样的方式去约他呢？万元胡，典型的乡镇企业家，听说他的生意涉足面广泛，基本是什么赚钱做什么。他手里应该是有单子可以接的，听说他侄子要办婚事，他全权负责人，梦恒公司需要打开这个市场的敲门砖，就必须要拿下一个像样的婚礼单子来，作出口碑。

婚庆公司嘛，只要有口碑，市场打出去了，以后肯定会有源源不断的单子进门的。而打开市场嘛，必须要在大场面婚事上做出成绩，可是相对的，小公司接不到大场面的婚事，所以一直是小公司。温暖是想把公司做大的，所以她抱着坚决的态度去打开市场。

但是温暖分析过万元胡这个人，他属于唯利是图型，如果不是赚钱的事，就得看他心情了。温暖就算想压低价格，给他侄子策划最完美的婚礼，但是温暖想约他见面，赶上他没心情，就再三地推拒了。

到底要怎么去投其所好呢？温暖咬着唇，认真地想着，她可不想连万元胡都没见到，事情还没开口谈，就被掐死在摇篮里了。

这个婚庆公司总不能真的只筹划温暖、童小惜、戚雪三个姑娘的婚事吧，总是要开张接单的啊。

直到下班，柔柔跟童小惜跟她打过招呼，相继离开了公司，温暖一直保持这姿势没有变，最后，她终于坚定地拿着手机，厚着脸皮再一次给万元胡打了过去："喂，万总，您好，我是温暖。"

"哦？温暖啊？"万元胡漫不经心地问，"谁啊？"

"我是梦恒公司的温暖，之前给您打过电话的。"温暖忙自报家门，"不知道，您什么时候有空，我能约您喝个茶吗？"

"我都不认识你，没空跟你喝茶。"

"万总，我知道您很忙，但忙里偷闲，吃个饭的时间不知道您愿不愿意给我呢？"温暖厚着脸皮，用最甜腻的声音，继续邀约，"我仰慕万总很久了。"

"温小姐，你有什么事，直说吧。"万元胡没有直接拒绝。

"没什么事，就是仰慕万总很久，想约着见见。"温暖笑着撒娇，"不知道万总，给不给我这样的机会呢？"

"晚饭有饭局了，要不饭后钱柜一起唱歌？"万元胡提议。

温暖的秀眉微微拧了下，心里只犹豫了一秒，就忙不迭地答应了下来："好啊，唱歌我最喜欢，没想到，万总也有这个爱好？真巧，晚上我们可以一起练练嗓子了。"

"嗯，那地址一会我发你。"万元胡匆忙地收线。

温暖这才长长地叹了口气，匆忙赶回家，换了套衣服，收拾了下自己，简单吃个晚饭，就在家等万元胡发地址。可是，直到8点多了，万元胡还是没反应，把温暖急得跟热锅上的蚂蚁似的团团转，好几次，忍不住抓着手机，就要给万元胡打电话去确认了，但是，又生生地按压住了这个冲动，她不能太急，要淡定。

时间一分一秒地过去，温暖看着自己家的钟，又转了一圈，眼瞅着要九点了，生怕万元胡晚饭喝个酒，把约她唱歌的事忘了，硬着头皮打了个电话去，那边人声鼎沸，万元胡大着舌头，对温暖道："温小姐，我正好要打，打电话给你呢，我们十点，钱柜，不见不散。"

- 091 -

"万总，是哪个钱柜呢？"温暖的话还没问完，万元胡的电话便已经挂断了，温暖拍了拍胸口，稳了稳心神，深呼吸了一口气，才又耐着性子，给万元胡再一次厚着脸皮打了过去，万元胡明显喝的有点高了，结结巴巴说在徐汇这边的，然后，又改了下时间，最终把时间定在了晚上11点。

这个时间点，真让温暖有些敏感，尤其，还是第一次见万元胡，不论从哪方面想，都觉得有些不合理。但是又因为没见过，白天约他，被再三的推脱，温暖没有选择，只能硬着头皮答应了下来，

还好，唱歌的地方，离她住的地方不算远。

上海是座不夜城。尤其，五月底的上海，凉风习习。所以，就算是11点，依旧呈现一片灯火辉煌，灿烂的沸腾。温暖穿着花色的洋装短裙，她两条白皙的大腿在夜色承托下，显得越加的白皙修长，她的心，却带着忐忑的不安。踩着细高跟的皮鞋进了钱柜，在服务员的带领下，她来到总统VIP包厢面前。推开门，刺鼻的烟味立刻涌入了鼻腔，瞬间吸入肺腑，温暖忙捂着嘴巴，咳了好几下，等缓过神了，才在包厢里，睁着漂亮的眼睛扫视了一圈。

在这个大包厢里，男男女女大概十来个人，男多女少，但是比例还算均匀。但是，那几个男人盯着温暖看的眼神，让她觉得心里有些不自在，硬着头皮，看着那个坐在沙发上，大概40来岁的中年男子，便试探性地问："请问，您是万总？"

"哈哈，温小姐，好眼力。"那男子拍了拍手，笑着立刻放下手中的麦克风，站了起来，朝着温暖快步走来，

迎面一阵浓烈的酒味朝着温暖喷来，她强忍着心里的不适感，伸手，与他握了握，"万总，您好，我是温暖。"包厢里的各种味道跟喧闹声，让温暖的脑袋，一阵接着一阵发麻，尤其，她感觉到，万元胡握着她的手用上了力，压根不准备松开的时候，她神色顿时有些尴尬了。

这个男人明摆着借着酒意，在猛吃她"豆腐"，可是温暖有求与他，又不能甩开手直接走人，只能头皮一阵接着一阵不爽地发麻。

万元胡醉眼迷离地看着温暖，喃喃自语地说了句："苗苗？"

温暖伸手，想要抽回手，却不料被万元胡抓得紧紧地，她不由得硬着头皮，僵硬的笑笑道："万总，您，是不是，该松手了？"

万元胡愣了下，随即打了个酒嗝，松开了温暖的手，接着对这包厢里所有的人挥了挥手，他们立刻知趣地退出了房间，喧杂的包厢，顿时就安静了下来。

万元胡一把大大咧咧地拉着温暖在柔软的沙发上坐下。

沙发陷下去的同时，温暖的心顿时纠了起来，她不安地悄悄地挪远了一点距离，还没来得及退回安全的距离，万元胡的大掌，已经利落的搁在了温暖的肩膀上，将她半搂着，按坐在身边："温小姐是吧？"

"嗯……万总，看来您今天的酒，喝得有点多了。"被他满口酒气喷着，温暖只能拧着秀眉，不动声色地暗自躲避。但是有求于人，她主动送上门的，动作自然不敢过分。

"不，没喝多，没喝多。"万元胡打了个酒嗝，然后紧紧挨着温暖，接着，毫不犹豫地一把抓住了她的手，放在迷离，昏黄的灯光下，照了照道："你的手，可真漂亮。"

温暖忍住甩开万元胡的冲动，陪着干笑道："万总，你真是说笑了。"

"脸也漂亮。"万元胡笑嘻嘻地说着，"还有，你的腿，真白，真好看。"万元胡说完，视线便毫不客气地朝着温暖笔直，性感的大腿看去。

温暖不安地缩了下腿，心里带着几分戒备看着万元胡，嘴里却只能装傻道："呵呵，万总，你可真会开玩笑，我都这把年纪的人了，还能听到有人夸我漂亮，真是开心死了。"

"什么叫你这把年纪的人？"万元胡满嘴的酒气，又朝着温暖打了个酒嗝："你都算这把年纪的人，那我算什么了？"

"女人三十豆腐渣，男人四十一枝花，万总，你可是最好的年纪。"温暖忙机灵地夸奖，马屁拍的那个叫响，"我呢，就是豆腐渣了。"

"哈哈，"万元胡果然张扬地大笑了起来，"温小姐，你可真会说话。

来来，我们来喝一杯。"说着伸手，就去桌子上，拿着酒瓶，开始往杯子里倒酒。

"万总，我看你今天喝不少了，要不然，我们改日再喝？"温暖不好拒绝，只能委婉地劝说，也给自己下次约见万元胡留了个后路。

"喝酒就是得喝的高兴。"万元胡爽快的将倒满酒的杯子，往温暖手里一递，"今儿我高兴，我就要喝多点。不够，咱再点。"说着，自己主动端着另外个满杯，跟温暖的杯子碰了碰，接着一饮而尽，还朝下倒了下杯子，"一滴都没有留哦。"

温暖没办法，只能硬着头皮，将一杯子酒给灌了下去，灼热的感觉顿时从喉咙口烧向五脏六腑，她捂着嘴巴，好不容易才顺过气来，眼瞅着，万元胡又给她倒了满杯，不由得有些急了，"万总，我们酒呢，慢慢喝，先唱几首歌好不好？"这样喝下去，她铁定要被灌醉了，还不如转移万元胡的注意力呢。

"好啊，那我们来一首。"万元胡这会喝得有点晕乎乎的，唱歌的兴致很高昂。

温暖见状，忙递了一个话筒到他手上，然后主动地跑去点歌，"万总，你想唱什么歌呢？"

"来个，屠洪刚的霸王别姬。"万元胡豪爽地拿着话筒，"温小姐，你得要陪我一起唱啊。"

"陪，陪陪，一定陪你唱。"温暖笑嘻嘻地哄着，只要不被灌酒，只要不被万元胡抓着手吃"豆腐"，温暖是很乐意陪万元胡唱歌的。

"我站在烈烈风中恨不能荡尽绵绵心痛，望苍天四方云动剑在手问天下谁是英雄……"万元胡的嗓音，带着粗犷的豪迈，虽然歌词吼得没有一句在调上，但是，好歹气场被他给吼出来了。

温暖只能赔着笑脸，不停地鼓掌，"万总，看不出来，你唱歌真好听，我最喜欢听这首歌了！"

万元胡被夸，乐的脸上都笑开了花，将另外个话筒递给温暖："来，温小姐，你接着唱。"

"人世间有百媚千抹我独爱爱你那一种，伤心处别时路有谁不同多少年嗯爱匆匆葬送……"温暖拿甜腻，温和的嗓音唱完这句的时候，万元胡的掌声已经响起来了，"好好好！"接着又和着温暖继续唱："我心中你最忠，悲欢共生死同，你用柔情刻骨换我豪情天纵，我心中你最忠，我的泪向天冲。来世也当称雄，归去斜阳正浓……"

两个人一个粗狂，一个甜腻柔和，合得倒是相当的和谐。

万元胡唱歌的兴趣打开，对温暖又点了一堆歌："精忠报国，向天再借五百年，闯码头……"点完歌，又拿着酒，朝温暖歪歪扭扭地走了过来："来，温小姐，我们再喝个。"

温暖张了下嘴巴想拒绝，但是，最终没有说出口，硬着头皮陪万元胡又喝了一杯。只是，在他歪歪斜斜走回去的时候，她借着用面纸擦嘴的动作，将含在嘴巴里的酒，偷偷吐了干净。

接下来，唱歌，喝酒的气氛都不错，直到最后，万元胡不顾形象的，四仰八叉地躺在沙发上呼呼大睡了起来，温暖的心里才松懈了口气，喝了口矿泉水，稳了稳心神，她就招来服务员，这个房间的单子已经有人买过了，但是买单的却走了。

看着呼呼大睡的万元胡，温暖的脑袋一阵眩晕，不是吧？他们也真做得出来的，把万元胡就这样丢给她了？

温暖该拿万元胡怎么办？不伺候好吧，她今天白陪着喝酒，赔笑了。可是，要伺候好的话，这人都醉成这样了，温暖该怎么送他回家？再说了，温暖也不认识万元胡的家啊！

温暖脑袋飞快地转着，最后对这服务员道："你帮我，把他送回酒店，小费我双倍给你。"

因为到下班时间点了，那服务员也乐意再赚点外快。他便帮着温暖，将万元胡送到了就近的酒店。

温暖安顿完万元胡，付完小费，走过酒店大堂的时候，迎面竟然看到岳昊天走了进来。高大帅气的身姿，干净整洁的头发，身穿简单的白色休闲衬衫、水蓝色的休闲裤、同色系的休闲鞋，明明打扮得很阳光，但是，他的脸始终是严肃冷峻，却又偏偏像偶像剧里的明星一样，招人眼球，吸引着众人的注意力。

温暖大概有一个多月没有看到他了，犹豫了下，还是仰着笑脸，对着他打了个招呼："岳总，你好。"

昏黄灯光下，明亮的大堂，只有温暖跟岳昊天正面相遇，两个人的距离不超过3米，所以岳昊天想忽视也都不行，他走了过来，对着温暖点点头："嗯，你好。"

温暖看着岳昊天，不知道该再说点什么，就这样神色尴尬地扯着微笑。

"你今晚在这里住？"半晌后，岳昊天抬手看了看手表，主动问。温暖的脸色绯红，张口说话的时候，还带着一股酒气，喝酒应该不少。

温暖站在岳昊天身边，她发现他真的很高，她本来1米65的个子，穿着高跟鞋，好歹170肯定有的，但是，站在岳昊天身边，却也只能到他的肩膀。

"不，不在这住。"温暖忙摇摇手，解释道："我送一位朋友住在这里，现在要回去了。"说完，看了一眼岳昊天，问："你呢？你今晚住这？"

"不是。"岳昊天简洁道："我刚跟朋友谈完事。"

"哦，这样，那不打扰你了，我先回去了。"温暖打了个酒嗝，然后，歉意地看着岳昊天，她的脑袋有一点点晕，洋酒的后劲就是比较强，她怕自己在岳昊天面前又失态了。

岳昊天似乎没料到温暖的这句话，愣了两秒，才张口道："你喝酒了，我送你回去吧。"这个女人的酒品不是很好，岳昊天的脑海里自然地浮现出她第一次醉酒扇他巴掌的画面，说实话，心有余悸不想去管，但是看着她单薄的身子，嘴巴却又很贱地已经把话给说出来了。

"谢谢，不用麻烦你了。"温暖客气地拒绝："我打车就好。"说完，踩着高跟鞋，歪歪斜斜地走进玻璃转门，出来的时候，没注意，跟跄了一下差点跌倒，好不容易稳住身子，温暖惊魂未定地拍了拍胸口，又拍了拍自己的脑袋，希冀自己此刻清醒一点，千万不要在岳昊天面前摔倒了，那可实在太丢人了。

"我送你。"岳昊天追了出来，一把拽着温暖的手臂，坚持道。

温暖根本没有考虑的余地，就被岳昊天拖拽着走向一旁的停车位。接着，在 BMW 前，他松开了温暖，打开了车门。

温暖看了看岳昊天，弯身，很配合地坐了进去，等他上车，温暖诚恳地说："谢谢你。"接着又犹豫了下补充道："还有，上次喝醉了，很对不起你。"

"没事，都过去了。"岳昊天眼睛看着前方，启动车子后，便一言不发。

温暖也不知道该开口说点什么，她看着岳昊天那冷峻、严肃的侧脸，便识相地保持沉默，咬着唇，不再说话。

直到将温暖送到家，岳昊天才说了句："你早点休息吧。"接着，调头，转身离去。

温暖本来就有些躁动的心，顿时，又更加凌乱了。岳昊天，他到底是个什么样的人呢？

他到底是因为性格的沉默寡言，还是厌恶温暖才不想多说话呢？

但是，如果是厌恶的话，又何必送温暖回来呢？实在是让人匪夷所思。

辗转反侧，这一夜，温暖又睡的不踏实。梦里都是乐乐被打哭泣的样子，她真的越来越心浮气躁地渴望赚钱，渴望成功，渴望把乐乐的抚养权给要回来。

万元胡这个单子，不管付出什么代价，温暖一定要拿下，在本市最豪华的酒店举办婚宴，只要策划得别具匠心，她们的婚庆公司一定能扬名出去的。

第二天温暖刚到公司，童小惜就给她泡了一杯蜂蜜水进来，看着她那憔悴的黑眼圈，不由得关切道，"暖暖，最近你是不是压力太大没有休息好？"婚庆公司开业至今，没有任何单子，童小惜本来充满激情斗志的，最近都有点偃旗息鼓，倒是戚雪的心态最好，她时常安抚道："你们别急呢，先缓缓，等我确定婚期，我给你们表现机会的。"

温暖勉强扯着嘴角笑笑："嗯，昨晚喝了点酒，没睡好。"

"那你一会多喝点蜂蜜水，我给你准备了早餐。"童小惜说完，转身出去，"暖暖，公司才开始，你别压力太大，把自己给搞垮了，任何事都得要循序渐进的。"虽然童小惜心里也是焦急，可是看着温暖的状态，她还是觉得有必要友情提示下。

"小惜，谢谢你。"温暖真诚地道谢，有这样宽容体贴的合伙人，真的是温暖最幸福的事。

"咱们客气什么？"童小惜笑着带上了玻璃门，"你好好休息。单子会有的，银子也会有的。"

温暖不动声色地叹了口气，将早餐放一旁，她实在没什么胃口，昨晚的失眠加宿醉，让她一个上午都在头疼。喝了好几杯咖啡，温暖还是提不起精神，只能强撑着打开电脑，跟以前的朋友和同事联络。看看谁家需要操办婚事之类。实在不行，孩子满月也可以做。

"叮铃铃"！当温暖的手机铃声响起，看着"万元胡"两个字在屏幕上跳跃，她心里一阵激动，忙稳了稳心神，用甜腻的声音接起电话："喂，万总，您好。"

"温小姐，你好。"万元胡的声音，不像昨天那么刻板生硬了，甚至带着点讨好，"你现在在忙吗？"

"不忙，不忙。"温暖身子靠着椅子，慵懒地换了一个比较舒服的位置。

"昨晚真是谢谢你啊。"

"不客气，应该的。"温暖嘴角勾着笑，礼貌地回道。

"我这个人那，喝多了，酒品不好。"万元胡自嘲道："要不是你昨晚记着把我送酒店去，我可就被丢大马路上了。"

"哈哈，万总，你可真会开玩笑。"温暖咯咯地笑了起来，"您的酒品很好，酒量也非常好呢。"

"你别夸我了，再夸，我得挖个地洞钻去了。"万元胡笑着打趣，"我可记得有一次我喝多了，然后没人管我，我一个人迷迷糊糊地回家，连家门都没进，就躺在院子里睡了一晚。"

"啊？在院子里睡了一晚？"温暖顺着万元胡问，"那您没事吧？不会是冬天吧？"那可是会冻死人，出人命的。

"还好是夏天。"万元胡笑着道，"就是叮了一身的蚊子包。"

"哈哈。"温暖忍不住就笑出了声，"万总，您真是幽默。"

"哈哈。"万元胡也爽朗地大笑了两声，随即问，"温小姐，你家公司是做啥业务的呀？"

"万总，你竟然不知道我是婚庆公司的。"温暖半真半假地娇嗔道："我老伤心了。"

"呵呵，我最近不结婚，所以对你们公司不感冒嘛。"万元胡笑着打趣，"不过你家除了做婚庆，孩子满月做不做呢？"

"怎么？万总您小孩子满月呀？"温暖开着玩笑，"放心吧，我一定给您打折。"

"不是我小孩满月，能不能打折呢？"万元胡笑着反问。

"只要万总开口嘛，不管是谁家小孩子满月，都是一句话的事。"温暖回的也痛快，

"那好，我们约个时间见见？"

"好啊，我随时有空。万总，您呢？"温暖一听来单子了，顿时，整个人精神起来，看吧，老天爷还是有耳朵的，她今天才念叨，要是没婚礼单子，给个小孩子满月做做也好，这不就给念叨来了！

温暖心里乐滋滋的，看来下次她一定要念叨，婚礼单子，婚礼单子。

"那今晚一块吃饭吧。"万元胡一锤定音。

"好。"

这一顿饭，吃得非常愉快。虽然万元胡只抛出一个朋友孩子满月酒的单子给温暖。但是作为梦恒公司的第一个像样的案子，温暖非常感激，对万元胡的印象也随之改观。

万元胡说，他这个朋友不差钱，要的是有意义，还有别具匠心的创意。

温暖自信地点头，关于玩创意，她的脑袋是非常好使的。饭后，万元胡亲自开车送温暖回去，温暖推辞不过，只能笑着上了他的车，一辆非常霸气的路虎。

"你家住哪里？"万元胡侧过脸，笑吟吟地看着温暖问。

"温家汇××路，"温暖忙报出自家的地址，"××小区。"

"哦。"万元胡应了一声，随即看着温暖，伸手指了指表："现在时间挺早的，要不然，你陪我兜会儿风？"

温暖愣了下，看着万元胡，黑暗的车厢里，他的眸子晶亮地盯着温暖，扯着嘴角笑着解释："你别多想，就只是兜兜风。"

温暖看着万元胡，咧嘴灿烂一笑，"我没多想，"点点头："那就去兜风吧。"

"好。"万元胡说完，突然朝着温暖贴了过来。温暖的心，咯噔一下就紧张起来，看着万元胡的脸越来越近的靠近，她又不能无理地推开。可是，不推的话……他的手，径直圈过温暖的腰，在温暖即将忍不住想伸手推的时候，那只大手却灵活转到后面，拉过安全带，给温暖系上。

温暖愣住，瞪着漂亮的黑眸，看着万元胡，满眼说不出口的疑惑。这动作似乎有些亲密的过头吧？

万元胡坐回驾驶位，一脸淡定地给自己也拉上安全带，"我这车里，难得有美女坐着，又肯陪我兜风，那安全，肯定是第一的。"

温暖暗自鄙视了下自己的多心，脸色有点不自然的微红，讪讪道："万总，你可真是幽默。"

"我可没开玩笑。"万元胡转过脸，正色地看着温暖："我从来不邀请美女陪我兜风的，你是第一个。"

温暖不知道该接什么话，顿时陪了一个笑，"那真是我的荣幸。"

万元胡对着温暖笑笑，然后伸手打开了车里的音响，一首老歌就这样飘了出来，竟然是《踏古》。这是温暖一直都很喜欢的歌，这首歌，并不算好听，但是，歌词本身，却是一个故事，一个生死绝恋了三百年的故事。

（写书人：我写完这个故事已经三年

枯叶却再也没有回来过

今年端阳

又是我陪她烂醉在酒窖

不知道她还会在这城门守多久

我只知道那天晚上我烧了一本写了三年的书）

惊涛海面回荡

小舟穿浪

她长发洒银枪

雕翎戎装

闭目身半躺

腰中酒凉

远远天际乌云泛光

云隐不祥

青龙在海中望

满目凶光

她冰冷手掌

满弓一道光

穿透夜色

带着破风那么一声啸响

飞溅的血光

散落在唇角上

又微甜如糖

（枯叶我在这条龙的肚子里活了三百年可我不是妖怪我忘了自己叫什么了肩膀上纹的是蝴蝶不如你就叫我枯叶好了

白马月夜曾经送我一个名字白马杀洪荒四兽不是为了国家只是为了他

枯叶那么我呢

枯叶你为什么从不喝腰中那壶酒

白马老人说雪天莲蕊能做成一种叫无水的胭脂

枯叶胸口是最贴近心脏的地方你靠着我的胸口就不会冻了

白马雪山之后是另一座雪山你能背我翻过多少座雪山

枯叶背到我死……一定把你送回他身边！

白马如果我的眼睛没有被这场雪灼伤我现在最想看到的是你

夜郎王夜郎城绝对不会包容一个活了三百年的妖怪我已经调动南锤众属月夜这次我要你领兵

月夜我想和她在一起

夜郎王你家族世代金戈铁马功垂千秋你要亲手毁了这一切

月夜杀了他和我一起回去

白马这壶酒太烈了

月夜今晚…你们都要死

白马你还记得无水帮我找回来今夜就动身！

枯叶我背不了你一辈子了天莲蕊我一直缝在你的领角天亮之后忘了我）

竹林漫上残阳

归农依唱

雨送一抹微凉

虹结窗框

散落在城墙

血未成霜

却叫她学会去遗忘

夜蝶翱翔

就在他的胸躺

雪蕊幽香

站在城门旁

看雪落一场

余生芒茫

（白马白马枯叶总相依你帮我写一个故事吧……

写书人你要我写一个故事我要一个陪我喝酒的朋友做笔交易吧）

直到，这首歌唱完了，温暖依旧沉浸在这个凄美的故事里，久久不能自拔。你说，古时候，怎么就会有那么简单的感情，为了爱情，生死契约，不离不弃？

可是，现在这个社会，文明发展到了巅峰，人心却变得那么浮躁？

为什么，明明说好了，要一辈子在一起。可是，转身之后，彼此又都回到了陌生的位置，似乎，谁也不会记得谁。

结婚，不过只一张婚约；离婚，也不过就签个字而已。

可是，古代，明明什么结婚手续都没有，却偏偏的有那么执着的心，认定了的人，不会轻易放手跟改变。一年，一百年，三百年，就算忘记了彼此的容颜，却依旧忘不了当时许诺下的海誓山盟。

万元胡也难得没有说话，很认真地听完歌，车里的气氛，顿时就这样的安静下来。接着另外一首歌《遇》又播放起来，暧昧，便蔓延了起来。温暖心里有些不自在，便将脸看向车窗外。外面的景致，一排排地在自己的眼前掠过，熟悉，而又陌生。这几年，温暖一直安心地在家相夫教子，都没有好好出来玩过。上海的这几年变化很大，越来越繁华瑰丽，令温暖感觉自己仿佛置身于一个陌生的城市里，也让她不禁感慨浪费了七年的光景，真的是白活了七年。

万元胡将车沿着外滩开了一圈，灯火迷离，流光四溢，上海的夜，真的美得惊心动魄。

温暖完全抱着欣赏的态度，观澜着景致，偶尔，会偷偷地瞄一两眼万元胡，暗自揣测下，这个男人到底有什么心思？

万元胡倒是没有温暖那么多心思，他很认真地开车，带着温暖兜了一圈，然后将她送回家。

临下车前，万元胡猛地一把抓住了温暖的手。

温暖不好直接抽回，紧张地看着万元胡，任他紧紧地握着自己的手，"万总，您……"

"温小姐，早点休息。"万元胡关切地说着，松开了温暖的手，在她手背上温和地拍了拍，"还有下次就叫我万元胡。别叫万总了。"

"嗯，万元胡，今天辛苦你了，你也早点休息。"在吃饭的时候，万元胡把温暖对他的敬称"您"，纠正到"你"了。

"晚安。"说完，温暖就拽着自己的包包，快速地下车，对着万元胡挥挥手，转身就走的飞快，好像有什么猛兽在追似的。

万元胡就这样，在车里目送着温暖快速地奔离出他的视线，嘴角泛起一抹意味不明的笑容。

温暖，真是一个有趣的女人。

这么多年，除了苗苗外，终于，再一次让他遇到一个让他心动的女人。

当然，这个女人，长相上也跟苗苗有七分相似。所以，作为生意人的万元胡，以利为主的他，还是忍不住地破例给温暖的梦恒公司一次机会。为的是能跟温暖多一点的接触。或许，也是为了看看她笑起来的样子吧。因为，她笑起来跟苗苗真的很像。

想到苗苗，万元胡的神色，不由自主地黯淡了下来。他抽出一支烟，点燃，深深地吸了一口气，才将那心口隐隐的疼痛给按压下去。苗苗，那是他青春时代划下的一道伤，就算时间过去那么多年，就算已然结疤，但是只要一回想起来，他还是会深深后悔当初自己的年少轻狂。

当年，他不过是一个问题少年，费尽心思追求到苗苗这个乖乖女。两个人相爱了，在一起了，苗苗甚至为了他，高考故意考砸。本来不说一线大学，至少，二线稳保的她，竟然跟着自己上了一个三流技工学校。在跟苗苗偷吃"禁果"后，如果他像个男人承担起应有的责任，或许苗苗的家人就不会逼她去打胎，她也不会伤心欲绝，从医院的八楼纵身跳下，永远地离开了这个世界。

21岁，那个刚刚像花开一般灿烂的姑娘，就这样，生生地消失在万元胡的眼前，让他无数次午夜梦回的时候，黯然神伤。如果，当初他不那么轻狂和懦弱，或许，结局也不会这样的遗憾了……

可是，这世上，最没用的就是"如果"二字。

就这样，万元胡愧疚了20年。结婚，离婚，再结婚，再离，只因他始终忘不了那个在梦里无数次出现的娇美容颜……

有些事情，错过了就是一辈子。那些再也回不去的，就是曾经。

就算现在的万元胡真的再有钱，事业再辉煌，看着钱的份儿上，想要跟着他的女人再多，他的心也冷的不会动了，因为已经破碎过。

那晚醉酒，当万元胡第一眼看到温暖的时候，感觉苗苗好像又回来了，一颗麻木的心瞬间苏醒。于是，他忍不住打破生意人不能心急的传统，第二天便迫不及待地给温暖打了电话。

温暖回到家，先给柔柔去了个电话，将睡眼惺忪的她给叫起来，告诉她有关万元胡这个朋友在市五星级酒店给孩子举办满月酒的单子,要她找一些满月酒成功案例出来,接着又打电话给童小惜,让她也激动开心得睡不着。两个人大半夜地开着电脑在那边 QQ 语音,策划着案子怎么弄得比较有新意又能够别具匠心,更关键的是能够让她们的梦恒公司一炮打响,能接一些婚庆的单子。

虽然说,孩子满月酒真的不是什么大单子,可是温暖、童小惜都非常认真地对待,甚至还第一时间给戚雪去报喜,仿佛这是她们通向成功道路的第一盏启明灯。

第二天,温暖刚到公司,立马叫上柔柔跟童小惜紧急开会,"我们三个臭皮匠,都好好想想,争取顶个诸葛亮吧。"

"暖暖姐,我是觉得吧,这个小孩子满月酒吧,其实要做好很简单,但是要做得别具匠心跟打出我们的招牌,那就得要好好想想了。"柔柔咬着笔,歪着脑袋,很认真地想了想,说,"我觉得只有我们做出独特的、有意思的东西了,其他的孩子满月酒啊,婚礼啊,都会找我们了。"

"嗯,继续说。"温暖点了点头,示意柔柔继续。

"这个独特有意思的东西,就得需要好好想了。"柔柔撇了撇嘴,眨巴着漂亮的黑眸,"我暂时还没想到。"

"小惜,你觉得呢?"温暖转脸问童小惜。

"我跟你昨晚都讨论一个晚上了,基本上大方向是这样的,就是具体怎么弄,咱们得好好想想。"童小惜打了个哈欠道,"反正我觉得,孩子满月酒吧,提到孩子,是一种新生命的象征,咱们的主题围绕这个准没错。"

"嗯。"温暖点点头,"有道理。"

"小孩子的话,咱们可以从古到今的想一些有意思的环节,增加小孩子跟家长的亲子互动性,让在场嘉宾能一同参与进来就更好玩了。"柔柔看了看温暖又看了看童小惜,"我觉得除了满月酒的小宝贝外,其他宝贝也能一起玩一些节目,这样让做客的那些家长宾客也能更积极地参与到互动中来。"

"柔柔，看不出来啊？"童小惜对着柔柔赞赏地竖着手指，"有想法，有创意，不错。"

"小惜姐姐，我只是随便说说的，"柔柔羞涩地笑了笑，看着温暖，"暖暖姐，你有宝宝的，你想想，当时你家做满月酒的时候，你有什么想法不？或者你对哪些环节是比较满意的？"

"嗯，让我好好想想。"温暖认真地扶着脑袋想了会，边想边写下来跟柔柔、童小惜讨论。

经过一下午的策划，基本方案是定下来了，接下来要忙的是联系场地，酒水，置办酒席之类的琐事了。

童小惜跟柔柔分工开始忙碌起来。

温暖走进了实际调研中，在调研过程里，不断地将流程表完善。

最终，这一场"以爱之恒"的小宝贝，大家说"我爱你"的满月酒圆满地在温暖亲情温和的主持中落幕。

梦恒这个婚庆公司，也第一次真的走进人们的视野，当然，也只是小范围的走进，却给公司带来不少实际性的利益，因为在场不少的嘉宾，孩子满月，孩子生日，公司乔迁之类的单子，都开始找她们公司了。

第六章　情感萌动

"喂，您好，这里是梦恒公司。"柔柔这两天接电话都快接的手软了，脸上却笑开了花。因为这些慕名而来的客户，都是梦恒公司未来的财神爷啊。

童小惜更是乐得都合不拢嘴，"暖暖，我可以预见我数钱数到手抽筋日子离我们不远了。"说完感慨道："没了我的圈圈，我可以换个BMW了，真好，真好啊！"

温暖在心里也暗暗地松了口气，在那家孩子满月酒之前，她跟柔柔、童小惜都熬了好几个通宵呢，生怕不小心出了差错。现场彩排更是去了一次又一次，生怕有意外状况，备用方案也用了三四套。不过还好，这一次的策划在保守的基础上，增加了一些新奇的互动，让现场的嘉宾都参与进来，气氛欢喜不已。

当然这几天，公司里的订单也多了起来，柔柔一直在外忙着谈客户，而她这个做老板的，公司有业绩了，总算心里能缓缓了。

手机铃声响了起来，温暖看了一眼，万元胡的来电，犹豫了下，还是接了起来："喂，万元胡，你好。"

"温小姐，这次真的是太感谢你们了。"万元胡的声音里透着毫不遮掩的欢喜："我朋友很满意呢。给宝宝那么有意义的满月酒宴。"

"呵呵，应该的。"温暖谦虚道："我们还要感谢万总呢，能给我们这么好的机会。"温暖的心里其实是鄙视自己的，觉得自己特别的虚伪，明明就知道是个色狼，还是要假装小红帽的样子，故意的充傻装愣，送上门去给骗！不知道这样是在被骗呢还是再骗别人？

有部电影有句经典的台词：这个世界上，你看到的有时候却不是真实的，而真实的，你却不一定能看到！爱情有时候就像是玩撒谎的游戏，谁更加清纯无知点，谁就能伤害少点！你越是装作无辜，笨点，大男人心理让他们满足到了极点，就自然没了防备和警惕，沾沾自喜地以为遇到了个笨女人，能内外兼顾的发展着！

"温小姐，你又来了，跟我客道什么嘛！"万元胡笑着打断温暖，接着语调一转道："温小姐，过几天我生日，能约你一起吃饭吗？"

温暖心里暗自发笑，自从那晚陪万元胡兜风之后，他似乎总能想到理由来约温暖。吃饭，唱歌，都是理由。开始温暖不能拒绝，硬着头皮去了，但看着万元胡看她的眼神，越来越大胆肆意。而且，最让温暖心里疙瘩的是，他总是出其不意地抓着温暖的手，让温暖甩也不是，不甩也不是，为难纠结得很。

后来，万元胡再约的时候，温暖就开始用忙碌来委婉的拒绝。正巧，赶着满月酒的日子，万元胡消停了几天。没有想到，这才几天，万元胡还是按捺不住了。

温暖是一个离婚了的女人，万元胡对她的殷勤，早超过了一般的客户，她自然是懂得，也隐约知道一些，万元胡跟之前那位苗苗姑娘的事。聪颖的温暖，不难猜测，万元胡对她的好，或许就是来自她跟苗苗姑娘的几分相似。温暖不是十几岁的小姑娘，当然对爱情没有多大的憧憬和独占欲。她对将来也有规划，在争取到了乐乐的抚养权后，或许也会考虑一个适合的男人，重新开始自己的婚姻生活。所以，看着万元胡，在各方面的条件是适合的，温暖也就没有表现出太大的拒绝。如果，万元胡对温暖的感情态度是认真的，那么一切顺其自然就好。

"万总您的邀请，我当然会赴约。"温暖笑着应了下来，"只是万总想要什么生日礼物呢？"

"不需要，你来就给我最好的礼物了。"万元胡爽朗道。

"呵呵，那可不行。我自己去挑吧。"温暖跟万元胡寒暄了几句，挂断了电话。

温暖走出办公室，柔柔正在狼吞虎咽地啃面包，看到温暖，忙含糊不清地打招呼："暖暖姐。"

"你慢点吃，别噎着。"温暖笑吟吟地看着柔柔，问："今天客户拜访流程，走完了？"

"嗯！"柔柔猛点头，"我连午饭都没吃，一直忙到刚刚结束呢。"随即，对着温暖道："对了，暖暖姐，今天我去一户客户家谈婚事的时候，你猜遇到了谁？"

"谁？"温暖看着柔柔说得神秘兮兮，不由得顺着她问。

"我看到了岳昊天！"柔柔激动地说，"你说，岳昊天风华自己不就是有婚庆公司吗？为什么还要找我们呀？"

"你的客户是岳昊天？"温暖不解地问。

"不是，是岳昊天的妈。"柔柔喝了点水，顺了顺嗓子，"但是那老太太好像是要安排岳昊天跟姑娘结婚。"

"什么？"温暖的秀眉拧了起来，"你说岳昊天的母亲，要给他安排婚事，然后找我们公司做婚礼？"岳昊天不是风华的老板么？风华婚庆公司远远比她们这个梦恒要大的多，他结婚，自己公司资源不用，还花钱请别家？

"这还用说嘛！岳昊天想给戚雪赞助打广告呗。"童小惜笑嘻嘻地抬脸，"他结婚，用我们婚庆公司，说明我们公司做得好，而且吧，你想风华婚庆公司的BOSS结婚都用梦恒，那咱们梦恒还愁没钱途吗？"哈哈哈，童小惜哈哈大笑了几声，"你们别多想了，肯定是戚雪看咱们公司不出名，给咱们一些猛料，让咱们一下子打出知名度去。"

"真的是这样吗？"柔柔茫然地看着童小惜，"小惜姐姐，我觉得你是不是想的有点梦幻了？"

"我梦幻吗？"童小惜伸手指了指自己，"我不觉得呀。"

"我想知道表姐跟岳昊天到底什么关系。"柔柔看着童小惜，"小惜姐姐，我求解。"

"我也不知道。"童小惜耸了耸肩膀，随即八卦道："话说，戚雪跟岳昊天有什么关系吗？你们谁告诉我下呢。"柔柔是不知道的，那么童小惜满眼打着问号的眼神看向温暖，"暖暖，你知道戚雪跟岳昊天是什么关系吗？"

温暖笑得有些勉强，"你们都不知道，我怎么可能知道。"

"要不然，咱们打个电话问问戚雪呗？"童小惜八卦地看着温暖，"暖暖，你说，我要不要这样做？"

"你随便吧。"温暖不准备跟童小惜柔柔为这个问题八卦，但是，岳昊天的婚事找梦恒来做，这是为什么呢？温暖心里也好奇得很。

回到办公室，温暖在办公桌前坐下，犹豫了下，还是给岳昊天发了一个信息：岳总，听说您的婚事，准备给我们梦恒策划做？您想要个啥类型的婚礼呢？

岳昊天没有给温暖回信息，温暖等了许久，按捺不住地给戚雪发信息，雪，柔柔说，岳昊天的婚礼要给我们梦恒做，这是为什么？求解！

结果戚雪回了好多个感叹号，最后无辜地来句，什么？岳昊天要结婚了？为什么我不知道？

看来童小惜所猜测的，戚雪找岳昊天帮忙打响梦恒婚庆公司的想法是错的。

那岳昊天自己家婚庆公司不用，用梦恒到底是为什么呢？温暖还真的是百思不得其解。最后看了看下班时间，她忙收拾了东西，快速地奔了出去。

- 111 -

因为今晚她约了柔柔、童小惜、戚雪进行庆祝开业第一笔单子进账。

饭桌上，四个女人对岳昊天的婚事为什么不用风华而要用梦恒这件事，产生了激烈的讨论。之后换了KTV续摊的时候，依旧还在进行火热地"八卦"。

除却童小惜之前那个不成立的梦幻版本后，柔柔提出了一个邪恶版，"暖暖姐，你说会不会是风华看到我们梦恒现在做得很好，同类相残，故意弄个婚礼，要我们搞砸的那种，然后砸我们的招牌啊？"

"小岳子他敢。"戚雪立马否定，"岳昊天是不会那么不厚道的。"说完又补充了句道："再说，我们梦恒这样的小公司，接的都是那些小单子，风华压根就不看在眼里，根本不会来打压的。"

"可是，为什么岳昊天的妈妈要找我们去策划呢？"柔柔茫然地嘟着嘴，"我想来想去都是没有道理的，自家公司不用，非得要花钱请别家啊！太没天理了。"

"我也觉得，肯定有什么阴谋。"童小惜说得一本正经，"我们怎么办？接还是不接？"

"接啊，当然接。"戚雪忙开口，"给咱们送钱，又给咱们免费打广告，干吗不接？"

"可是……"柔柔张嘴，小心翼翼道："万一是个阴谋呢？"

"你们烦死了，把岳昊天喊出来，咱们当面问问不就行了？"戚雪没好气地赏赐了她们几个大白眼，"我说，你们几个是不是闲的蛋疼？非在这个问题上胡思乱想的猜测？"

"咱们吃成这样，把人喊出来，是不是有点毁形象？"温暖看了看一桌子地狼藉，制止了掏出手机要打电话的戚雪，"我说，这事不需要一本正经地去问人家吧？"

"有必要，非常有必要。"戚雪气呼呼道："岳昊天这个死孩子结婚这样的大事都不第一时间告诉我，我很生气。"说道这，伸手扇扇风，降了降火气，"我倒是想看看，哪个姑娘不幸做他新娘了。"

"雪,你这话,说得可真有水平。"童小惜对着戚雪眨巴了下漂亮的眸子,"让我怎么听出了一种叫做暧昧的玩意?"

"你才暧昧呢。"戚雪不满地跟童小惜闹做一团,"你说,你什么时候结婚?给咱们公司沾沾喜气呢。"

"要不然你先结婚吧,你都有球了。"童小惜不甘示弱地回嘴,动作却不敢真的去碰戚雪,毕竟她是孕妇。

万元胡给温暖打电话,就听到了KTV的音乐,忙问:"温小姐啊,你跟谁在唱歌呢?"

"嗯?"温暖愣了下:"跟几个姐妹!"犹豫了下,还是如实对万元胡回答,心里却有点不舒服的感觉。

这个男人还不知道自己是谁吧,就摆出这样一幅霸道关心的模样来,理直气壮地问温暖跟谁在一起?温暖跟谁在一起,跟他有半毛钱关系啊?

"晚上需要送你回去吗?"万元胡语气温和地问。

"哦,谢谢,不用了。"温暖礼貌地拒绝,"我一会自己能回去的。"

"那好吧,"万元胡无奈,轻笑道:"看来,今晚,你拒绝我这位护花使者咯?"

"呵呵,万总,你又跟我开玩笑了!"温暖陪了个笑。

"温小姐,我可没跟你玩笑,"万元胡这话说的一本正经:"你今晚拒绝我做护花使者没事,但是,千万不能拒绝我对你的追求。"

"啊?"温暖傻眼,她虽然知道,万元胡做事急躁,但也没有料想到,竟然会这样直白地说出来,倒是让她有些措手不及外加哭笑不得。

"你别惊讶,我呢,是个粗人,不喜欢那些个曲曲弯弯,有什么喜欢说什么。"万元胡一本正经地说:"我觉得,你人挺好的。"万元胡也觉得在电话里表白多少有点唐突,语气不由得放柔,"我挺喜欢你的。"

"呵呵,万总,你说得我不好意思了。"

"不用不好意思。"万元胡打断温暖:"我觉得你挺好的,挺喜欢你的,也没别的什么意思,就想跟你做好朋友。"

"呵呵，万总，我们现在难道不算好朋友吗？"温暖机灵地反问。什么叫你人挺好的，我挺喜欢你的，又没有别的意思啊？这个男人说话可真假！

"算算算。"万元胡忙不迭地点头，"但是，我想，或许我们能成为更好的朋友。"

"呵呵。"温暖干笑了两声，故意装傻，保持暧昧的最高境界，不主动，不拒绝，不承诺。

"那不打扰你玩了。"万元胡说着，有些失落地挂断了电话，随即给温暖发了条短信："我一直觉得你挺好的，确实很喜欢你。"

你是因为觉得我人好才喜欢我，还是像你以前的女朋友，苗苗？温暖本来想回这句话，但是，打完了又删掉，回了句："是吗？"

万元胡回了句：是。

温暖真不知道该再回什么，犹豫了下，然后将手机放回包包里，回头看了一眼对她笑的贼兮兮的戚雪："你干吗笑那么奸？"

"我是想，我离开才多久啊，你的桃花就重新开了？"戚雪笑着抓过温暖的手机，"哎哟，啧啧，这消息，发的可真暧昧啊！"哈哈大笑了几声道："告诉你们哈，买我的《一朵桃花倾城开》我保准你们脱单，桃花朵朵开。"

"切。"童小惜鄙视了下，"你自己的桃花都没开，少来这边得瑟。"

"喂喂喂，谁说我没桃花开的？"戚雪不满地哼哼，"我这肚子里都有球了，我都结桃子了，当然不能再桃花乱开了。"

"戚雪，我认真地问句，你肚子里的孩子，到底是谁的？"温暖一本正经地看着戚雪。

"暖暖，我肚子里的孩子的事，你们别操心，等孩子他爸敢认的时候，我就结婚。"戚雪嬉皮笑脸地说完，又对温暖道："倒是你，暖暖，你现在是桃花开二度呀？说说看呢，这个喜欢你的人是谁啊？"

"暖暖姐，真的嘛？谁在追暖暖姐？"柔柔一听，忙挨着身子，朝戚雪这边看来,"来来,表姐,你给我看看!"

"戚雪,你别闹了。"温暖没好气地赏了一个白眼给戚雪,就要抢自己的手机,毕竟这么暧昧的消息给别人看到,温暖还是会脸红羞涩的。

"哎哟,你老实交代,你跟岳昊天什么时候好上的?"戚雪将手机往自己身后一藏:"你先给我坦白,发展到什么地步?"

"什么啊?"温暖莫名其妙,"什么岳昊天啊?不是你跟他有暧昧吗?干吗扯我?"她不是装傻,而是真不明白,戚雪这么会把她跟岳昊天扯一块去?要说说万元胡嘛,温暖也就默认了,毕竟,她自己在给万元胡继续暧昧的信号。

"什么呀。什么岳昊天呀?"戚雪捏着鼻子,故意扭扭的打趣温暖:"你少给我装,坦白,坦白。"

温暖依旧一脸茫然,"戚雪,我真不明白,你到底在说什么?"随即甩甩手,特无辜地道:"我跟岳昊天,真的没什么关系。"甚至,温暖觉得两人只是认识而已,连朋友都谈不上。

"真没什么关系,他给你发信息,说他不结婚,你想多了?"戚雪像是抓着什么证据似的,故意拿着温暖的手机在她眼前晃悠了下,"还是说,你先给他发什么信息了,他又回你了?"说罢不等温暖回话,又自发联想这:"我不婚,你想多了,你之前发的是有关他结婚的消息?还是你们在聊婚事了?"

"岳昊天?"柔柔茫然地仰着脑袋,好奇地问:"哪个岳昊天啊?岳昊天到底是表姐的,还是暖暖姐的?"

"小孩子,一边玩去。"戚雪一把推开柔柔,随即眸光灼灼地看着温暖:"暖暖啊,暖暖,你要不要给我八一八啊?"

"岳昊天的短信?"温暖茫然地望着戚雪那画着精致妆容的脸蛋,"戚雪,我还真的不知道,你到底在说什么呢?"配合她的茫然,还特无辜地眨巴眨巴黑眸。

戚雪毫不犹豫地伸出手指,点着温暖的眉心,"小样,你还不承认,自己看吧。"说着，把手机还给温暖。屏幕上，显示一条来自岳昊天的信息：不结婚，你想多了。

温暖盯着那几个字，有点傻眼，她当然第一时间想到的是她刚给岳昊天发信息问过婚事为什么找梦恒这件事，于是，张嘴就对戚雪解释："我实在想不明白风华的BOSS，为什么结婚要找我们梦恒，我就发信息问他一下，还有就是他喜欢什么类型的婚礼而已。"解释完，又补充道："戚雪，我发誓，我跟岳昊天真的没什么。"

心里却有些意外，岳昊天竟然给她回信息了，那个冷峻得近乎面瘫的岳昊天，竟然也会回她的信息？真的让温暖不惊讶都不行。

"风华？岳昊天？帅哥？"柔柔总算把岳昊天对上号，激动道："暖暖姐，表姐，你们两个跟岳昊天到底谁在谈？"

"什么跟什么啊？"温暖嘴角抽搐了下，心里却因为柔柔这话，瞬间泛起涟漪，脸也红了起来，"柔柔，你别听戚雪乱说，我跟岳昊天根本就不熟的。"心里暗自猜测，戚雪跟岳昊天之间到底是什么关系呢？听着童小惜的打趣，联想到一些事，温暖突然觉得，戚雪跟岳昊天其实是非常暧昧的，关系特别好。

"哦……"戚雪意味深长地将哦这声的调调拖的老长老长，"不熟，你们就私下发短信了？要熟的话，那还不得天天煲电话粥啊！"

"雪，你真是想多了。"温暖撇了撇嘴，"岳昊天跟你关系那么好，他是什么类型的人，你还不知道啊！我们就是普通的不能再普通的朋友关系。"说完，温暖努力让自己的表情自然，她跟岳昊天真没什么，何必心虚呢！当然，另外话里的意思就指向了戚雪跟岳昊天了。

"你少转移话题。更别把话题扯我身上来！我不背黑锅。"戚雪才不打算被温暖这么糊弄了，"暖暖，你最好老实交代，跟岳昊天互动到什么地步了？"

"戚雪，我真的不知道说什么了。"温暖表情无辜，将手机往戚雪手上一扔："为了表示清白，你自己查我手机，看我跟岳昊天到底有什么关系！"温暖撇了撇嘴,继续补充道:"我真的只是发了个短信问下他要什么类型的婚礼而已。"

"好好好,相信你就是。"戚雪才不会真无聊的去查看温暖的短信,她将手机还给温暖:"不过呢,既然你认识岳昊天,那我叫他一起来玩吧。"说着又正色的补充了句:"正好,我们四个女人无聊,找个男士过来,调节下气氛。顺便再问清楚,岳妈妈要我们梦恒做婚礼到底是什么情况好不好?"

"好啊,好啊。"柔柔忙激动得跳了起来:"表姐,你快点叫,快点叫!"

"不要吧?"温暖抗议:"我们四个女的,他一个男人会尴尬的好不好?而且,这样直接问他,感觉很不好呢。"

"不会。"戚雪回答的毫不犹豫,"暖暖,你要真跟他没什么,你就不要拒绝,我叫岳昊天来了。"

这话成功地让温暖把拒绝的话给生生地吞咽了进去,看着戚雪忙拿着电话,风风火火地给岳昊天去打电话了,跟上次在酒吧一样,没两句话,就切断了电话,笑眯眯地道:"岳昊天过来了。"

"哇,表姐,你好厉害啊。"柔柔崇拜地看着戚雪,随即,眼神暧昧地看着戚雪:"表姐,我能问,你跟岳昊天啥关系嘛?"

温暖也忙认同地点点头:"我也同问。"

"我跟岳昊天是铁铁的兄弟情谊。"戚雪轻咳了下嗓子,一本正经地说:"他是我认的干弟弟!"

"表姐,我听过有认干爹干妈的,你这干弟弟,怎么解释?"柔柔的眼眸内,遮掩不住的好奇,"你别吊胃口了,跟我们说说,你怎么跟岳昊天认识的,又怎么成你干弟弟了?"

"哎哟,说来话很长的啦。"戚雪卖起关子。

"那你就长话短说。"温暖笑着打断戚雪。

"下次再说吧,我想唱歌。"戚雪笑着抓过话筒:"要不然,等我唱好了,给你们说也行。"说着,戚雪咯咯地笑了起来:"你们别怀疑我跟岳昊天有什么关系,我跟他呀,只是好朋友、好哥们。"

"戚雪,你这解释的有点此地无银三百两。"不知道为什么,听到戚雪这样说,温暖的心里竟然有一种雀跃。虽然,温暖自己也不知道,为什么会有那样的感觉。

"我站在屋顶,黄昏的光影,我听见爱情光临的声音,微妙的反应,忽然想起你这默契感觉像是一个谜。心里有点急,也有点生气。你不要放弃行不行……?"戚雪随着音乐,开始吟唱起萧亚轩的《类似爱情》。

温暖跟柔柔也不再追问戚雪和岳昊天的关系,对着节奏,帮戚雪打起了拍子。

接下来,柔柔也活跃地唱了一首 SHE 的《不想长大》。当轮到温暖的时候,她点了一首张信哲的《过火》:"是否对你承诺了太多,还是我原本给的就不够你始终有千万种理由,我一直都跟随你的感受,让你疯让你去放纵,以为你有天会感动,关于流言我装作无动于衷……"

温暖歌唱到一半的时候,岳昊天迈着优雅的脚步,面色沉静推门进来。

戚雪亲昵地凑上去,勾着岳昊天:"岳昊天,来一首什么歌呢?"

岳昊天的视线,越过戚雪看着温暖,微微点了下头,转过俊脸,对这戚雪道:"你们唱吧。"

"切,就知道你说这句。"戚雪松开岳昊天,对这温暖道:"暖暖,你看,这人就是这么扫兴的。不管他,我们继续,柔柔,放歌。"

"暖暖姐,你继续唱呀。"柔柔重新打开音响,对这温暖道。

"直到所有的梦已破碎,才看见你的眼泪和后悔。我是多想再给你机会,多想问你究竟爱谁,既然爱难分是非,就别逃避勇敢面对,给了他的心你是否能够要得回……"

温暖唱完这首歌,掌声浓烈的响起来。下一首是合唱的歌,戚雪早抓着话筒了,她忙把话筒递给柔柔。

开唱之前,戚雪不忘记招呼温暖跟岳昊天:"你们两不要干坐着,喝酒呀!"

温暖点点头:"知道了,你唱歌吧。"然后看着酒杯,犹豫了下,张口问岳昊天,"你喝酒吗?"

"不用,我开车。"岳昊天轻轻地摆摆手。

"哦。"应了一声,温暖就自己抓起酒杯,慢慢啜饮了一口红酒。

"你还是少喝点酒。"岳昊天的声音,很轻,很低,也很简洁,在这个喧杂的包厢里,还是那么清楚的传到了温暖的耳朵里。她错愕地抬眼,看着岳昊天已经不动声色地挨着她身边落座了,"你的酒品不好。"

温暖听到这句话,顿时又无语了,讪讪地放下酒杯,转手换了一杯白开水,猛喝了几口。现在的她,和岳昊天坐得很近,近的温暖感觉自己浑身有点不自在。

"岳昊天,你妈在给你操办婚事了?"戚雪唱完歌,快步走过来,一掌拍在岳昊天的肩头:"快点来跟姐姐说下,是哪家的姑娘入你的法眼了?"

"没有。"岳昊天简洁地回答,随即解释了句:"我妈那是在瞎折腾。"

"哦。"戚雪了然地点点头,"你没对象结婚,你妈却逼你结婚,然后找我们公司给你安排婚礼了,把你赶鸭子上架是吧?"

岳昊天点点头,"差不多。"

"不是吧?你最近这么衰啊?"戚雪同情地看着岳昊天,"这不明摆着逼婚吗?"也正好解释了岳昊天的妈妈为什么不找风华给安排岳昊天婚事而要找梦恒了,原因就是逼岳昊天而折腾的。

岳昊天没有接话,撇撇嘴。

"可怜的孩子,来跟姐姐走个。"戚雪同情的拍了拍岳昊天的肩膀,对着他举杯。

"我开车,喝这个吧。"岳昊天一把拿起温暖刚放回桌子上的白开水,跟戚雪的红酒杯碰了碰,优雅地抿了几口。

温暖看得有点目瞪口呆,那个杯子,可是她喝过的啊!心里顿时好像被投入了一颗石子,涌现层层的涟漪。

有戚雪和童小惜跟柔柔的KTV,是永远不会冷场的。所以,这四个人一直抢着做"麦霸"嗨到午夜 12 点多才结束。散场的时候，戚雪拖着醉倒了的柔柔跟童小惜，对岳昊天道："岳昊天，我们仨一块走顺路，你帮我送温暖吧。"

岳昊天沉默地点点头，温暖连婉拒的机会都没有，目送着戚雪对他们俩挥挥手，将柔柔童小惜带回家。

"走吧。"岳昊天对温暖简洁地丢了两个字，然后，转身朝着停车位走去。

温暖犹豫了一下，还是跟着岳昊天上车，将安全带系上，余光悄悄地瞄了一眼侧脸冷峻的岳昊天，她顿时找不到话说，只能说："岳先生，谢谢你。"

"叫我岳昊天好了！"

温暖愣了下："岳昊天。"

"嗯。"岳昊天应了一声："回家吗？"

"嗯，是啊，××……"

"我知道。"温暖的话还没说完就被岳昊天打断。接下来他动作麻利地调转车头，一脚油门，车疾驰了出去。

温暖顿时无语，岳昊天也不再出声。和以往一样，岳昊天一路沉默地将温暖送到小区门口，等温暖拉开车门，正要跨下去的时候，他的声音传来过来："你唱歌挺好听的。"

闻言，温暖的心猛地跳了一下，脚底踩空，差点就狼狈地摔倒，好不容易扶稳车门，站好了身子，才尴尬地转身，对岳昊天笑笑："谢谢你的夸奖，我会继续努力的。"

"拜拜。"岳昊天对温暖挥挥手．

"拜拜。"温暖目送着岳昊天的车子在她的视线里渐渐远去，心里一股莫名的情愫在翻涌、蔓延。直到戚雪的来电，才把她从恍惚中给惊醒："喂，戚雪。"

"亲爱的，你到家了吗？"戚雪关切地问。

"嗯，刚到。"温暖说着，转身走进小区，"你呢？"

"我也是刚到家，就问问你，"戚雪说完，又问温暖："你觉得岳昊天怎么样？"

"岳昊天怎么样？"温暖愣了下，重复了一遍，随即问："戚雪，你不会是想跟他……"

"不是，我是问你，你觉得岳昊天怎么样？"戚雪不等温暖说完，忙打断。

"你问我干吗？我跟他又不熟。"温暖脸再次烧起来，好在她理智尚在，措辞也还算谨慎。

"我觉得，你跟岳昊天挺般配的。"戚雪一本正经地说，"他是个木讷的人，但在感情方面很单纯，是个靠谱的结婚对象。"

温暖嘴角抽搐了下："戚雪，你胡说什么呢？岳昊天比我小，而且，我还是个有孩子的离婚女人。我跟他，怎么可能！"

"离婚了又怎么样？找个比自己小的又怎么样？只要自己觉得开心，幸福就好。"戚雪似乎是有所感慨，"只要心动了，就去追求吧，趁着我们还有力气爱。"

温暖没有说话，进了电梯，呆呆地看着那跳跃的数字，半晌之后，才开口："戚雪，我现在的想法很简单，先把公司做大做强，然后把乐乐的抚养权争取过来，跟他在一起好好生活。如果，遇到合适的对象，或许，还会考虑第二次婚姻。但是，关于爱情，我不想了。"爱情，那是一种虚无缥缈的感觉，抓不住，握不紧，也不适合温暖。

"暖暖，我是怕你为了公司，委屈自己呀。"戚雪隐忍了半响，终于开口："我听柔柔和小惜说，那个万元胡对你很殷勤？"

温暖走出电梯，扑哧一声轻笑了出来："戚雪，你又胡说什么呢？"

"我没胡说。"戚雪深深地叹了口气："柔柔跟我形容过万元胡，一个不修边幅的暴发户，那样素质的男人，利字为主的男人，对你那么殷勤，无非就是想要去追你。"又叹了口气，无奈道："暖暖，你觉得，你能跟那样的男人生活到一起吗？你能忍受往后的一辈子都跟这样的男人过吗？你是离过婚，但是不代表你为了孩子要妥协自己，也不代表你就没有再去追求真爱的能力。"

面对戚雪一连串的发问，温暖抿紧了唇，无言以对。事实上万元胡确实对她很殷勤，这几天，她的办公室每天早上都会收到花店送的新鲜玫瑰花，惹得柔柔羡慕得很。一看名字是万元胡，柔柔不禁吃惊道："暖暖姐，想不到，那个大老粗，竟然也会有这样浪漫的举动？看来，他想追你哦！"

童小惜也暗地里提醒过温暖："温暖，那个万元胡是不是对你有想法？你自己稍微注意点。那个年纪的男人，花心的很，就想着家里红旗不倒，外面彩旗飘飘。"

温暖知道，柔柔跟童小惜对万元胡的印象都不怎么样。

也是，柔柔刚大学毕业，满脑子还是王子公主浪漫的幻想，对待爱情也充满了童话的期待，她对白马王子的要求还是踏着五彩云能够从天而降，对她百依百顺又能爱得死心塌地的那种，固然对万元胡这样现实的男人没什么好感。

童小惜就别说了，她对爱情的态度，从来都是只讲究不愿意将就的，如果遇不到林浩，或许她一辈子都宁愿在萧威的回忆里，痛苦煎熬，反反复复，她常说宁愿高贵的单着，也不愿意委屈卑贱地去凑合着。

这两个姑娘的爱情都建筑在象牙塔的顶尖里，如果不是一眼确定那个男人是自己心动的，就会毫不犹豫地拒绝他人靠近，可是温暖不一样了。

温暖经历过一次失败的婚姻，爱情对她来说，已然变成了拥有不起的奢侈品，女人的天性，让温暖其实很想去爱，尤其像岳昊天这样优秀的男人，看到他，就像磁铁一样，自己都不清楚，就会不知不觉地被吸引住，但是温暖又害怕伤害，不敢轻易去上前。只能小心翼翼地保持着安全的距离，悄悄地抬头仰望着。

温暖现在考虑再婚的条件，首要的是要对自己的宝贝儿子乐乐好，男方年纪大一些更懂得宽容一些，所以作为再婚对象考虑的话，无论从经济还是从年龄，万元胡其实是个不错的人，至于人品，那就需要时间去考量了。

这一段时间跟万元胡接触下来，温暖清楚地知道，她不喜欢这个男人，可是偏偏就很鸡肋的，这个男人适合她再婚，所以温暖心里也很纠结，矛盾。

"我说暖暖，你到底在不在听？"戚雪不满地对这电话大喊了一声。

"听着呢，听着呢。"温暖笑着接话，"戚雪，你不用担心我，我有分寸。"

"我是怕你病急乱投医啊。"戚雪担忧地说："温暖，我认真地告诉你，我宁愿你看上岳昊天，再谈一场撕心裂肺的恋爱，也不想你跟那个暴发户，将就着浪费时间，You Know？"

"嗯，知道了，你早点睡觉吧。"温暖敷衍地切断了戚雪的电话，打开家门，对这黑乎乎的屋子，深深地叹了口气。撕心裂肺的爱情，对于温暖这个年纪的女人来说，明显就是拥有不起的奢侈品了。

经历过这么一场失败的婚姻之后，温暖更加希望找个踏实、靠谱的男人，有钱没钱不重要，长得好看不好看也不重要，重要的是要让人安心、温暖。

只是，明明在用这些现实说服自己，但温暖还是把戚雪的话给听了进去。跟岳昊天谈一场撕心裂肺的恋爱，就好像是一个无边际的魔洞一样，深深地在吸引着温暖。就算她理智上在抗拒，义正言辞，可是，情感世界的天平，已经倾斜。她的心，凌乱了起来。

温暖是被感情伤过的人，所以对待自己的心动，不再像开始的那样，能够肆无忌惮跟不顾一切，或许每一个女人都是这样的，曾经掏心掏肺地爱过一个人之后，再遇到想爱的人，会有各种顾忌跟焦急，在没有确定那个人同样是爱着自己的时候，只能勉为其难地装作若无其事的样子。

感情这种事，谁先开口了，输了的时候，会败得一塌糊涂，当然，还有种可能是皆大欢喜。

如果，没有乐乐，温暖或许真的会去勇敢地尝试一次，追求一次真爱，不求结果，不求同行，甚至不求在一起，但是，只要喜欢他，愿意跟他在一起，简简单单在一起就足够了。

岳昊天，真的是很多女孩子心目中理想的白马王子，高富帅吧。虽然他沉默寡言，甚至有些时候浑身散发着一股生人勿近的冷淡，可是他对女士的那种绅士、礼貌却真的生生地吸引了温暖，太久没有心动的感觉了，温暖总是觉得自己失去了爱人的能力，一切爱与不爱，对她来说都是虚无缥缈的，可是在看到岳昊天的时候，就算不想承认，温暖也不得不在心里认栽，她是会有心跳加速的感觉，就好像当初第一次面对心仪对象表白的那种局促不安的感觉。

第二天是周末，温暖还没起床，就收到万元胡的短信："温小姐，今天是我生日。"

温暖愣了两秒钟，忙回了个信息过去："生日快乐。"然后想着之前就要给万元胡准备生日礼物，最近这一忙，就给忘记了。一会得找戚雪或者童小惜出来陪她逛街看看。

万元胡的电话却在第一时间打了过来："温小姐，起床了吗？"

"嗯，刚要起来。"温暖含蓄地开口。

"今天是周末，没什么事吧？"

"嗯，一会有点事，"温暖想了想，"我要去接我儿子。"又是月底了，她可以去谢家接乐乐了。今天，她还要跟谢家商量下乐乐的探视权，能不能改成半个月一次。

"忙到几点结束？"万元胡追着问，随即道："你可是答应要陪我过生日，吃饭的。"

"晚饭可以吗？"温暖试探地问。

"那好，晚上一起吃饭。"万元胡一锤定音道，接着问："你家在哪里，我一会去接你？"

"啊？不用了。"温暖忙拒绝，"万元胡，你告诉我去哪里吃饭就行，我晚上直接过去。"

"那好，我等你。"

万元胡切断了电话，温暖却还攥着手机，傻傻发了会呆。接着看到乐乐的来电，这才回神，接起来："喂，宝贝，你醒了？"

"妈妈，你还不带我去动物园玩啊？"乐乐奶气的声音传了出来，"我要去看老虎。"

"好，妈妈马上就带你去。你乖乖等我。"温暖哄着乐乐挂了电话，忙快速地收拾了下自己，然后就直奔谢家。

接到乐乐，温暖带着他去了动物园，两个人玩得很开心。母子两个相聚的时候，时间总是过得那么快。下午的时候，万元胡给温暖发了饭店的信息，温暖看了看时间，4点多了，打算先将乐乐送回去，然后再陪万元胡过生日，吃晚饭。可是，一出动物园，乐乐就又哭又闹，说什么都不肯回家。

"宝贝，你怎么了？"温暖没办法，只能哄着他："你告诉妈妈，为什么不想回家？"

"我不要回去，我不要回去。"乐乐一屁股坐在地上，"我不要回去，不要回去。"哇哇大哭的喊着。

"好吧，那就不回去，妈妈陪你玩。"温暖为难地看着手机，最终，还是给万元胡发了个信息去："万总，对不起，我现在有点事，不能陪你吃晚饭了。明天我给您赔礼道歉，行不行？"

万元胡的电话就打过来了，"温小姐，你怎么了？出什么事了？"

"万元胡，真的不好意思，我儿子现在又哭又闹，怎么哄都不行，不让我走。"温暖诚实地对万元胡解释，"对不起，我真的很抱歉。"

"哇……妈妈不许走。不许走。"乐乐一听温暖接电话，又忙抱着她的大腿，撕心裂肺地又哭又闹。

"好好好，妈妈不走，妈妈不走。"温暖只能俯下身子，先哄着乐乐，然后抓着电话对万元胡道:"万总,真的对不起。"

"没事,你先带孩子,我们明天联系。"万元胡的声音里,多少带了点不悦的失落,但是,听着孩子的哭闹声,他还是深深吸了一口气,淡定地挂了电话。

"好了好了,乐乐不哭,妈妈不走,妈妈带你回家好不好?"温暖忙伸手,帮着乐乐擦眼泪,哄着:"你男子汉大丈夫,怎么能说哭就哭呢?乖,不哭了哈。"

乐乐好不容易才止住了眼泪,拉着温暖,紧紧地抱住她:"妈妈,我要跟你在一起。"

"好,妈妈跟宝贝在一起。"温暖认真地对乐乐保证:"妈妈去跟爸爸商量,以后,乐乐跟着妈妈住半个月,跟着爸爸住半个月,好不好?"

乐乐认真地看着温暖:"真的?"

"真的。妈妈怎么会骗你呢。"温暖伸手拍了拍乐乐身上的灰尘,"那我们现在回家去等爸爸,跟他说这事好不好?"

"好。"乐乐点点头:"妈妈,我们拉钩。"

"好,拉钩上吊,一百年不变。"温暖亲昵地揉了揉乐乐的额头,将他紧紧地抱在了怀里。

温暖跟谢家的谈判挺顺利的,这得归功于那上位的小三实在不怎么喜欢乐乐,甚至恨不得乐乐就干脆给温暖带得了。只是,谢家不会轻易放弃乐乐的抚养权,所以,这半个月轮流照顾乐乐的折中办法,也挺好。

温暖上班的时候,就跟乐乐说好,由爷爷奶奶带,晚上再跟她一起住,乐乐也乖巧地点头同意。

乐乐一直不肯睡觉,必须要温暖哄着,所以,当他睡着,温暖回家的时候,已经晚上10点多了。温暖本来想给万元胡打个电话去的,但是一看这个时间点,便打消了念头。

第二天上班,第一件事,温暖就给万元胡打电话道歉,而后在电话里约他一起吃饭,可是万元胡临时去外地出差,便把这事给延后了。

第六章 情感萌动

温暖在办公室坐了会，还是拿着包包走出了公司，不管怎么说，她都得给万元胡补个生日礼物。

买完生日礼物，温暖一个人走在衡山路上，静静地想着，她是不是要借着送礼物的机会跟万元胡把关系给挑明了呢？如果不挑明，她的心开始越来越克制不住的想要跟岳昊天疯狂地爱一场，那就好像是一个巨大的黑洞，带着强烈的毁灭的吸引力引着温暖朝岳昊天的方向越来越偏移过去。

走着，走着，最终进了香樟花园，这里，可能是上海最有气质的咖啡馆了，它临街的一面，拥有明亮通透的开放式玻璃窗，温暖靠着窗边的位置坐了下来，要了一杯咖啡，而后双手拖着下巴陷入了沉思。

岳昊天走过这条街的时候，偶然扫了一眼，看到透明玻璃，阳光下，正在静思的温暖，他犹豫了下，鬼使神差的，走了进去，在温暖对面的椅子边站定，问："请问，我能坐下来吗？"

"嗯，可以。"温暖回神，看了一眼对面的男子，愣住："岳先生？"

"岳昊天。"岳昊天一板一眼地纠正。

"……"温暖犹豫了下，"岳昊天。"

岳昊天看了一眼温暖堆在桌子上的盒子，除了给万元胡买的礼物，还有给乐乐买的飞机模型，岳昊天坐下来，要了一杯咖啡，不由得多嘴问了句："乐乐还好吗？"想到乐乐这个特殊的孩子，岳昊天对温暖便有一种说不清楚的同情来。

"挺好的。"温暖说到乐乐，嘴角不自觉地微笑："我跟前夫说好了，原来一个月见一次，现在，乐乐半个月跟我生活在一起。"

"嗯，不错。"岳昊天点点头，犹豫了下，问："你知不知道乐乐，他有什么不对劲吗？"

"不对劲？"温暖愣了下："你是指？"

"你有带他去看过医生，做过检测吗？"岳昊天含蓄地问，"我觉得，他特别害怕陌生人，而且攻击性很强，有时候，又不爱说话。"

温暖有些茫然地看着岳昊天："我不太明白你说什么？"

"我觉得,你应该尽早带乐乐去医院做做检查,"岳昊天第一次说了那么长的话:"这个孩子,如果不及时去检查的话,精神很容易出问题。"说着歉意地看着温暖:"对不起,我不是诅咒他的意思,我只是希望,他能避免出现问题。"

"哦,你是说,乐乐有精神方面的问题是吧?"岳昊天说得这样明白了,温暖当然听懂了,她认真地看着岳昊天道:"乐乐其实有精神障碍的疾病。"

岳昊天点点头,"这不是病,只是一种状况,及早治疗,没问题的。"

"你懂?"温暖抬起头来看着岳昊天问。

"我不是很懂,但是,我知道这种情况。"岳昊天看着温暖,"你可以先查查,乐乐从什么时候开始变成这样的,找出缘由,针对性地治疗。接着,你再问问他,有什么兴趣爱好,从他喜欢的开始培养他去接触人群,只要耐心点,这个孩子就一定能恢复正常。"岳昊天说完,又补充了句:"一般是家长或者医院把这个病情给说的严重了,其实,小孩子,多花点时间、爱心和耐心,一定能够帮助他恢复健康,快乐的成长起来的。"

温暖第一次听到岳昊天这么耐心的,温润的说话,而且还是为了她儿子好,顿时,心里感动的不知道该说什么,她只看着岳昊天,许久,才低声说:"谢谢!"

"不客气。"岳昊天又恢复到了往日的简洁。

温暖拿起咖啡杯,轻轻地喝了一口,心里有些说不出来的忐忑。阳光下的岳昊天,面容俊朗,沉稳的端坐在自己的面前,漂亮的白色休闲衬衫将他矫健的身材包裹的异常性感。他就像是一位完美的王子,吸引着众人全部的注意力。温暖暗自心里鄙夷自己,都多大的人了,还想着童话里的白马王子,简直太可笑了,真想伸手甩自己几个巴掌。但是,视线却忍不住的,悄悄的不动声色的,一直偷偷去看他。

就好像,中学的时候,遇到暗恋的男生,不敢表白,却又忍不住,偷偷的看着,那种青涩的暗恋感觉再一次涌上三十三岁温暖的心头,并且奔

第六章 情感萌动

腾着，让她想要抑制，都抑制不住。

在透明玻璃下的香樟花园，你看着路人风景的同时，路人也正在看着你。就在温暖望向外面时，戚雪勾着一张年轻的笑脸，从街头走过。

温暖愣了下，忙激动地掏出手机，打了过去："戚雪，我在香樟花园呢，你呢？"

"亲爱的，我刚走过，马上进来。"戚雪娇笑着挂了电话，接着，勾着那位粉嫩的小帅哥，快步地走了进来："亲爱的，你们怎么在这？"看到温暖跟岳昊天面对面坐着喝茶，她不由得愣了下，吃惊地问。

"跟你一样，路过。"岳昊天随意地耸了下肩，淡淡道。

"那么巧？"戚雪显然有点不敢相信。

"就是那么巧。"温暖点点头，随即，将视线扫了一眼戚雪身边的小帅哥，看着大概20出头的样子，那张白嫩的俊脸上，写着青春两个字，不由得疑惑地问："这位是？"

"亲爱的，给你介绍下，这是我男朋友JOJO，这位是我的好姐妹温暖，那位是我朋友岳昊天。"

"嗨，你们好。"JOJO裂开一口灿烂的白牙，对温暖跟岳昊天笑着打招呼。

岳昊天只是点点头。

"嗨，你好。"温暖忙跟着起身打招呼，然后看了看，提着自己的包包，很主动的让了位置出来，跟岳昊天坐到了一排。

戚雪跟JOJO忙亲密的手牵手坐了下来，四个人闲话家常了会，温暖便说了一声抱歉，"去个洗手间。"戚雪也赶忙跟了出来，一进厕所，忙拉着温暖问："怎么样？"

"什么怎么样？"温暖装傻。

"我家JOJO怎么样？"戚雪赏了一个大白眼给温暖，嘴角带着笑意。

"不错，就是，你不觉得，嫩了点？"温暖尽量小心地措辞，本来她都想说，戚雪，你什么时候好上了老牛吃嫩草这调调了？

- 129 -

"不嫩，年纪就比我小 5 岁，但是，看着嫩而已。"戚雪伸手，比划了下，满脸笑的灿烂如花。

"他是孩子他爸爸？"温暖问得直接。

戚雪点点头："嗯。"

"嗯，那就好，亲爱的，只要你开心就好。"对待好姐妹感情这种事，温暖一向采取保守的态度。毕竟看人不能看第一眼嘛，她才第一次见到JOJO，说不清楚好坏。但是，看着戚雪笑的那么灿烂，想必和JOJO在一起她应该是很开心的吧。当然，既然是孩子的爸爸，那总比戚雪随便找个不爱的，将就要个现成爸爸来的强。

第七章　爱就勇敢追

"那你跟岳昊天呢？"戚雪朝着温暖眨巴了下黑眸，挤眉弄眼地做了个鬼脸，"发展到什么地步了？"

"拜托，我跟他真的只是偶遇。"温暖无奈地摊了下手，"就跟遇上你跟JOJO一样，我在这里喝咖啡，他就进来了。"

"哎哟，这样啊。"戚雪意味深长地看了一眼温暖："暖暖，我觉得，岳昊天对你有意思。"

"你胡说什么啊！"温暖心跳顿时漏了一拍，语气上，却义正辞严地遮掩着自己的慌乱。

"我就随便说说，你脸红啥呀？"戚雪伸手戳了戳温暖："该不会是心虚了吧？"

"你才心虚呢，老牛啃嫩草。"温暖没好气地打击戚雪，"不理你了，我出去了。"

"暖暖，你真的在脸红耶。"戚雪咋咋呼呼地跟着出来，嘴里却依旧不饶过温暖。以至于她一坐下，JOJO就问："亲爱的，暖暖姐为什么脸红？"

戚雪张了张口，被温暖狠狠地瞪了一眼，就把视线转向岳昊天，慢悠悠道："我家暖暖啊，脸皮薄，被我戳中心事了，就脸红了呗。"

"你戳中啥了？"岳昊天的开口，让戚雪愣住，温暖也傻眼，JOJO倒是满脸玩味地催促："亲爱的，来说说看，你戳中啥了，我们共享。"

温暖生怕戚雪胡说什么，忙在桌子底下，朝着戚雪踹过去，却不料岳昊天正好动了下脚，那一脚，结结实实地踹在了岳昊天的小腿上，他闷声哼了哼。

"对不起。"条件反射的道歉，接着，温暖顿时囧了，恨不得挖个地洞把自己活埋了去，俏脸红的跟染色的红霞一样。

戚雪终于忍不住拍着桌子大笑了起来，"哈哈哈……"

JOJO则是一脸的莫名其妙。

四个人一起去吃了晚饭，戚雪跟JOJO才笑嘻嘻地目送着岳昊天和温暖一起离开。在过马路去拿车的时候，温暖总觉得被戚雪灼热的视线、盯得浑身的不舒服，便越走越快，甚至没有注意前面拐角有车开出来。

"小心。"温暖的手背忽的一热，她的心好像针扎似的一颤，条件反射的要甩开，意外的没成功，反而，让一股力道更加大力地拽着，拖回了几步，她脚步不稳，往后倒进了一个宽厚的怀抱，接着一股清淡的肥皂香味，就这样钻入了她的鼻尖。

宽厚，踏实，温暖，这一瞬间，她的脑袋里，连续条件反射地出现这么三个词汇来。

那辆车，在眼前开过，卷起一阵尘灰，岳昊天轻轻地松开了温暖，她看着岳昊天拧着剑眉，她的心里微微有些发憷，忙轻轻道了一声："谢谢你。"

"不客气。"岳昊天恢复了一贯的生硬，但是，俊脸上的神色似乎柔和了一点，接着，不动声色地去取车。

温暖跟着上了他的车，两个人一路依旧无话。BMW7系的车厢空间很大，温暖却还是浑身觉得不自在，感觉空间太过狭隘，两个人之间似乎流转着说不清道不明的暧昧，压的她心里怪怪的。温暖清楚的感觉，自己的手心一直隐隐发烫着，心跳节奏也带着克制不住的澎湃，她心里懊恼不已，温暖啊温暖,你都多大岁数的人了,都是孩子他妈了,又不是没有跟男人牵手过,至于这样激动么?

温暖偷瞄了一眼专注开车的岳昊天,他的侧脸轮廓很清晰,高挺的鼻梁,单薄的唇形,一直紧抿的样子,给人感觉冷峻而不拘言笑,但是他那一双深邃的眼,却永远让人看不清眼底的神色。他是一个内敛含蓄、成熟稳重的男人,举手投足之间,有着疏远的礼貌跟距离感,不容易亲近。但是,温暖却偏偏一再撞上这样的男人。看着岳昊天维持着一贯的冷峻,而且似乎并没有把刚才的事当回事,温暖暗暗咬着唇,心里波澜起伏,甚至不禁鄙视自己,怎么还像个小女孩似的迷恋帅哥。

很快,到了自家小区门口,对着岳昊天挥手道别,温暖礼貌的目送他离开。

这一刻,温暖心里想,她跟岳昊天应该算的上是朋友了吧?

虽然,岳昊天这个人很冷漠疏离,但他对自己的态度,也算礼貌地相当可以了。

岳昊天回家一打开门,便看到岳妈妈端坐在沙发上,他心里"咯噔"了下,忙讨好地走了过去,"妈,您怎么来了?"

"我是来跟你说事情的。"岳妈妈正色地看着岳昊天,"我已经给你安排好婚礼了,你看着给我带新娘回来走个仪式就成。"

"妈,你开什么玩笑?"岳昊天的俊眉拧了起来。

"我没跟你开玩笑,我都找梦恒婚庆公司策划好了,定金也给了,下个月十五,好日子,适合婚娶,你看着办。"岳妈妈认真地看着岳昊天说完,"你如果不找人结婚的话,那婚礼不办,直接办我的葬礼好了。"

"妈,你别闹了。"岳昊天伸手抓住岳妈妈的手,"我真的不想结婚,您不要逼我好不好?"

"昊天,我放任你这么久了。"岳妈妈深深地叹了口气,"如果可以,我也不想逼你,可是……"

岳妈妈的话没有再说下去，岳昊天的心顿时跟着紧张了起来，"妈，可是什么？"

"没什么。"岳妈妈叹息了声，"昊天，如果你还认我这个母亲，那么无论如何，你在下个月十五给我娶个媳妇回来。"

"妈，我当然认你这个妈了。"岳昊天头疼地看着岳妈妈，"可是，下个月十五这么急，我哪里给你去变媳妇出来？"

"我不管。"岳妈妈任性道："我不管你用什么坑蒙拐骗手段，只要给我娶个媳妇就好。"

"妈！"岳昊天无奈。

"你别叫我了。"岳妈妈瞪了一眼岳昊天，"你如果对婚礼宴会有什么异议，可以去找梦恒那边的人商量，但是婚礼是一定要继续的。"

"妈！"岳昊天大喊，岳妈妈不搭理他，快步地进了客房。

岳妈妈关上房门的那一刻，老泪忍不住地往下落，脑海里想着医生的话，你的肝癌已经晚期，就算做手术，只会增加化疗之类的痛苦，您自己想清楚。

岳妈妈的举动真的太诡异了，岳昊天不多想都不行，可是他知道，从岳妈妈嘴里是问不出来什么的，想了想，只能从梦恒婚庆公司这条线抓着问问看。

梦恒婚庆公司，想到温暖，岳昊天的心情是极其复杂的。要真让这个女人给他操办婚礼，岳昊天的心里便涌现出一股强烈的不适感来。犹豫许久，他还是打通了温暖的电话。

"喂，您好，我是岳昊天。"

温暖听着这磁性温和的声音，大脑愣了下，半晌才反应过来："喂，您好。"

"你知道我妈妈为什么那么急着找你们给我策划婚礼吗？"岳昊天虽然知道自己这样问比较白痴，但是眼下他除了问温暖，真的找不到别的办法了。岳妈妈肯定是不会说的。

"我不太清楚。"温暖拧着秀气地眉,"当时跟你妈妈谈的是柔柔。"

"你方便把柔柔的电话给我吗?"

"方便,你稍等。"温暖忙从手机通讯录里翻出了柔柔的电话,"你记下,139××××××54"

"好,谢谢。"岳昊天说完挂断了电话。

温暖怔怔地看着手机发了会呆,心里是想打个电话问问柔柔的,可是最终又生生地把这个想法给扼杀了。

岳昊天第二天打电话约温暖见面的时候,让温暖一惊,但是还是温和地答应了下来,"好的,一会新天地不见不散。"挂了电话,她第一时间冲去洗手间,看自己的妆容是否得体,穿着是否妥当,那紧张的模样,看的童小惜莫名其妙,"我说暖暖,你干吗呀?这么心神不宁的要赶着去约会啊?"

"约会?"温暖愣了下,忙摇头,"不是,不是。"随即又此地无银的解释了句:"见客户。"

"见客户?"童小惜茫然,"那不是柔柔的工作吗?"什么时候轮到温暖去亲自见客户了。

"哎哟,你别管了。"温暖再一次补了点唇彩,不耐烦地走出了洗手间,留下童小惜茫然的满脸问号。

温暖怀着忐忑的心情坐在新天地一家手磨咖啡店等岳昊天的时候,遇到了她许久没有再见面的谢天。

今天谢天身边并没有带着梁桐,也没有带着别的女人,而是抱着乐乐,正一脸慈爱地在问:"宝贝,你要吃什么?"

乐乐伸手指了一堆的东西,他都一一地给乐乐,等埋单时,乐乐四周观望的时候,看到温暖,便大声地叫了起来,"妈妈,妈妈。"

温暖的心瞬间变柔软,眼睛变得涩涩地,脚底更是克制不住地已经走了过去,从谢天手里接过乐乐,"宝贝。"叭叭地在乐乐的小脸上猛地亲了好几口。

乐乐也乖巧地回亲着温暖。

谢天付完钱,提着东西,眸光温和地看着温暖,温润地开口,"暖暖,既然遇到了,我们一起坐会吧。"

温暖犹豫了一下,还是点头,"好。"然后跟谢天回到了原来的椅子那里坐下。

"你最近好吗?"谢天含情脉脉地看着温暖问。

温暖抱着乐乐,抬脸看了一眼谢天,嘴角扯了一抹笑:"挺好的。你呢?"

是不是每一对分开以后的情侣,再见面的时候,都会用这样的方式开口问好?就算有时候过得不好,也会逞强的说是好,那是彼此心里唯一想要坚守的骄傲。

"我也挺好的。"谢天说完,看着温暖,"就是很想你。"

温暖的笑脸僵了下,随即又虚应地笑了笑,没有接话。

谢天本来想说,暖暖,我真的已经知道错了,如果求你原谅,你能不能再给我一次重新来过的机会?但是想到那一晚他醉后说过同样的话,却被温暖拒绝了,他开口的勇气便退缩了,只能僵硬地扯了个笑,刚想开口闲聊,便见一位长相俊美,气质儒雅的男士匆匆地朝这桌子奔来,嘴里喊着,"温暖。"谢天的心顿时凉了下,虽然他不知道温暖跟这个男人之间发展到了什么地步,但是从温暖雀跃的眼神中,作为男人的他,顿时生生地感觉到一种挫败来。

"在这里。"温暖对岳昊天招招手,然后看着乐乐,歉意地解释道:"宝贝,妈妈还有事,你先跟爸爸玩,一会妈妈再来找你好不好?"

"好。"乐乐乖巧地点点头。

温暖把乐乐还给谢天,歉意道:"对不起,我还有事,先走了。"她是没有办法在这家咖啡店里,在谢天的眸光灼灼下跟岳昊天进行若无其事的交谈的。

岳昊天在看到温暖跟谢天的时候，神色微变了下，随即在温暖提出要换个地方的时候，爽快地应了下来，"好。"提着步子，跟着温暖身后大步流星地走了出去。

换过一家咖啡店后，岳昊天看了温暖半晌，咬了下唇，终于开口道，"我妈铁了心的要给我办婚事。"

"啊？"温暖错愕地看着岳昊天，劝慰道："既然如此的话，那你就顺着你妈的心意去做吧。"随即不等岳昊天回话，又快速地开口说着，"您放心吧，虽然我们梦恒婚庆公司没你们风华婚庆公司大，但是，我们一定会竭尽全力地给您策划一场最独一无二的婚礼。"

其实，温暖也不知道自己在说什么，这一刻，她心里有种说不清楚的滋味，酸酸涩涩的，但是又好像是一种能解脱煎熬的预兆，带着点期许。

岳昊天沉默着没有接话。

温暖那一颗躁动不安的心，顿时有些无从安放的感觉，几次张口，想问问，他到底是要娶哪一家的新娘，但是最终又生硬地吞咽了进去。

"那你们好好办吧。"岳昊天沉默许久，最终吐了这么句话来，"我先走了。"便快步地离开了咖啡店。

温暖静静地站着，看着他离开的背影，心里有一种自己也说不清楚的失落来。

这一刻，温暖心里真的很难过。想要张口去喊住岳昊天，但是又觉得自己是没有资格的，那还不如继续沉默下去。

"暖暖，岳昊天跟你表白了没？"戚雪打电话来直切主题问。

"什么？"温暖傻眼，"雪，你怎么又开玩笑了？"

"我没开玩笑啊。"戚雪的语气一本正经，"岳妈妈逼着结婚，岳昊天快愁死了，就找我来谈心，我就给他分析了下你们⋯⋯"戚雪地话说到这里，缓了缓，故意吊着温暖的胃口，没有往下说。

"你分析我们做什么?"温暖按捺不住地插话,"戚雪,你别乱开玩笑了好不好?"

"暖暖,我没开玩笑。"戚雪正色起来,"我觉得一个人的眼神代表他的心声,你看岳昊天的眼神,含情脉脉的,我肯定你对他是有意思的。"

"没意思,你想多了。"温暖飞快地否认。

"我可没想多。"戚雪信心满满道:"我要是连这点事都看不出来的话,我就不是戚雪了。"

温暖没接话,咬着唇犹豫了下才开口,"岳昊天要我们好好操办婚事。"

"他跟谁结婚?"戚雪问。

"我怎么知道。"温暖回得无辜,她心里倒是也很想知道。

"暖暖,你老实告诉我,你喜欢岳昊天吗?"戚雪换了个口气问。

"你觉得我喜欢嘛?"温暖不答反问,随即又遮掩道:"雪,你最近是不是患了怀孕臆想症啊?你从哪里看出来我喜欢岳昊天了?"温暖扪心自问,她并没有对岳昊天表现出很喜欢的样子,就算心里被他悄悄吸引住,她也努力地克制着。

"你才怀孕臆想症呢。"戚雪没好气地哼哼,"暖暖,姐们一场,你有什么就不能跟我说说吗?"

"我真没什么。"温暖温润地笑了声,"雪,你真的想多了。"

"好吧,你们两个猪头。"戚雪无奈道:"算了,算了,我不管你们了。"

温暖神色恍惚地回家,她的脑海里一直徘徊着戚雪的话,"岳昊天跟你表白没?"这句话的意思,很明显就是说岳昊天是喜欢温暖的,可是他压根就没表白啊?温暖说不清楚心里是雀跃还是失落,她深呼吸了几口气,犹豫半响后,她做出了主动的决定。

不管结果怎么样,她至少要把憋在心里的话跟岳昊天说出来,就算被冷冷地拒绝,那温暖至少也努力过了。

岳昊天的手机响了几声便被接起,"喂。您好!"甜腻的女声传来,把温暖鼓起勇气想说的话，通通地给堵塞在了喉咙口。

"喂，你好。"电话那头的女声不耐烦地催促了句。

温暖的嗓子眼都被堵的生疼，沉默了会还是沙哑地开口，"你好，我找下岳昊天。"

"他现在在洗澡，你留下名字，我一会让他来找你。"那女声甜腻地说，"或者你有事，我帮你转告也行。"

"那不用了。"温暖清冷地拒绝，挂断了电话。

不过没过一分钟，温暖的手机响起，她看了一眼岳昊天的来电，深呼吸了一口气，努力维持镇定的声音接起："喂，你好。"

"你谁啊？"那姑娘娇滴滴的声音顿时变得有些生硬，"我是岳昊天的未婚妻，你有什么事找他？"

"我没什么事。"温暖的心突然好像被针扎了下，细细密密疼了起来，忍住声音的哽咽，尽可能装作淡定道："我是想问问他对下个月婚礼的要求。"这一刻，温暖庆幸她的梦恒婚庆公司操办岳昊天的婚事，要不然，狼狈至此的她，实在不知道该找什么借口来搪塞了。

"没啥要求，你们看着办。"那姑娘说完果断地挂了电话。

温暖的眼睛突然有种想流眼泪的酸酸的感觉，心里有些被堵的发慌，那个上一秒戚雪还在问，岳昊天给她表白了没？撩拨的她的心情异样激动，下一秒，她鼓起勇气想要主动的时候，却被告知岳昊天有未婚妻了。

温暖顿时有一种她好像吞了苍蝇似的难过的感觉，也是，岳昊天如果没有未婚妻，岳妈妈怎么可能那么随随便便定个日子，就得逼他结婚呢？

温暖的情绪瞬间波动大的排山倒海，就像从火热的沙漠突然就低落到了冰寒的北极，温差让她一点一点张开的心房，瞬间崩塌！又紧紧地关上了！

温暖的脑子乱乱的，她也说不清楚心里的感觉，曾经以为自己是个很坚强的人，即使失去婚姻，她张牙舞爪地重新来过的活出自己，她也以为自己不会再去轻易地喜欢上一个人，可是在听到岳昊天有未婚妻的时候，温暖的心突然再一次的裂开了，原来她已经不知不觉地喜欢上了这个男人。

曾经，温暖以为惨败的婚姻之后，她真的不会再轻易去喜欢一个人了，可是不知不觉地还是去喜欢了，潜意识里，温暖总觉得岳昊天对自己也是有那么一丝丝意思的，可是没有想到，这段感情还没有开始萌芽，就这样生生地被扼杀在暗恋阶段。

温暖深呼吸了一口气，随意地从冰箱里扒了点东西就吃，然后神色恍惚地洗了个澡，把手机调到了震动，拉了被子就睡觉。她不想做任何事，就想睡觉，心里有股说不出来的郁闷，压的她透不过气来，但是她翻来覆去睁大了眼睛睡不着，用力地闭着眼睛，可是脑子一直不肯停息，想着和岳昊天相处的一点一滴，他的一言一行开始漫漫渗透到她心里，这个男人真的是个性情极冷的人，却那么的绅士礼貌，完美的就好像是童话世界里的白马王子一样。

可是，这个白马王子却是温暖拥有不起的，温暖小心地闪躲着，可心里还是不知不觉地把他装了进去，等温暖想要鼓起勇气争取的时候才发现王子跟公主都已经准备幸福在一起了，而她温暖，不过只是一个暗恋者，一个连告白都来不及说的暗恋者。一开始就知道没结果，所以没有选择要去相守，可是相爱的心，还是在痛！

温暖望着窗外完全暗了下来，而她却丝毫都没有睡意，看了看时间9点30了，她突然觉得自己现在这样闹情绪，完全就是吃醋的反常表现："真幼稚！"温暖自言自语地骂了句，"温暖啊温暖，你都多大的人了，你竟然还为这样的事闹情绪？实在是太搞笑了。"说完，她拉开了床头的灯，开了电脑开始上网处理一些公事。

随着年纪的增长，人的成熟懂事，对待事情的控制能力也会越来越强，没一会温暖便把情绪给调整回来，深呼吸一口气，关闭电脑，再次爬回床上的时候，她的心情已经平静下来了。在放出了感情却没有回应时候，她唯一能做的就是放弃和远远走开，因为温暖没有办法忍受感情里半点的委屈和妥协，虽然有那么一瞬间，她开始变的伤感了起来！但是，最终温暖心里庆幸，还好她没有贸然地跟岳昊天告白，不然，只怕会让他笑掉了大牙，都这把年纪的女人了，经历了这么失败的婚姻后，还是学着现实一点吧。

第八章 被幻灭暗恋

第二天，温暖收拾好心情，调整了自己的状态刚到公司，万元胡便打电话来，"温暖，明天能不能陪我参加一个酒会？"

"我……"温暖犹豫了下，想要回绝，她实在没心情。

可拒绝还没说出口，万元胡已经快一步地打断："你可千万别拒绝我，我等你给我撑场面呢。"

万元胡都说得这样直白了，温暖只好硬着头皮答应："那好吧！"

"那我明天下班后来接你！"万元胡一锤定音地切断了电话。除了爱情和友情，还有一种感情。它让你装作洒脱，说想忘记，说无所谓，却又无论如何舍不得放手。它是一种糖，甜了自己，则伤了别人；甜了别人，则会伤了自己。它是一个借口，有了它，可以逃避背叛的罪恶感。它是暧昧。

温暖跟万元胡之间，或许就是这样的感情吧。对温暖来说，人生的旅程还是要继续，她失去了一个她暗恋的优秀男人，但不代表，就不能去拥有一个很爱她的男人。得失之间，总是要平衡才能继续生命的乐章！

第二天早上，温暖是被送快递的给吵醒的，她睡眼朦胧地出门签了快递。打着哈欠，看着这个包裹有点莫名其妙，她没买过什么东西，快递送上门的，是谁给她送礼的吗？可是也不是逢年过节的，没道理呀！

温暖还在苦想，万元胡的电话就打了过来，她忙接起。

"温暖，快递签收了？"

"啊？"温暖愣了下，"万总，是你叫人送来的？"紧接着，她小心翼翼地开始拆包裹，嘴里问道："什么东西？"

"你看看就知道了！"万元胡的话故意带了几分神秘感，"我有事，先挂了！"

温暖听着电话里的嘟嘟声，把手机随意地往沙发上一搁，然后，拆开包装得密实的包裹，一个红色盒子，打开包装盒，一块碧绿的镶金翡翠叶子形状的吊坠就这样跃入了眼帘。包装卡上，写着金枝玉叶四个大字，那翡翠，是极好的，通透碧绿的。

温暖顿时犹如摸到烫手山芋似的把这项链扔回了盒子里。想了想，忙给万元胡打电话，可是，他却拒接。

温暖没办法，拨通了刚才送快递的电话，把快递员叫来。然后，依照着刚才的地址，重新把这东西给万元胡保价地寄了回去。

做完这些，温暖收拾了下自己，去公司上班，她可以接受万元胡的吃饭邀约，唱歌邀约，甚至看电影逛街邀约，但是，她无法轻易去接受他如此贵重的礼物。

晚上，万元胡来接温暖的时候，并不提早上快递的事，温暖也装傻不提。临下车前，万元胡叫住她："等等！"他取出一个盒子放到温暖的手上，"这个，送给你。"

温暖只是随意地瞄了一眼那红色的盒子，就知道是早上寄来的那条项链，面色微微一冷，婉拒道："万总，这个太贵重了，我不能接受。"感觉像古时候的定情信物似的，温暖可不敢乱拿。

"一点也不贵重。"万元胡逼靠过来，执拗地把盒子往温暖手里塞去，完全没商量的口吻说："拿着！"

- 143 -

温暖对视着万元胡灼灼的眸光,摇了摇头,为难道:"万总,这个真的太贵重了,我不能接受。"

"温暖。"万元胡大喊了一声,见温暖真的不想接,无奈道:"你来陪我参加酒会,你也知道,这个场合,比的是面子,你得给我撑面子啊,戴着吧。"

这一次,温暖沉默了。万元胡说得有道理,她今天换好衣服的时候,温妈妈就带着半新的一堆衣服来,温暖跟温妈妈唠叨了几句,万元胡便来接了,她出门匆忙,倒真的是忘记戴首饰了。

万元胡拆开了包装,小心翼翼地拿起链子,对着她道:"温暖,这链子跟你今天的衣服挺搭的,戴上吧!"说罢生怕温暖想多,又讪讪补充道,"这个真的没什么别的意思,你别想太多。"

话都说这份上了,温暖也不好拒绝了,只能一动不动的像个木偶一样,任万元胡帮她戴上链子。他满意地笑了:"你看,这个链子多适合你,我的眼光还是不错的。"

温暖则是扯着嘴角,僵硬地笑了笑。

宴会是在一栋私人别墅里举行的,采用的是方便的自助餐形式。

万元胡带着温暖亮相后,就被几个铁哥们招呼了过去,"温暖,你先自己玩,我马上回来。"温暖看着他的背影,一个裤腿高,一个裤腿低,秀眉忍不住微微拧了起来。万元胡他虽然1米75左右的个子,但他的身形比例属于上半身和下半身,5:5的比例,买裤子的时候,一般都要剪短的。但是,今天不知道出门急了,还是裁缝师傅眼神不好使,竟然,那么明显的一高一低。温暖头疼地抚了下脑袋,这个万元胡也太不拘小节了吧。她无奈地一个人朝着相对安静的角落走了过去,今天这个酒会,她只是万元胡身边的花瓶,不需要太崭露头角,却不料在这个角落,遇到了她正想要躲避不想见的人。

"你也在?"岳昊天看到温暖,剑眉微微拧了下,淡漠地开口。

"嗯,陪个朋友来的。"温暖诚实地回答,眼神静静地看着岳昊天。温暖以为她已经克制住自己的情绪了，能坦然地面对岳昊天了，可是，她忘记了一件事，心脏并不是脉搏器，能自由控制，想快就快，想慢就可以停止的。她对岳昊天的闪躲，对他那种渴望不可及的怨念，在再见他的时候，才深深地体会到，原来就算自己去刻意闪避，有缘的人，兜兜转转还是会相遇，就算她克制自己不想去喜欢，可是，再见到他依旧是这样的俊朗不凡。她的心跳还是会像小女生那样，克制不住的加速。

岳昊天，对于温暖来说，就好像是一块磁铁，而她不管怎么控制自己的S、N极，她都会被吸引着去靠近。

"你跟万元胡一起来的？"岳昊天问。

"嗯。"温暖点点头。

"挺好的，"岳昊天淡淡道，"我先走了。"说着，毅然转身离去，这两句话，听得温暖一脸的莫名其妙，心情波澜起伏。

万元胡没一会跟他几个兄弟过来，招呼着温暖敬酒，温暖忙端着酒杯，一个一个的敬过，连续几杯红酒下肚，又快又急的速度，顿时，让她没吃晚饭的胃翻腾起来，忙跟万元胡打了个招呼，去了下洗手间。出来后，温暖一个人去外面，想要透透气。一个酒嗝打了出来，她忙捂着嘴巴，但是，那股子强烈的酸涩感，还是让她克制不住地喷吐了出来，"呕……"

"你没事吧？"有人拍着温暖的肩，关切地问。

"没事，谢谢。"温暖接过他递来的面纸，擦了擦嘴，抬起脸看到岳昊天，立马有点傻眼。

"你喝了多少？"岳昊天的口吻，带着严厉。

"没喝多少。"温暖随意地摇头。

"你今天到底是陪朋友的，还是陪酒来的？"岳昊天拧着俊眉，语气生硬地问。

"都陪。"温暖被岳昊天这话伤到自尊了，淡淡地回。

"那你慢慢陪。"岳昊天眼神轻蔑地扫了眼温暖，然后，毫不犹豫地松开扶着温暖的手，转身，离去。

温暖错愕，岳昊天的表情，好像是生气的？他为什么生气呢？顿时，心里又泛起无数的涟漪。

"温暖，你没事吧？"万元胡跟着找了出来，他一把小心地扶着温暖："喝多了？"

"没事。"温暖稳了稳心神，极力装出没事的样子来。

"你今天看起来很漂亮。"万元胡认真地转头，细细打量温暖半晌之后，才温和地开口。

温暖看着他那张被酒色染红的脸，娇笑道："是嘛？难道，我平时不漂亮？"

"不是，不是。"万元胡忙摆手："你平时也漂亮，只是，今天特别的漂亮。"那他黝黯深邃的眸子里带着灼热的火光，让温暖有些招架不住的移开视线："呵呵，万总，你真是越来越爱说笑了。"

"我可没说笑，我认真的。"万元胡继续道："你喝酒上脸，红扑扑的，像苹果一样诱人。"说完，应景似的，就要伸手抚上温暖的面颊。

温暖心里一激灵，脸一侧，下意识地回避了。

万元胡看了看落空的手，眼里闪过一丝失望，但很快恢复了笑容，"温暖，你今天也喝不少，没事吧？"

"还好。"温暖点点头。

"我们去和主人打个招呼，这就走吧。"万元胡说着，拉过温暖的手，"手怎么这么凉啊？"

手掌心里传来陌生的温度，让温暖忍不住条件反射地缩回手，不自在地看了眼万元胡，又快速地转移开视线，"对不起。"她真的有点接受不了万元胡的肢体触碰。或许，她还没调整好心态，或许她还没有做好心理准备。

"温暖，你不用紧张，我会安全送你回家的。"万元胡认真地看着温暖说，也不再主动去触碰她，跟主人打过招呼后，司机载着他们两个离开，万元胡先送温暖回家。

临下车前,万元胡深情款款地说:"温暖,今晚谢谢你陪我!"

温暖努力地无视他那炯炯双眼,背过身子,拉开门,淡定地开口:"不用谢!"接着,有些自己也说不清楚的落荒而逃,"你也早点回去休息吧。"

万元胡点点头,"晚安。"

这一夜,温暖的心情,注定是要辗转难眠的。岳昊天的话,别有深意地将温暖跟万元胡规划到了一体,他那轻蔑的眼神,看着温暖,就好像温暖是抱着万元胡大腿上位似的,让温暖的心里憋屈得喘不过气来,他凭什么看不起她?

还有,明明有未婚妻的是他,最近梦恒忙着筹备岳昊天的婚事,温暖真的快要支持不住了,她总有一种为他人做嫁衣的感觉,可是却又有无能为力的窘迫感。

岳昊天,他凭什么这样对温暖?温暖的自尊心受到莫名其妙的侮辱,宿醉的头疼,加睡不踏实的梦魇,让温暖一直浑浑噩噩。第二天早上,从半清醒半迷离的梦境中醒过来,温暖望了望四周熟悉的环境,拉开厚重的被子,披了一件睡衣,径直走到落地窗前。拉开窗帘,一缕耀眼的阳光直射她的眼睛,她有些不适,用双手挡了挡,"又是一个美好的日子。温暖,加油!"那些乱七八糟烦心的事,很快就会过去了!温暖在心里安抚着自己,然后接着快速地奔去洗手间,洗漱打扮,收拾妥当,临出门前还反反复复地照了照镜子。一身剪裁合体的黑色紧身小西装、同色系的短裙,将她修长的大腿包裹得若隐若现,搭配了条彩色系的围巾,让单调的黑色套妆明亮了几分。温暖认真地化了个淡淡的妆容,梳了个简洁的马尾,让清秀的她更显几分清纯,补了下唇彩的颜色,她对着镜子里的自己扯着嘴角微笑,很满意地出门了。

今天要帮岳昊天确定婚礼酒宴的场地,温暖要比往常更加费心思去做,就算心里难过的要命,那些说不清楚的酸涩一波一波地侵袭着她的心,让她焦灼不安,可她还是强打着精神。

"早啊！"

温暖怀疑她没睡醒，处于梦游状态，不然怎么刚出门，就看到万元胡倚靠着他路虎，正咧嘴灿烂地笑着跟她说"早安"。

温暖揉了揉眼睛，确定不是在做梦，条件反射地后退了几步，尴尬地笑笑道："早安。"说句良心话，她有点不习惯万元胡这样的殷勤。

虽然，温暖有意识地想留着万元胡后备之用，但是，他天天来温暖眼前晃悠，她就有点受不了了。她知道自己这样的态度有点可耻，既不舍得丢掉，但是，又没有办法好好珍惜！

可是，温暖的心，已经越发地偏离轨道了，她自己都控制不住了，能怎么办？

感情的世界就是这样玄乎，你爱的，不在乎你，爱你的，你又不上心，要多少缘分才能遇到一个你爱的，碰巧那个人又在乎你，爱你呢？

"不是吧？我看着有那么可怕么？"万元胡带了点自嘲的笑说，"虽然，我长得丑，但是，我很温柔。"

"万总，你又开玩笑了。"温暖看着他，很努力地装作淡定地说。

"不开玩笑，我接你上班去的。"万元胡绅士地打开车门，伸手邀请温暖上车。

温暖犹豫地看着他深邃的黑眸，身子僵住。

万元胡耐性十足，温暖足足犹豫了两分钟，他的手就一直保持着那个姿势。最后，还是温暖抵抗不住，率先投降，弯身钻进了他车里。

万元胡欢快得好像得了糖的孩子一样，满脸笑意，坐上车，拉上保险带，踩下油门，疾驰而去。

这一送，就把温暖送进了公司，"要不要请我去参观下你公司呢？"万元胡眼瞅着温暖顿住脚步，不等她开口说什么，忙笑嘻嘻地开口："温暖，我们一起上去吧。"

"啊？"温暖有点傻眼，但是又不能说出拒绝的话，僵了一秒后，才点头："好吧。"勉为其难地同意万元胡来公司参观。

于情于理，温暖对万元胡，都不能忽视不理。

可是温暖刚一踏进公司就立马后悔了，因为童小惜陪着客户正在接待室看资料，而那个客户并不是别人，而是岳昊天。

温暖心里顿时五味陈杂起来，看了一眼身边的万元胡，又看了看岳昊天，终于脑袋疼的喊："柔柔，给客人倒茶。"

招呼了万元胡进自己办公室坐了会，温暖才委婉道："万总，我今天这挺忙的，都没时间好好招待您，您看？"

万元胡看着温暖进办公室后确实连续接了好几个电话，忙哈哈笑着道："知道你忙，我就不打扰你了，我先走。"

"真是不好意思了。"温暖将万元胡送出办公室，撞上沏茶来的柔柔，她茫然道："万总，您要走了吗？"

"嗯，温暖太忙了，我下次再来。"万元胡笑着跟柔柔说再见。

"再见。"柔柔端着茶，礼貌地跟着温暖将他送出了公司，压低了声音道："暖暖姐，岳昊天的单子，你确定要亲自跟进吗？"

"为什么不？"温暖不答，反问着柔柔。

"因为我看你的样子，好像心情不太好。"柔柔小心翼翼地措辞道，"暖暖姐，你到底喜欢岳昊天还是万元胡啊？"

"都不喜欢。"温暖一板一眼地打断，"你说你小小年纪，脑袋瓜里都在想什么呀？"

"我看他们两个对你都有意思。"柔柔被温暖训了句，不服气地嘟嘴道，"你看岳昊天，从你跟万元胡进来开始，他的眼神就一直紧紧地跟在你身上。"柔柔说着，指了指岳昊天，"你看，你自己看嘛。"

温暖顺着柔柔的手指看过去，跟岳昊天的视线不期而遇，她率先没骨气地移开，然后转脸对柔柔道："好了，你个小八卦，快去工作吧。"

"暖暖姐，我真想不明白你。"柔柔临走前不忘记八卦道："你跟岳昊天看着就是相互有意思的，为什么你那么积极给他策划婚礼，而他明明自己有婚庆公司，还事无大小的都喜欢麻烦你？"

"我不知道。"温暖真不知道该怎么去回答柔柔,深深地叹了口气后,绕过接待客厅,在折回自己办公室的时候,谢天给温暖打电话来,"暖暖,你今天忙吗?"

"还好,怎么了?"温暖边开电脑边接话。

"晚上,能陪我一起吃个晚饭吗?"谢天的声音问得有些小心翼翼。

"陪你一起吃晚饭?"温暖疑惑地开口,"为什么?"她可不想跟谢天有任何的旧情复燃。

"今晚有个老同学聚会。"谢天语气扭捏道:"好多同学希望我们一起出席。"

"谢天,我们已经离婚了。"温暖直白道,"对不起,我不能陪你去参加。"明明都已经离婚了,还要假装没离婚,嗯爱地去参加老同学的聚会,这样的事,温暖做不到。

温暖一直都是个简单干脆的人,她对于已然放弃的过去,不再回头,就不会再给自己暧昧的机会。

"暖暖,你真的一点回头的机会都不给我吗?"谢天终于开口问。他犹豫了很久,也一直在温暖跟其他女人之间做着比较,时间越长,他便越发地怀念温暖的好来。

"谢天,我们不可能了。"温暖幽幽地叹息了一声。

"只要你愿意给我补过的机会,我们还是能够重新来过的!"谢天在电话里的声音开始变得焦虑起来,"暖暖,还是你已经爱上了别的男人?"想到那个在咖啡店匆匆赶来的男人,谢天的心里就有一股无名的怒火烧起。他真的没有想到离婚后温暖的行情竟然会那样的好,那个男人看着就高大帅气,英伟不凡,就算作为男人的谢天,都觉得自己生生地被比下去了。他本来就想跟温暖和好,这下子更是激起了斗志。

温暖被谢天这话堵的有些哑口无言,沉默了会,才心虚地回,"我没有爱上别的男人。"但脑海里却闪过岳昊天,从透明的玻璃门看过去,他端端正正地坐在沙发里,神色认真地听着童小惜在说着关于他婚事的策划,偶尔把手伸出来，在疑惑的地方，用笔做记号。

对待这一场岳妈妈安排的婚事，岳昊天虽然开始是不情愿的，但是现在越来越上心了，或许，岳妈妈给他安排的未婚妻是岳昊天满意的吧，两个人正巧就看对眼，一见钟情了，然后顺理成章的闪婚。温暖这个暗恋者，就必然只是炮灰而已。

"暖暖，既然你没爱上别人，那我也已经知道我的错误。"谢天正色地说，"我保证不会再犯了，为了乐乐，难道我们就不能重新来过吗？"他明摆着想要打亲情牌。

"我……"温暖咬着唇，乐乐真的是她最大的软肋，如果当初不是谢天的坚持，她或许是会选择原谅谢天，然后跟他继续凑合的过下去。可是现在，分开都已经分开了，怎么可能再重新来过呢？

破镜是不能够重圆的，尤其是温暖的心里已经装上了另外一个人，哪怕跟那个人是没有结果的。

"温暖。"岳昊天焦急地敲门奔进来。

"怎么了？"温暖抬脸意外地看着岳昊天。

"戚雪出事了。"岳昊天顾不得跟温暖解释什么，一把将她从椅子上半拽了起来，"要不要马上跟我过去？"

那不废话，当然要！温暖顾不得跟谢天客道，忙挂断了电话，匆匆地被岳昊天拉着跑出办公室。

"喂，你们干嘛去呀？"

"小惜，戚雪出事了，快跟我们走。"温暖临走前不忘记拽了一把茫然的童小惜。

岳昊天开车朝着戚雪说的位置奔去，温暖一路上的心都提捏着，又不敢问开快车的岳昊天，戚雪到底怎么了，生怕影响他。

童小惜几次张嘴，但是最终跟温暖一样没敢发问，一路沉默到了戚雪所在的咖啡店。

温暖甚至等不及岳昊天泊车，快步拉开门跳了下去，童小惜也忙跟了下去，进咖啡店的时候，便看到戚雪被几个打手模样的人围着，她心里一阵紧张，但是硬着头皮上前，挡在了戚雪的面前，柔声问："雪，怎么回事？"

"我也不知道。"戚雪看到温暖跟童小惜进来，心里松了口气，"我在这里喝咖啡，那人跑过来跟我搭讪。"戚雪说着伸手指了下那个被另外几个身强体壮围着的男人，"我都不理他，他就非缠着我说。"

岳昊天停好车也匆匆赶了进来，看了一眼那架势，很安静地听戚雪说，"我被烦得不行，刚要走的时候，这个姑娘就进来了。"戚雪说着伸手又指了下那个气势汹汹的姑娘，"她非得说我跟他男人偷情约会。拦住不让我走。"

温暖嘴角抽搐了下，"这是误会吧？"

"当然是误会。"戚雪撇了撇嘴，"可是人家不相信啊。上来就差要动手。"说到这，看了眼那姑娘，"我真不认识你男人，你要管不住就算了，别出来丢人现眼的。"

"你！"那姑娘被戚雪气的冒火，要不是看着她是个孕妇，真的想动手打上去了。

"你什么你啊？"童小惜就见不得这样的事，别说是欺负的是戚雪，就算是路人甲她都会打抱不平，顿时胸部一挺，朝着那几个围着戚雪的男人道："都说了是误会了，你们拦住我朋友干吗？"然后再看一眼那女人，更是放大了嗓子吼道："怎么着？你们人多就可以欺负人了呀？嗓子大就了不起啊？"

"你勾引了我男人，被我逮着了，竟然还大言不惭说是误会？"那姑娘气急败坏道："指不定你肚子里怀的就是我男人的种。"

"去你的。"岳昊天忍不住爆粗，"你们想欺负孕妇是吧？"说着眸光阴狠地扫了一眼那姑娘，"我朋友说不认识你男人就不认识，你非得要仗着人多找茬是吧？"说完不等那姑娘接话，冷冷道："温暖，报警。"

"啊？哦。"温暖忙掏出手机报警。

"你敢！"那姑娘快步冲过来，气势凶猛地一把就要抢温暖手里的手机。

吓得温暖倒退半步，将手机紧紧地护在怀里。

"你想干嘛？"岳昊天忙靠过来，一把将温暖护在怀里，浑身发着噬人的寒意，冰刀似的视线倨傲地看着那姑娘，嘴角淡漠道："想挑事？"

"你敢报警试试。"那姑娘环顾了下四周围着他们几个的打手，气焰嚣张，语气不善道："今天姑奶奶我心情不好，你们谁惹我，我让你们吃不了兜着走。"

"哎哟，我们好怕你哦。"童小惜从来都不是个怕事的主，这会更是肆无忌惮地对着那姑娘扯了个鬼脸来，"你想怎么让我们吃不了，兜着走呢？"

"看什么看，不会上去给我打啊！"那姑娘气急败坏地对着那几个打手吼道，"老娘养着你们是摆着看的吗？"

"打？你敢动手试试。"岳昊天挺身而出。

"姑奶奶，我错了。你们别惹事了。"那男子终于看不过去，想要过来跟那姑娘求饶，却碍于被那几个打手围得结结实实，不由得讪讪地出声。

戚雪也悄悄地拉了拉岳昊天的袖子，示意他算了。

岳昊天看了一眼那姑娘，又看了看四周那几个彪悍的汉子，语气风轻云淡道："你们找茬还敢理直气壮？看来咱们非得要去警察局理论理论了。"

"谁找茬啊？明显就是她故意勾引我男人。"那姑娘看岳昊天的神色不是那么好惹，语气顿时弱了下来，"算了，姑奶奶我不计较了。"

"算了？你一句算了就够了吗？"岳昊天看着那姑娘，"我朋友还是孕妇呢，担惊受怕的，你以为你是谁啊，你想吓就吓，想走就走？"

"那你想怎么样？"那姑娘有点底气不足。

"跟我朋友道歉。"岳昊天一板一眼地说。

"做梦。"那姑娘没好气地瞪眼。

"那等警察吧。"岳昊天扶着戚雪，大大咧咧地在咖啡店里坐了下来，"老板呢？把门关上，一个都不许走。"

"你！"那姑娘被气得满脸通红，"小子，你有种，你等着。"丢了句叫嚣的话，然后带着那群打手狼狈地离开。

"你有种别跑啊！"童小惜追着喊了出去，"跑那么快干吗？你属兔子么？"

"小惜，你别侮辱兔子好不好？"戚雪忍不住接话，"兔子很可爱的。"说着把童小惜给叫了回来，"跟那女人一般见识干吗？"

"就是。"温暖也笑着接话，看了看时间，"要不然咱们一起去吃午饭吧？"

"好。"众人异口同声点头，然后岳昊天开车带她们去了就近的一家农庄，吃喝饱足，将她们几个送到公司，才转身离去。席间，他没有主动跟温暖开口说过一句话。

温暖的脑海里却被岳昊天那保护的举动深深地温暖着，那一刻，她真的觉得岳昊天像个勇敢的骑士，为了朋友，可以不顾一切地冲在前方，给姑娘们安全感。

可惜，这么个好男人，终究是别人的丈夫，跟温暖没有任何关系。

这是一件多么可惜又让人遗憾的事！温暖忧伤地叹了口气，如果她年轻的时候，遇到岳昊天，那该多好。

可惜，相遇的太晚。

第九章　打破暧昧

温暖下班的时候，看到抱着乐乐等候在公司门口的谢天，顿时愣住："你怎么来了？"

"乐乐说想你了，我就带他过来看看你。"谢天将乐乐往温暖手里塞了过来，自然地说："你下班没啥事了吧？"不等温暖开口拒绝，忙说，"我想请你一起吃个饭。"

"妈妈，我们一家人一起吃饭好不好？"乐乐靠着温暖的肩头，奶声奶气地说。

"好。"温暖本来想拒绝，但看到乐乐那期冀的眼神时，顿时心软，"乐乐，你想吃什么呀？"

"肯德基。"乐乐扯着嘴角笑得异常开心，"妈妈，爸爸要陪我去吃哦。"

温暖看了看谢天，问道："你说呢？"

"只要乐乐高兴，我没意见。"谢天扯着嘴角，对着温暖憨厚地笑笑，"那咱们去肯德基吧。"

温暖点点头抱着乐乐上了谢天的车，接着下来的时光，温暖除了对乐乐嘘寒问暖，她对谢天始终保持着冷漠的客气跟疏远。

也是，在温暖的心里，谢天已经是一个属于过去的人了，曾经最熟悉的陌生人，对待这样的人，温暖真的没有办法心无芥蒂的亲近起来。

　　谢天自然是感觉到温暖的疏远，可是男人有时候就是这样，越是得不到的，越是渴望想去征服，谢天知道温暖对乐乐的重视，所以信心满满地打好乐乐这张亲情牌，他相信温暖迟早会回心转意，而在这之前，他对温暖有足够的关心跟柔情就够了。

　　在送温暖回家的路上，谢天终究按捺不住地伸手抓住了她的手，温暖触电似的想抽出来，却被谢天握得紧紧的，"暖暖，我们重新开始好不好？"煽情地说完后，又拿乐乐出来说，"为了乐乐有个好的成长，我们重新在一起好不好？"

　　温暖瞪着两人交握的手，心里一片茫然，曾经她也想为了乐乐能有个健康的家庭成长而妥协，希望不要跟谢天离婚，可是，谢天还是坚决要离婚，现在的温暖好不容易适应了一个人生活，也好不容易有勇气拼回职场，更好不容易又遇到一个让她心动的人，她真的没有办法说出"好"这个字。

　　"暖暖，我知道，我以前做了混账事，你很伤心，很生气，但是我保证，我以后一定会好好的对你跟乐乐，我一定会加倍的补偿你们的。"谢天含情脉脉地看了眼温暖，"暖暖，我们复婚好不好？"

　　"对不起。"半响后，温暖终于清冷地开口，"谢天，我不想跟你复婚了。"

　　"没关系。"谢天俊脸上明显带着失落，但是依旧装作宽容大度道："我知道，一下子让你重新接受我挺难的，但是只要你愿意给我时间跟机会，你会发现，我真的变好了。"

　　就算你真的变好了那又怎么样呢？温暖的心里已经不再留恋那消失的过去了，也不再想要回去重头在开始了。虽然暗恋岳昊天这条路，温暖走的也很辛苦，但是她至少觉得自己还是能走的，至于能走多远，她暂时不知道。但是温暖肯定的是，跟谢天重新开始，那是她永远不会去选择的退路，因为她在最苦最难最绝望的时候，都没有去想过。

　　"暖暖，我会等你回头的。"谢天临走前坚定地说，"不管等多久，我一定会等下去。"温暖扯着嘴角凄婉地笑了笑,眼角却克制不住地流下眼泪。

谢天,早知道如此,你又何必当初呢?不是每一句对不起,都能够换来没关系的,你伤我的时候,怎么不想想,我到底会有多痛?就算你现在把伤我的利器拔除,可是那些留下的伤痕,历历在目,我怎么可能再有勇气重新来过一场?

有些人注定是无法一起的,温暖直到现在也不明白,她跟谢天怎么就那样分开了,当她好不容易接受这样分开的事实,可最后谢天又回头找她,希望自己原谅了重新来过?但是,就算温暖想不明白,可是一切都已经这样了,分开了,便也就这样分开。温暖只当这是上天给他们的宿命。上海城的即将上幕的剧情是依旧的灿烂,那些花儿依旧会绚烂地绽放,那些风景依旧在那儿,那些光影依旧在幸福的角落里跳跃,只不过换了几拨游客,就像麦子换过了几茬,经历了些许故事,却再不会有温暖和谢天嬉闹的身影。那遥不可及的过往,那曾经深爱彼此的对方,那手牵手一起漫步的幸福,那所有绮丽的回忆,犹如小人鱼一般化成了海面上映着阳光的泡影,噼啪噼啪地崩裂,四散而去……

有些东西,错过了,就是错过了。

有些人,失去了,就是失去了。

那些回不到过去的,叫做曾经。

温暖记得,曾经看过一段经典的话:茶凉了,就别再续了,再续,也不是原来的味道了;人走了,就别再留了,再留下,也不是原来的感觉了;情没了,就别回味了,再回味,也不是原来的心情了。慢慢的都会远,渐渐的都会淡,拥有时,好好珍惜,离开了,默默祝福,人生的旅途,没有人是应该要陪你走到最后。真的太适合她此时此刻的心情了。

"妈妈,你不要哭。"乐乐伸手乖巧地帮温暖擦着眼泪,"乐乐是男子汉,以后会保护妈妈的。谁都不能欺负妈妈。"

"乐乐,妈妈如果不跟爸爸复婚,你会怪妈妈吗?"温暖虽然知道,她问乐乐这么深奥的问题,他不会懂,可还是自言自语地问了。

"妈妈，什么叫复婚？"乐乐眨巴着黑亮的眸子问，"是爸爸跟妈妈重新住一起生活吗？"

温暖想了想，点点头，"是啊，大概是那个意思。"

"如果妈妈不想跟爸爸住，乐乐不怪妈妈。"乐乐亲了温暖几口，奶声奶气道："因为乐乐也不喜欢跟爸爸住。"

温暖的嘴角顿时被乐乐给逗笑了，"嗯，乐乐真乖。"

"乐乐一直都很乖的。"乐乐乖巧道，"乐乐现在下棋下的可好了，老师都说乐乐聪明。"

"是么？乐乐好棒啊。"温暖慈爱地揉了揉乐乐的脑袋，"明天妈妈送乐乐去棋院好不好？"

"好。"乐乐笑得像朵花一样。

温暖忍不住抱紧亲了亲，按照岳昊天的方法，她悄悄地找了乐乐变化的原因，虽然没有找到，可是培养乐乐的兴趣爱好，让他渐渐变得欢快起来的成效还是不错的。

乐乐现在爱好围棋，为了帮助乐乐跟人交流，温暖在棋院给乐乐报了兴趣班，平时由温暖父母接送乐乐学围棋。同样爱好围棋的岳昊天，在棋院和乐乐再次相遇。二人沉默却愉快地在棋海中畅游。岳昊天的棋艺赢得乐乐的尊敬，乐乐开口叫岳昊天"大神叔叔"。温暖得知乐乐在棋院交了朋友，非常高兴，一直说想认识乐乐的新朋友，好好感谢感谢他。

"乐乐，今天你的大神叔叔会来吗？"温暖说好了今天送乐乐去棋院，便很守信地早早把乐乐送了过来。

乐乐点点头："会来。妈妈坐。"搬了把椅子给温暖，就托着下巴，开始等他的大神叔叔。

温暖爱怜地摸摸乐乐的脑袋，嘴角挂着笑容，乐乐一天天地在恢复，希望他早一点康复吧，这个可怜的孩子。

"大神叔叔，这里。"乐乐愉快地朝对方打招呼，小脸上尽是欢喜。

温暖转过身子,看向门口走来的人,顿时傻眼,竟然是岳昊天!他看见温暖,只是微微点了下头,算打过招呼,然后在乐乐面前落座,"今天,要跟叔叔下几盘棋?"

温暖张了张嘴,本来想打招呼的,可是,感觉岳昊天压根不想跟她说话,她顿时又吞咽了下去。

"叔叔,这是我妈妈。"乐乐挨着温暖,自豪地对岳昊天介绍。

这下,岳昊天想忽视温暖都不行了,他冷峻的脸上,没有什么表情,眼神却犀利地盯着温暖,冷声道:"你还有时间陪儿子,真是位好妈妈。"特意将那个陪字,咬得特别的重,意有所指。

温暖皱了皱眉头,岳昊天的眼神轻蔑就算了,说话竟然也这样带刺,让她非常不舒服,"岳先生,我当然是好妈妈。我所做的一切,都是为了我的儿子。"从开公司,争抚养权,到现在努力赚钱,都是为了让乐乐的未来能够得到更好的教育。

"如果真的是为了你儿子,就给他好好找个爸爸,"岳昊天一板一眼地对温暖说,"那些乱七八糟的人,就别乱陪。"

"我陪什么了我?"温暖激动地反问。这话说的她好像是陪人的小姐似的。

"你陪什么,你心里清楚。"岳昊天云淡风轻道:"万元胡是什么样的人,你也比我更清楚。"

温暖一听这话,心里顿时拔凉,忍不住站起身子来,抱起乐乐往门口走去。

岳昊天跟着站起身子,他伸手,拦住温暖,"我跟乐乐还没下完棋呢。"

"妈妈,我要下棋。"乐乐虽然不知道温暖跟岳昊天之间波涛暗涌,他怯生生地开口。

温暖顿住脚步,回身,将乐乐重新放回椅子上:"宝贝,那你下棋吧,妈妈先出去走走,一会来看你。"说完,她低着头,没有看岳昊天一眼,径直越过他,快步地走了出去。

温暖的心里堵的发涩,她真的不知道,原来在岳昊天的眼里,她是那么不堪的一个女人,一个靠陪着别人上位的女人。就算,她跟万元胡现在暧昧,但是,也只是一种男女都独身的状态。凭什么岳昊天要这样的看不起、轻蔑她呢?

再说了,他岳昊天不是还有未婚妻来着,竟然还给戚雪暗示自己喜欢温暖,搞得温暖一激动,傻不拉叽地送上门想去表白,想想这些蠢事,温暖都恨不得挖坑把自己活埋了去。

温暖觉得自己很受伤,因为,她的心,对岳昊天却有那么一丝丝渴望的执念。可是,没有想到,岳昊天眼里的她……这让温暖觉得自己有点像小丑一样的可笑。

很久之后,乐乐的小手拉着温暖的衣角,"妈妈,我们回家吧。"她抬起脸,岳昊天抱着双臂,静静地站立在她的身后,一言不发。

"好,妈妈带你回家。"温暖弯身,抱起乐乐,故意无视岳昊天,快步从他身边越了过去,她一刻也不想跟岳昊天在同片空气下呼吸,离的越远越好。

岳昊天没有去追,他只是抿着性感的唇,目送着他们母子两个离开他的视线,心里微微有些说不清楚的涟漪涌动。他今天的话,说的好像有一点点过分了。毕竟,温暖是个成年人,她想做什么,是她的事,岳昊天又不是她的谁,何必去做这个坏人呢?

可是,岳昊天的脑袋里想到那天看到万元胡和温暖手挽手地进来,就感觉异常的刺眼。你说,温暖那样一个优雅的女人,怎么就配着那么一个男人?

岳昊天虽然对万元胡的品性不了解,但是,看着他那一副穿衣品位的样子,一看就是一个没什么文化素养的暴发户。那天在酒会上,岳昊天看着温暖被不断灌酒,却要赔着笑脸,明显就是应酬,这个女人应酬是为了什么?当然是为了赚钱,为了公司单子,可是为了这两样东西,她竟然可以陪万元胡那样的人,岳昊天心里就更加坚定,温暖跟这个万元胡,靠的是利益关系。但是为了利益，配这样的男人，跟自己完全不是一个档次的。

岳昊天被自己的心里这个想法给吓了一跳，他怎么会有这样奇怪的想法呢？一定是被打击了。

岳昊天深深地叹了口气，掏出手机，犹豫了许久，最终还是给温暖发了个消息去：对不起。

温暖看了一眼信息，毫不犹豫地删掉。把乐乐送回父母家后，她便投入到工作中去，离岳昊天的结婚宴越来越近了，岳妈妈临时又换了个指定酒店，这可把温暖她们忙坏了，重新去联系宴席，安排酒水，以及布置场地跟策划活动。

这一忙就好几天，温暖也把跟岳昊天怄气的事给丢掷脑后了。

岳昊天来到这个酒店的时候，就看到温暖忙得像个陀螺似的，心里顿时升起歉意，他别扭地走过去，道歉，"温暖，对不起。"

"啊？"温暖意外地望着岳昊天，他竟然在说对不起？温暖没有听错吧？"你刚说了什么？"

"我说，那天的事，对不起。"岳昊天一字一句的又重复了一遍："我不该那么说你的。"

"哦，没关系。"温暖浑身尖锐的刺，不知道为什么，听到岳昊天这句对不起，感觉瞬间就这样隐了下去，心里憋着的那口气，顿时顺畅了，舒服了，她礼貌地勾着嘴角，浅淡地笑了笑，"恭喜你，还有几天就要结婚了。"

"谢谢。"岳昊天伸手，轻轻地握着了温暖的手，但是没有松开，"如果，我说，我缺个新娘，你会怎么样？"

"啊？"温暖傻眼，"你缺个新娘？"不由得拔高了音调："岳昊天，你没开玩笑吧？"

岳昊天没有接话，抿了下性感地唇，淡定道："眼下是缺，等婚礼那天不会缺的。"

"岳昊天，你这玩笑，一点也不幽默，更不好笑。"温暖雀跃的心瞬间又被岳昊天这话给泼了盆凉水,心里酸涩地失落起来,随即轻轻地抽回手,"对不起,我还有事,先走了。"

"我送你。"岳昊天跟着温暖身后,一起走向电梯间。

"不用了,谢谢你。"温暖默默地等着电梯,礼貌地拒绝岳昊天。

"上次是我不对,就当我赔礼,送你一程。"岳昊天的语气坚持。

"那好吧,那麻烦你顺路送我去医院。"温暖想了下,这个时间点,这地方不怎么好打车,也就没必要矫情,她心急着要去看乐乐。

"你病了?"岳昊天的眼眸闪过一丝关切。

"不是,乐乐病了。"温暖回答。

路上,岳昊天从后视镜看着温暖焦急坐立难安的模样,不由得安抚了句:"你别担心,没事的。"

"都怪我不好,昨晚跟乐乐睡,肯定抢他被子了,害得他发烧了。"温暖自责地开口,神色懊恼。

"你也不是故意的。"岳昊天嘴角抽搐了下,边开车,边分神地看了一眼温暖。原谅他,他实在不是一个会安慰人的主。

"哎,我真不是一个称职的妈妈。"温暖懊恼地捶打了一下自己的脑袋。

"没有,你是一个很称职的妈妈。"岳昊天一板一眼地开口:"你为了乐乐,不停地努力,你很伟大。"

"你不是看不起我上位的方式吗?"温暖也不知道自己是心情不好,还是因为看着岳昊天今天说话在让着她,不由得暗损地开口,"怎么,现在觉得我伟大了?"

"以前我胡说的,现在一直都觉得你伟大。"岳昊天用顺从的口吻,拍着温暖的马屁,让温暖倒是意外的不知道该说什么,半响后,才讪讪道:"其实,我跟万元胡真的只是朋友。"

温暖也不知道自己为什么要牛头不对马嘴的丢出这么一句解释来,她也不知道自己是解释给岳昊天听的,还是说给自己听。

"哦,这样啊。"岳昊天了然的点点头,嘴角勾出一抹浅淡的笑来:"那我以前错看你了。"

"你是不是，又准备要跟我说对不起？"温暖顺着杆子，往上爬。

"好吧，对不起。"岳昊天是个务实的孩子，知错就认，忙识相地说了对不起。

温暖看岳昊天真的道歉了，不由道："如果，我说介意，生气了呢。"

"啊？"岳昊天有点傻眼："那怎么办？"

温暖看着岳昊天一板一眼的严肃样，不由得忍不住，扑哧一声地便笑了出来："逗你的，我才不会那么容易生气呢。"

"哦。"岳昊天冷峻的嘴角，缓了缓，终于也绽放出了一丝笑容。

温暖忙扯着嘴角回以最灿烂的笑容。这一刻，两颗心异常的贴近。

送到医院，温暖下车，岳昊天道，"我也想去看看乐乐。"

温暖点点头："好啊。"对着岳昊天招招手："一起上去。"

"你先上去，我停车。"

温暖便先上去，问了爸妈乐乐在哪里，然后给岳昊天发了个信息。乐乐确实是着凉发烧，现在打了点滴，热度退了下去，等挂完水，就可以回家了。

岳昊天拎着水果礼盒推门进来的时候，让温暖的爸妈一惊。他们带着探究的眼神看着乐乐跟岳昊天玩得很开心，温暖搬着椅子，坐在一边浅浅的微笑。其乐融融，是他们老两口所能想到的词汇。或许，温暖的第二春，又开了。岳昊天不论从长相，还是气质上，都属于精英。温暖她是成年人了，作为父母也不去多过问了，顺其自然吧。

温家父母把乐乐交给温暖后，就回去了。岳昊天陪着温暖母子，直到挂完水，将她们送回家。

温暖目送着岳昊天的车子，驶离她的视线，心里凌乱起来。岳昊天是一个冷酷严峻的人。可是，对待她们母子，似乎并不是真的那么冷峻，相反，除了话少一点，举动上却充满了人情。他是只对温暖这样，还是对戚雪，对所有人都会这样呢？

晚上跟戚雪打电话的时候，温暖不知不觉地便流出惆怅的感觉来。

"暖暖，你最近是不是看我的《一朵桃花倾城开》看多了啊？"戚雪笑着打趣道："听说你桃花朵朵开呀。"

"开什么桃花了？"温暖装傻。

"一个万元胡，一个前夫，还有一个岳昊天……"戚雪轻笑着说，"来吧，告诉姐姐，你到底中意哪个？"

"雪，你就别打趣我了。"温暖无奈，"这几个人，没一个是适合我的菜。"

"怎么不是你的菜了？"戚雪打趣，"我觉得都挺好的呀。"

"好吧。我不想说了。"温暖深深地叹了口气，前夫就不说了，出局！岳昊天的话，即将成为别人的新郎，同样出局，那么剩下就万元胡了。

第二天一大早，温暖便匆匆忙忙地带着乐乐出门，因为今天是乐乐代表棋院参加全市业余围棋少年组的比赛。

生怕错过比赛时间，温暖急急地赶出门，刚走到小区门口，便看到万元胡的路虎停在路边。温暖一愣，秀眉微微不自觉地拧了下，万元胡这样殷勤频繁地出现在她眼前，而且不再遮掩想要追求她，这样直白的攻势，让温暖有些招架不住。她开始以为，万元胡只是随便玩玩，她也随便应付就行。可是，这段时间下来，她能看得出来，万元胡的耐心跟决心。理智上，温暖之前就考虑过，只要万元胡是认真的，态度端正的，她可以不紧不慢的考虑是不是能成为适合的再婚对象。但是女人天生的感性，对爱情的渴望跟追求上，让她开始变得犹豫起来。尤其，看到万元胡那一身不修边幅的装扮，温暖心里隐约带着不舒服。

"温暖，你傻站着干吗？"万元胡走过来，对这温暖招招手："上车吧。"他好像特别喜欢紫红色的衬衫，但是，他的肤色本来就偏暗，这个颜色，真不适合他。再加上，配着一条花色的裤子，让他整个给人的感觉就是很土气，能把一身名牌穿出山寨感来，这样的人真的很少见。

但是，你要说万元胡人不好吧？真说不上，他对朋友很仗义，对待温暖也是呵护有加，殷情备至。这么个大老粗，还能想着，每天一束鲜花，按时按点地来接她上班，真的算很可贵了。

在拒绝跟不拒绝之间，温暖很犹豫。因为，万元胡对她而言，真的像是鸡肋。要了，她不甘心；不要吧，万元胡粗人归粗人，但人确实不错。各方面，都适合再婚条件。最难得是他不嫌弃自己带着乐乐。

温暖只能装傻，慢慢地拖着，暧昧地交往着，等她想清楚，到底要不要了，再彻底做决定，到底是放弃，还是将就在一起。

"万总，我今天不上班，要送我儿子去参加比赛呢。"温暖忙开口。

"那也上车啊，"万元胡麻利地打开车门："去哪里比赛，我送你们去。"

温暖感激地看了一眼万元胡，"这太麻烦你了！"委婉道："我们还是自己打车去吧。"

"你跟我客气什么？"万元胡瞪了一眼温暖："快上车，别耽误了比赛。"

"哦，好吧。"温暖犹豫了下，这个时间点，并不好打车。而且，也确实怕耽误了比赛时间，所以她抱着乐乐先上了车。等万元胡上车，忙教他叫人："乐乐，来叫叔叔。"

乐乐看了一眼万元胡，怯生生地撇了撇嘴，然后，没有叫，就把脸埋入温暖的怀里。

温暖尴尬地解释："万总，真不好意思，这孩子就是认生。"

"没事，去哪里比赛？"万元胡大大咧咧的并不介意，拉上安全带，启动了车子问。

温暖忙报了地址，万元胡的车疾驰了出去。可惜，运气不太好，快到地方的时候，赶上了堵车，这可把温暖急得不行。眼看着手表上的时间一分一秒地流逝，车流却纹丝不动的样子，温暖不由得急了："万总，这里堵成这样，还不知道要多久，走过去大概也就两个街口，我跟乐乐还是走过去吧，"说着解开了安全带："今天，非常感谢你。"

- 165 -

"哎，我陪你一起去。"万元胡也赶忙跟着温暖下车，甚至都顾不得车子就这样横停在路上，跟着温暖母子匆匆忙忙地跑赶到赛场，在门口遇到焦急等待的岳昊天，乐乐开心地跑过去抱住岳昊天，甜腻腻地叫："大神叔叔。"

岳昊天沉默地看了一眼温暖，以及跟着她身后气喘吁吁赶来的万元胡，淡漠嘲讽道："约会还不忘记踩着时间点，你挺辛苦的。"

"我……"温暖被岳昊天这话给呛的有点莫名其妙。

万元胡总算追到温暖，上气不接下气道："没错过你儿子比赛时间吧？"

温暖摇摇头，深呼吸了一口气。

"那还好，"万元胡用袖子粗鲁地擦了擦满额头的热汗，上气不接下气的急喘着。

岳昊天深深地看了一眼温暖，又扫了一眼万元胡，接着一把抱起乐乐："走，我们去比赛。要给叔叔抱个奖杯回来哦。"

"好。"乐乐信心满满地开口。

温暖心里，顿时又好像被塞了沾水的棉花似的，沉沉的透不过气来。

"喂，我知道了，我去把车开走。"万元胡接了个电话，然后看着温暖因为奔跑疲倦的神色，拍了拍她肩膀道："温暖，我先走了。有事你打我电话。"

"好的，万总，今天真的谢谢你。"温暖勉强挤了一抹笑出来，心里深深地叹了口气。看吧，万元胡人真的挺不错的，比起岳昊天那张面无表情的俊脸来说，体贴多了。她一个三十三岁，离婚，带着孩子的女人，能够遇到万元胡这样的男人，粗糙是粗糙了点，也算是不错了。要不干脆，就这样将就着，试试吧？

温暖这个想法刚冒出来，但看着岳昊天抱着乐乐出来，顿时，又泄气的消失的无形无踪的。

看来，岳昊天就好像是一个魔咒，不知不觉地困住了温暖。

第九章 打破暧昧

"妈妈，我得奖了。"乐乐在岳昊天的怀里，抱着奖杯蹦跶，乐乐最终取得少年组亚军。

岳昊天没有说话，但是看得出来，他对乐乐是很赞赏的，笑的很明媚。只是，在面对温暖的时候，他毫不犹豫地收回了笑容，又摆出一副面无表情的样子来。

温暖咬着唇，犹豫了下，终于还是忍不住开口："岳昊天，我真的很感谢你对乐乐的帮助，我请你吃个饭吧。"

岳昊天并不领情，轻轻地勾着嘴角，疏远道："我看那万元胡等着接你，你没时间跟我吃饭的，算了。"

"叔叔，我们一起吃饭吧。"乐乐忍不住奶声奶气地拉了拉岳昊天的衣角。

"叔叔不跟乐乐一起吃饭了，因为叔叔要去机场接朋友。"岳昊天耐心地蹲下身子，温和地摸了摸乐乐的脑袋："下次，你要吃什么，叔叔单独请你，好不好？"

乐乐听不懂岳昊天的话，但是温暖却听明白了，岳昊天只想跟乐乐好，跟她这个妈，完全没有关系。

"好。"乐乐点头。

"那好，叔叔先走了。"岳昊天跟乐乐告别完，便头也不回的转身离开了。

温暖目送着他健步离去的背影，心里微微有些酸涩的难过，最后，带着乐乐悻悻地离开。

岳昊天也不知道自己到底是怎么了，看着温暖跟万元胡那么成双成对地出现在他的视线里，他就忍不住心里来气，一向修养极好的他，竟然也能说出那么尖酸刻薄的话来？

"昊天，你在想什么呢？"安瑶上了岳昊天的车，见他一脸沉默的懊恼样，不由得关切地问了声。

"没什么，安瑶，你住哪个酒店？"岳昊天礼貌地问。

"你住哪个,我就住哪个。"安瑶对这岳昊天性感地笑了笑,语气带着几分撒娇。

"我住自己家。"岳昊天简洁道。

"那我住你家。"安瑶一脸的理所当然。

岳昊天沉默地看了一眼安瑶,冷然道:"开什么玩笑。"安瑶是岳昊天这次请回来的临时新娘,同时也是他的前任女友。

安瑶看出了岳昊天的不悦,按压下不快,赔着笑脸道:"跟你开玩笑呢,你就较真,真不好玩。"她嘟着嘴巴,讪讪道:"我定了希尔顿的。"

时间不知不觉的过去了,岳昊天的婚事,温暖全权交给童小惜跟柔柔置办后,便安心地带着乐乐,时间不知不觉又过去了一周,离岳昊天的婚礼大概还有两天的时间,在这段时间里,温暖跟岳昊天没有见面,大概所谓保持距离吧。她跟万元胡,依旧保持这样不咸不淡的交往。但是,有几次,万元胡真的让温暖挺感动的,她都想松口说,要不然,我们以再婚为前提,进行男女朋友的交往吧?可是,话到嘴边,温暖却总是说不出口,她的心里,始终带着一股子偏执,她知道自己一旦说出口了,对待爱情的所有渴望都将成为泡影。

对温暖而言,万元胡适合婚姻,不适合恋爱。她没有谈过撕心裂肺的恋爱,渴望来上那么一场,不求结果,不求同行,只要一个眼神肯定,就愿意生死相依的那种感情。虽然,有点不切实际的梦幻。但是,她都三十三岁了,之前没有想做梦,婚姻也不如意,她不想再重复第二次将就的那种婚姻,她想要心动,想要不顾一切地爱一场。就算是温暖一厢情愿的做梦,她也希望,这场暗恋,单相思的梦,能够做的久一点,让她能够多明白一些爱恋的滋味,哪怕是酸涩的,苦恼的……

梦里那个人,可以是岳昊天,可以是别人,但是,一定是温暖能够动心的人。她想要感觉,而不是感动。当然,随着时间的推移,温暖对万元胡也不再像开始那样排斥。她对万元胡的穿衣打扮,渐渐的上心,一点一

第九章 打破暧昧

点地帮他修正一些粗鲁的习惯，越看也越觉得有些顺眼跟习惯了。如果温暖一直没有遇到心动的那个人，她就选择万元胡。

温暖知道，对待感情上，她有点自私。但是，哪个女人能不自私呢？她只是普通的女人，只是渴望一场轰轰烈烈的爱情，遇不到的时候，她会想着给自己留一条退路。而万元胡，正是她能退的。因为她知道，万元胡对她的喜欢，来自于他的初恋苗苗，那个跟温暖长得几分相似的女子。

万元胡带着愧疚还是赎罪的心理，无条件地纵容、宠爱着温暖。甚至，他自己也知道，温暖对自己只不过是一种应付，但他还是甘之如饴。感情的世界，没有值得不值得，只有愿意不愿意付出。万元胡他现在什么都有，唯一想要的是，能够弥补自己当年的遗憾，他能够让自己心安就好。再退一步说，温暖离婚，带着孩子，能够遇到财大气粗，又关怀体贴她的人，也算不容易了。万元胡对自己的身价，相当自信，他也不逼温暖，就这样慢慢地顺其自然就好。

戚雪给岳昊天开了一个"告别单身"的派对，喊了童小惜、柔柔，顺带着把她们的另一半也都捎上了，只有温暖是一个人去赴宴，她其实真的不想去，但是不去又怕戚雪想多了，胡说八道，她完全就招架不住戚雪。

温暖到了酒吧后，就一杯接一杯地喝着酒，喝着喝着，那感觉就特别的兴奋！随手又抽了一支烟出来，那姿势帅气又熟悉，愣是把戚雪吓了半天也不敢点火，温暖几乎不抽烟，但是今天她的心情确实很不好！

身边的女子，戚雪已经领结婚证，带着孩子奔向幸福的道路，而童小惜也即将尘埃落定，甚至连柔柔也开始期待着邂逅一个人，遭遇一段爱，她们一个一个幸福地在舞池里转身，笑颜如花。亦或，等待幸福。那种可以预见的未来。

唯有温暖，她经历了失败的婚姻，好不容易等到再一次的心动，却爱上了一个不该爱的冰冷的人，她不敢靠近，只能默默地暗恋着。

或许，过完今天之后，岳昊天结婚了，温暖连暗恋的资格都没有了，想到这些，她心里就抑制不住地哀伤起来。

"暖暖，你怎么了？"戚雪按住温暖的手，关切道："你这样喝会容易醉的。"

"我没事，我高兴。"让酒麻木疼痛的神经，这是温暖最想做的事，她就是想大醉一场。

"你遇到什么高兴的事了，来跟我说说。"童小惜不明所以，忙好奇地问。

"我准备再婚。"温暖看了眼童小惜，又看了看戚雪，"我觉得，我是该给乐乐一个家了。"这样，也好断绝了自己对岳昊天的念想。毕竟，他即将结婚。

"真的？这是好事。"童小惜一听，立马抓着酒瓶跟温暖喝上了："暖暖，虽然我觉得有点俗，但是我真心祝福你，一定要幸福。"

温暖笑着点头，跟童小惜、柔柔都高兴地喝起酒来，没一会她便觉得胃里难过，忙拖着昏沉脚底发飘的步子，迷迷糊糊地奔去洗手间，对着台盆"哇"地一声吐了出来。

"你没事吧？"

温暖对着台盆还是一阵撕心裂肺地大吐后，逞强地对着身后地人说："我没事。"

"明知道自己酒品不好，还喝那么多。"那人语气无奈地说。

温暖转过身子，抬脸一看，竟然是岳昊天，她顿时羞涩地低下了脑袋，她现在这副样子一定是很狼狈的，满脸酒精的红晕不说，连开口都是满嘴的酒味，愤慨道："我酒品很好的，你别看不起我。"

"我没有。"岳昊天眼看着温暖情绪失控，忙伸手扶着："你喝多了。"

"我没喝多。"温暖再一次打了个酒嗝，刚才连续两杯酒，喝得有点急，她的胃里有些翻滚的难受，却也是借着酒精，她把心里积压的不满，一股脑地倒了出来："岳昊天，戚雪介绍我去风华的时候，你以为我是走后门没实力的花瓶，看不起我。"她稳了稳心神，继续控诉道："我跟万元胡的朋友关系，你又看不起我，以为我靠赔笑上位。"

"你难道不是吗？"岳昊天打断了激动的温暖。

"当然不是。"温暖毫不犹豫地回答。

"既然不是，那就不是。"相对于温暖的激动，岳昊天的声音平稳，"就算我从前怀疑过你的能力，但是你用一次次的事实证明了你自己，我现在绝对没有半分看轻你！"温暖本来激动的情绪，瞬间，被岳昊天这么风轻云淡的给揭了过去，她咬着唇，顿时不知道该说什么。

"你看起来不舒服。"岳昊天搀扶着温暖，俊眉微微拧着，幽深的黑眸闪过一丝不易觉察的关心。

"我没事，"温暖轻轻地推开岳昊天，"我不需要你同情我。"温暖皱着眉头，有点恼怒岳昊天的举动，既然以前是瞧不起、不屑她的，又何必表现出来关心她的样子？一次一次给温暖错觉，好像岳昊天对自己是与对别人不同的，导致她心里一直隐隐的有一种偏执的渴望。

"我没有同情你。"岳昊天看着脚底不稳的温暖，再一次伸手搀扶着她，"你喝多了。"将她大半个柔软无力的身子，揽进了自己宽阔的怀里。

温暖还想挣扎，但依靠着他的胸膛，顿时有一种踏实的感觉来。闻着他身上干净的、清爽的味道，好像有一种阳光，暖暖的感觉，让她一点也舍不得离开。温暖顿时羞涩的像个小女孩一样，红着脸蛋，低着脑袋。这一刻，她的心潮澎湃。如果，能够一直这样的依靠着他，或许是件幸福的事。

温暖的脑海中，顿时千思万转，之前她一直在克制着自己的情感，克制自己像小姑娘迷恋帅哥那样，悄悄地藏着她对岳昊天的好感。因为她不确定，这样的好感，是不是能够产生爱情的火花。潜意识里，作为女性，她等待的爱情是男方主动的，让她一眼心动的，于是一拍即合，而不是她跟岳昊天这样的，好像无形之中被一股缘分的线牵引着，但却隔着一层距离，让温暖对岳昊天琢磨不透，也不敢去多想。可是真的要不想吧，岳昊天却时不时的在自己的眼前晃悠，让自己平静的心湖一次一次的泛起涟漪。

这样的感情，是很考验自己的一种慢性折磨。温暖虽然不清楚，自己是否已经爱上岳昊天，但她却可以肯定，她的心，已经不受控制地被岳昊天吸引了。可是，岳昊天呢？温暖抬起脸，望着他，突然很想知道，他到底是怎么看自己的。可是，这样的话，她问是问不出口的。

岳昊天也低头，望着温暖，如果不是微拧的剑眉，有着温暖看不懂的关心，她看着他那张冷峻的脸。

"今晚喝了多少？"岳昊天来得比较晚，不知道温暖喝多，他刚到就被戚雪给推出来找温暖了。

"没多少。"温暖局促地像个小孩，紧张得手都不知道往哪里放。

"我扶你回去吧。"岳昊天细不可闻地叹了口气，伸手搀扶着温暖，"你以后不要喝那么多的酒。"

温暖真的很想甩开，然后大吼，"我就喝酒了？怎么着，关你什么事啊？"可是，她最终还是舍不得甩开，讪讪道："知道了。"那乖巧的姿态，就跟温顺的小绵羊似的。

"温暖。"岳昊天深深地喊了一声。

温暖地脚步顿住，抬脸看着他，"你要结婚了，我就不去参加你的婚礼了。"稳了稳心神，缓了口气道："红包我会让戚雪带给你，还有，祝福你。"

"真心话？"岳昊天眸光温和地看着温暖。

温暖看着岳昊天，跟他漂亮幽暗的视线对上，第一次那么大胆而又放肆地看着他，很想违心地说，是的，这是真心话。可是温暖看着他的眼，却愣是开不了口，对视着看了半晌，岳昊天眼里的那些情愫隐藏得太深，让温暖压根都没有办法去理解，但是她借着酒胆，终于果断地做了一件事，那就是踮起脚尖，双手搂住岳昊天的脖子，将自己的唇印上了他的唇。

两唇相碰，电光火石之间，温暖的心激动得砰砰直跳。

岳昊天的唇不像他那张脸冷冰冰的，相反，很柔软，很温暖，让人有种不愿意松开的魔力，温暖小心翼翼地吻着他的嘴角，贪婪地闻着他身上清淡的古龙水味，最后试探地将舌头探入他的口中，缓慢地纠缠着他的舌开始嬉戏起来。

岳昊天被温暖的吻给惊得浑身僵硬了下，回神反手将温暖紧紧地抱住，而他那灵巧的舌，终于反客为主，纠缠着温暖加深了这个缠绵悱恻的吻……

好半响后，结束这个吻，温暖轻轻地推开了岳昊天，看着他嘴角挂着最甜的笑容告别："岳昊天，我祝福你，永远幸福。"然后不等岳昊天开口，提着裙子飞快地奔了出去，在门口的时候，又回过身，大声地喊道："岳昊天，我再婚了，我也会幸福的。"心里默默地说了句再见，就跑出了岳昊天的视线里。

岳昊天犹豫着要不要追出去，却被童小惜喊住，"岳昊天，我男朋友喝多了去上WC了，可半天也没出来，你帮我进去看看，是不是掉厕所里了？"

岳昊天叹息了声，转身便帮着童小惜去厕所找林浩，再出来的时候，温暖早就不见了踪影。

温暖跑出酒吧后，拦了一辆出租车，报了家里的地址，整个人神色恍惚地带着狼狈地落荒而逃。红酒的后劲挺强，温暖回到家，整个人就晕乎乎的，匆忙地洗了个澡，她就躺床上睡去了。迷迷糊糊地，满脑子都是岳昊天要跟别的女人结婚的场景，而她远远哭泣着观望，睡得迷迷糊糊的时候，她听到自己手机的铃声响起，她看了一眼是岳昊天的来电，想接，但是却又不知道，接了该说什么。于是犹豫了下，她把铃声直接调成了静音，翻过身子，准备再睡的时候，却怎么也睡不着了。

温暖的脑袋似乎清醒了不少，她拿着手机，看着那个未接来电，心里期待岳昊天能再打过来，那么，她会第一时间接。但是等了几分钟，岳昊天却再也没有打。温暖一直看着手机屏幕，手指犹豫地在拨跟不拨之间徘徊。犹豫许久，她有点颓然地将手机往枕边一扔。算了吧，打了也不知道该开口跟岳昊天说什么，她自嘲道："温暖啊温暖，你都三十三岁的人了，怎么为了个男人，搞得自己像小姑娘似的纯情痴心。既然，他洒脱，你纠结什么呢。"可是，心里温暖却不得不承认，她没有办法洒脱起来。

虽然只是一个吻，虽然温暖跟谢天之间，更亲密的事都做过。但是却没有这样心跳加速的快感。这是温暖第一次尝试到，原来，一个吻，可以让人迷失到忘我。温暖下意识地伸手抚着嘴唇，上面似乎还留着他的气息、温度。可是，明明他都主动了，为什么，那一层的窗户纸，还不捅破呢？

难道岳昊天打电话来，是为了捅破的？还是跟温暖说拒绝的？温暖这样一想，心里就无比地懊恼自己，刚才为什么不接岳昊天的电话。不管接受还是拒绝，至少她心里有个底。可是现在，她忐忑不安地猜测，温暖从来没有发现，原来猜一个人的心，会是那么的累。

她躺在床上，翻来覆去睡不着。拿起手机，又放下，拿起又放下，不断地重复这个动作，心里憋得慌。时间一分一秒的过去，她眼睁睁看着窗外，天空从乌黑的一片到蒙蒙亮，接着昏黄色的太阳，从云层里穿透出来，城市里车流喧哗声渐渐响起。她看了看时间，早上6点，她整整从12点想到了6点，却始终没有想出来任何的头绪。

这个问题，太有终极性的思考了，岳昊天，到底什么意思呢？

温暖呆呆地看着窗外，深深地叹了口气，她觉得自己再憋下去会疯掉的，厚着脸皮也得要问清楚岳昊天，他主动索吻是什么意思？

温暖还是决定问个清楚，她忙拨了岳昊天电话过去，"对不起，您拨打的电话已关机……"电话里传来移动客服机械化的声音，让温暖顿时泄气，她颓然地收回手机。

早上的时候，万元胡贴心地给温暖来电，要给她带早饭，心情烦躁的温暖顿时就好像抓住了浮木似的，顶着黑眼圈兴奋道："我们今天去西塘玩吧？"

万元胡愣住："温暖，你说什么？"

"我说，去西塘玩两天。"温暖不耐烦道。

"好。"万元胡兴奋地点头，"那一会我来接你。"

第十章　缺新娘的婚礼

　　温暖自己也不知道，为什么她要主动去约万元胡去西塘玩？但是她可以确定自己的心情是暴躁的。温暖醒来后抓着手机想要给岳昊天打，但是几次又生生的按压了下来。她昨晚的主动，换了岳昊天更霸道的吻。可是吻过之后，他竟然一点反应都没有了。让温暖去主动开口问，她还真的做不出来。心里暗自庆幸，早上打岳昊天电话，他幸亏是关机的。要不然，温暖就更加被动了，她现在只能等，骄傲的自尊心让她觉得主动倒追一个男人，是很难下手去做的事。

　　可是，温暖又不想在这个城市等，因为岳昊天即将结婚，离开这座城市，或许她才能错过岳昊天的婚礼，帮着他策划筹办已经让温暖难过的透不过气了，如果亲眼看着他跟别的女人进入婚姻的礼堂，温暖一定会受不了的。

　　当然，这个两日游住在外面的话，温暖心里还是有准备跟万元胡发生点什么水到渠成的事的，毕竟暧昧了这么久，再拖下去实在有些说不过去了。

　　万元胡心情特好地来接温暖，她上车的时候，万元胡就递给她一个礼盒，说了句："生日快乐。"

温暖愣了下:"我生日还没到呢。"

"这是你公历生日。"她有农历跟公历两个生日,一般只过农历的。所以,公历几号,她从来都不记的。

万元胡咧嘴笑了笑:"我备忘录上写着呢,"见温暖接过礼物了,又补充了句:"礼物是我秘书去选的,不喜欢,可别怪我。"

这人,哪有这样说话的嘛!明明送礼物要讨温暖欢心的。结果就这话顿时大煞风景了,温暖随意地揭开盒子看了看,是Tiffany的一条项链,"谢谢。"

"你另外那个生日,我会亲自给你挑一份大礼的。"万元胡一本正经地看着温暖,"今天我实在有点忙。"

"没关系的,不用那么麻烦。"温暖勾着嘴角笑笑。

"那我们现在去西塘咯。"万元胡讨好地征求温暖的意见,见她点头,忙欢喜地开车出去。

这一路上,温暖的心就好像是在坐云霄飞车一样,时而劝告自己,就这样接受万元胡了吧,时而又想折回去,或许她昨晚跑得太快了,其实应该跟岳昊天告白的,至少也得要说一声,"岳昊天,我喜欢你。"

就在温暖神色纠结,心情烦闷的时候,"温暖,做我女朋友好不好?"万元胡冷不防地伸手握住温暖的手,正色地问。

万元胡的直白,温暖有些措手不及。虽然他行动上,一直很主动,但是他何等精明的人,看出来温暖对他不紧不慢的态度,也就任由着不紧不慢,慢慢来。可是温暖既然自己提议出来周边两日游,那就说明,她也是想为两个人之间的关系做一些改变的。如果这样的机会,万元胡再不主动点告白,那实在是太对不起温暖如此费心的安排了。

温暖象征性地挣扎了下,也不好直接抽回,万元胡却握得很紧,"温暖,你相信我,我真的喜欢你,想要好好照顾你。"

温暖望着被握的手,心里紧张而又胆怯,咬着唇,沉默了半响才开口:"万总,对不起,我需要一点时间。"她没有直接拒绝,也不敢轻易答应，她也不知道自己心里，到底在坚持着什么，矛盾着什么。

"没事，我给你时间好好想。"万元胡轻轻地松开了温暖，宽容地对她笑了笑。

接下来到了西塘，万元胡主动地开了两个房间，这才让温暖的心里松了口气。从车上提着行李下来的时候，温暖几乎是带着狼狈的落荒而逃。她刚才其实是想拒绝的，但是，她也清楚自己的状况，三十多岁的离婚女人，还带着孩子，再想找个想万元胡一样对自己好的男人，结果很难说。或许有，或许没有，就算有，但是在她没有遇到之前，还是没有安全感。现在留着万元胡这条后路，让温暖能够踏实地等，等她想要的人，想要的爱情。

温暖也知道，万元胡所给的时间，应该不会太多。这个问题，她始终要解决。她深深地叹了口气，打开电脑准备上网找戚雪聊聊。为什么不打手机，因为温暖也不确定她该怎么面对岳昊天，或者戚雪的问候，她干脆没带手机出来，就准备跟万元胡孤注一掷在一起的。

"暖暖，你昨晚跑哪里去了？"温暖刚上线，戚雪便问。

"喝多了，就乖乖回家睡觉了。"温暖老实地回答。

"你今天怎么没上班？"戚雪坐在温暖的办公室里打电脑，而她的对面，坐着面色冷然地岳昊天。

"我跟万元胡出来玩了。"温暖并不知道戚雪在她办公室，当然更不知道岳昊天正盯着看她们的聊天。

"啊？你跟万元胡出去了？"戚雪打了几个惊诧的表情来，"暖暖，你跟他发展到什么地步了？"竟然一下子关系好到能出去旅游的地步？这个节奏太快了点吧！

戚雪开始对万元胡的印象，真的非常不好，还一度认为，温暖是为了公司，才去傍他这个暴发户，靠着他接单子什么的，为此担心的不行，也劝说过温暖。但是，随着时间的推移，她也看出了万元胡的认真。听温暖讲述过万元胡跟他初恋苗苗的爱情之后，她对这样大老粗的爷们印象渐渐改观。之后几次酒会又遇到，看着他被温暖一点一点打造得形象合体，言语也不再那么粗鲁，印象自然就改观了，"所以说嘛，人必须要相处了，才能知道好坏。"戚雪常用这话，对温暖解释她对万元胡印象的改观，是来自时间的相处。

"我准备接受他，跟他在一起。"温暖在电脑上看着自己敲下的字，微微有些发愣。或许这些话对戚雪说的同时，也是在心里说服自己的吧。

"什么？"戚雪惊讶地问，"暖暖，你没开玩笑吧？"昨晚戚雪只当温暖情绪失控，所以任由着她喝酒，最后还把岳昊天推出来，就是想帮他们两个一把，谁知道这一晚上过去了，岳昊天这个木头是有点反应了，可温暖那边竟然决定接受万元胡了，温暖这是什么意思？戚雪心里打着小九九的问号，不动声色地看了一眼岳昊天，他的脸色有些骇人的冰冷，眼神嗖嗖地冒着冷气，紧紧地盯着温暖说的那几个字，恨不得盯穿了电脑屏幕，直接奔到温暖面前去质问的姿态。戚雪真的感觉是又好笑，又好气。你说，这两个人明明就是郎有情妾有意的，非得搞得这么别扭。戚雪心里鄙夷，看吧，你们要羞涩吧，你们要玩暗恋吧？

"没开玩笑。"温暖其实是做好了这个准备才出来旅游的，只是现在要她把这个选择告诉万元胡的时候，她心里别扭而已，或许缓缓，她就能够说得出口了。

"到底什么情况？"戚雪看着岳昊天愤怒地想砸电脑的表情，顿时八卦地问。心里玩味道，叫你们两个折腾，今天非得把你们往死里整，要不然，你们这个顾忌，那个顾忌，就是没有勇气在一起，她这个看客都觉得累死了。

"万元胡今天要我做他女朋友了。"

"他以前追你就这意思啊。"戚雪的手指飞快地在键盘上打着。

"可是他以前都没这么严肃地问过我。"温暖忙回答，"而我也没想过答应。"

"哇，看不出来，他那么沉得住气！"戚雪回了这么一句，又感慨道："哎哟，万元胡真男人，能憋这么久。他在我心目中的形象，顿时高大了起来！"

温暖嘴角抽搐了下，手指在电脑上，却不知道该打什么话回给戚雪。

"那你答应了吗？"戚雪又跟着追问了句。

"我得考虑考虑。"

"暖暖，你好像考虑很久了吧？"戚雪飞快地回过来，"从他对你献殷勤开始，你就知道他对你有意思。你故意不懂他的意思，不就是在考虑嘛！"

"那不一样。"温暖打了一个苦恼的表情："以前只是猜测他喜欢我，我还能装傻，考虑。可是现在，他这样说开了，我要拒绝的话，可能连朋友都做不成了。"

"你为什么要拒绝呢？"戚雪打了问号，"你接受不就皆大欢喜的事了嘛！"

"你觉得，我应该接受？"温暖不确定地问。

"凭良心说，万元胡人不错。"戚雪正色的说，"万元胡对你挺好的，像他那么一个大老粗，能这样相当不错了。"

这一点，温暖认同地点头。万元胡确实从第一次见面认识到现在，改变了不少。但是，他对温暖的喜欢，却来自对初恋的不能释怀，这点让温暖有点耿耿于怀，"他对我的好，因为我长得像他初恋。你不觉得，我挺可悲的嘛？"

"你可悲什么啊，那初恋永远地走了。你跟一个过去挂了的人较什么劲。"戚雪飞快地回了过来："再说了，像我们这把岁数的男女，哪有谁没有过去啊。暖暖，你自己也有过去啊！"

温暖心里咯噔了下，她在享受万元胡对苗苗愧疚而对她好的同时，却潜意识里，又在计较这件事，她自己都觉得自己有点过分。但是，她为什么会连这个都计较呢？因为，她不够爱万元胡，或者说，根本就不爱，因为不爱，所以，千方百计地在找借口，让自己心安理得去拒绝他。

"你说的好像有道理。"温暖认同地回话，"其实我也那么想的，所以才考虑接受他。"只是温暖还不知道该怎么跟万元胡去开这个口。

岳昊天终于忍不住地一把将电脑电源给掐断了，气急败坏地大步离开温暖的办公室。

戚雪则是吐了吐舌头，调皮地笑了下："岳昊天，我告诉你，你再憋住不告白，暖暖真的会跟别的男人跑了。"

温暖还想跟戚雪聊几句岳昊天的事，却看着戚雪的头像黑了下去，不由得讪讪地撇了撇嘴，深深地叹了口气，万元胡不告白则已，一旦告白，就在逼温暖做选择。她揉了揉额头，矛盾万分。

这样鸡肋的感情，对于任何单身，没有遇到适合的人，没有更好选择的女人来说，真的是一件很纠结的事。丢掉了，可惜，至少在自己孤独无依的时候，能给自己依靠。但是要接受，自己又不甘心，总想要遇到一个适合自己的，能够懂自己的，想要将就，却不得不将就的尴尬，真的很为难，痛苦。

这个世界上，最远的距离，不是你在天涯海角，而是，你在我心里，却感觉不到我的痛。岳昊天啊岳昊天，我到底要怎么才能把你从心里踢出去，然后重新安心地开始新生活呢。

温暖最终还是忍不住跑去西塘的镇上，买了个手机，凭着记忆给岳昊天打过去电话，"喂，我是温暖。"

"你给我打电话做什么？"岳昊天的声音清冷，充满了不耐烦。

"我……"温暖满腔的热火瞬间就好像被泼了冷水似的，她稳了稳心神，要强地说："我是来祝你新婚快乐的。"

"谢谢。"岳昊天生硬地说完，直接挂断了温暖的电话。

他是那么的不耐烦！温暖真的觉得自己的心很凉，很凉，那种感觉就好像大冬天的喝下很冰、很冰的水一样。

温暖看着电话，听着话筒里的嘟嘟声，她突然觉得自己有点可笑。她以为岳昊天至少会有些动容，至少也会有些纠结，她甚至都做好了不敢面对的准备，还特意把手机留在了家里，可事实上呢？岳昊天他就是那么的洒脱，他甚至压根就没把那个吻当回事。

也是了，成年人的世界，一个吻算什么啊。人家一夜情了，第二天各奔西东，也就压根不当事了。

是温暖太偏执，想太多，自作多情。

在岳昊天这边，冷了的心，温暖急需要用另外一种温度去补给，毫不犹豫地便想到了万元胡。

什么爱啊，情啊，什么小女生的暗恋情愫，心动，懵懂，都不适合温暖这个三十三岁的女人。她现在就需要一个稳定的，踏实的，能够一起过日子的人就行。

万元胡在晚上的时候接到温暖的电话，她在一个嘈杂的酒吧，"喂，您好？"

"万总，你现在有时间吗？"温暖的声音里，带着一点娇媚。

"有啊，怎么了？"万元胡讨好地问。心里虽然打着疑惑温暖怎么换手机号码了，但那不是重点，重点是温暖在主动邀请。

"陪我喝酒。"温暖笑着邀约。

"好，"万元胡有求必应，随即道："你在哪里？我去找你。"

"我在这边叫做桃花庵的酒吧里。"温暖并没有在喧闹的大厅，而是点了一堆酒，在二楼的露台，这里不仅安静许多，而且还可以抬头望天。虽然黑漆漆的夜空中，没有星光点点，但是，绝对是个买醉的好地方。

"那你等我，一会就到。"万元胡忙安抚，"温暖，你一个人可别喝多。"

温暖拿着酒瓶，再一次倒满了杯子，对着万元胡扬扬手里的酒，"干杯！"接着一饮而尽，液体顺着喉咙滑下肚，苦涩的无法言语，就像她此时的心情一样。在一个男人那里冷了的心，要在另外个男人这里去重新获得温暖。

呵呵！可悲又可笑！

"温暖，你怎么了？"万元胡忍不住按住温暖要倒酒的手，关切地问："是不是，出什么事了？"这话问的笼统，包括温暖的公司和家里，只要温暖有需要，他什么都会帮她的，尽自己最大的努力去帮。

"没事。我今天心情好。"温暖看着万元胡，扯着嘴角笑了笑，"我心情好，想喝酒，你不陪我喝吗？"

"心情好？"万元胡看着温暖画着精致妆容的俏脸上带着笑，有些琢磨不透。

"我真的心情很好，来干一杯。"温暖对着万元胡，再一次扬了下手里的杯子一饮而尽。

万元胡默不作声地看着温暖，"那你跟我说说，有啥好事，心情好？"

"公司的单子越来越多啊，赚钱越来越多啊。哦，连风华婚庆公司的老板的婚事，都是我们梦恒做的呢！"温暖扯了下嘴角，骄傲地说完，然后又笑嘻嘻的看着万元胡："我想买个车了，你说，买什么好？"

"你喜欢什么车？"万元胡探过身子，一把扶住明显有些头晕，身子无力倚靠在椅子上的温暖，"其实，只要你喜欢，什么都好的。"

温暖带着几分醉意，对万元胡灿烂的笑，傻乎乎地回答："我也不知道自己喜欢什么车。"

"那等你知道了，再买。"万元胡扶着温暖柔软的身子，"你醉了，我送你回去。"

"我没醉，没醉。"温暖忙不迭地摇头，手指摇摇晃晃的指着他说："我没喝醉！我只是看着这地，有点晕……"

"买单！"万元胡对着服务生粗声道，接过他们递来的单子，给了一张金卡，然后，龙飞凤舞地在账单上签了个名，转过身在看温暖的时候，她已经萎靡地闭着眼睛，睡了过去。

这两天，温暖一直都没休息好，所以今天喝多了，脑子彻底让酒精麻痹了，也就能够睡的踏实一点。

万元胡犹豫了下，推了推温暖，"温暖，温暖，你醒醒。"想要唤醒她，可是，温暖却嘟囔着没有理会。他又叫了几声，温暖纹丝不动，万元胡没办法，只能硬着头皮，猛地一把将温暖给弯身抱了起来。

温暖乖巧、安静地缩在万元胡的怀里，双手勾着他的脖子，甚至调了个较为舒适的角度，任由他横抱着，一路成为焦点地走出酒吧。靠着万元胡的感觉，虽然没有岳昊天那样的心跳加速，但至少很安稳。能够让疲倦的她，沉沉入睡。

或许，万元胡在各方面，都没有达到温暖心目中白马王子的要求，但至少算个骑士吧。

万元胡一路抱着温暖，穿过小桥流水将她带回了客栈，问她："温暖，你房间的钥匙呢？"她才茫然地睁开眼，对上万元胡那双闪着黝黑光泽的黑眸，怔怔地愣了一会，心里突然做了个决定，道："去你屋子吧。"

万元胡的表情错愕了下，若有所思地看了看温暖，按捺住心里的疑惑，随即将温暖一路抱回了自己的房间。

温暖似乎又迷迷糊糊地依靠着他睡了过去，身子沾到床的时候，甚至还舒服地翻了个身，打了个滚。

万元胡听着温暖那平稳的呼吸声，眼眸余光悄然扫了几眼，她的脸，绯红一片。

万元胡心里有一股异样的冲动，他掀开洁白的被子，看着她的衣服，神色犹豫地伸手出去的时候，甚至，激动得带着点微微颤抖。最后，还是硬着头皮，笨拙的解开她外套的扣子，随意往着床边的大椅上一扔。擦了擦满额头的汗，看着温暖一脸醉酒的潮红，他叹了口气，帮她重新温柔地拉了拉被子，转身，准备离开。

其实，万元胡是想留下的，想要跟温暖发生点什么。因为温暖的意思已经是主动明显的邀约了。但是，万元胡看着她那一张酷似苗苗的俏脸，此时睡着的样子，纯洁的像个孩子似的，他的心里便有些微羞的感觉，再也没办法下手，甚至紧张得有点想逃离这暧昧的空间。

温暖突然睁开黑眸，坐起身子，神色恍惚地一把拽着万元胡的手，呢喃着:"别走!"

万元胡的心,顿时像被打了鸡血一样振奋,幽深的黑眸盯着温暖看了半响,微眯了下,不确定地叫了几声:"温暖,温暖,你醒了吗?"

温暖处于半清醒,半朦胧的状态,没有焦距的眼神,望着万元胡,只见他嘴在一张一合地说着什么,渐渐地,没有焦点的黑眸,把万元胡和岳昊天重叠了起来。

温暖分不清楚,她凑上去,紧紧地抱着他,把唇凑了上去,他的嘴唇很软,口腔中带有一点点苦涩,是烟草的味道。

万元胡残存的理智,在遇到温暖吻的那么专注热情而瞬间崩溃。他反被动为主动,长臂一勾,喘息着,拥紧了温暖,转身把她压住,一双大手在她的身上开始不断地游走,点燃炙热的火源,激情在两人之间不断地升温,蔓延……

万元胡灵巧地剥去了温暖的毛衣,红色的BRA,手指又开始朝着温暖裙子下探去,那双腿,笔直而又性感,让万元胡第一眼看到,就深深地迷恋上了。而双腿间探入陌生的手,私密处陌生的粗暴和不适感,让温暖条件反射地推开了万元胡。

万元胡明显一怔,停止手指的动作,微眯着眼打量身下的人儿。

温暖依旧带了点眼神迷离地看着他,接着惊叫了起来:"啊……"

万元胡被温暖这一声惊叫给骇地吓了一跳,"怎么了?"

"我累了。"温暖望着万元胡,泄气道。

"累了?"万元胡顿时哭笑不得。

"我想休息。"温暖艰难地吞咽了口水,犹如受惊的小兔子,抱着被子,惊恐地朝着床边缩去。虽然这是她今晚醉酒的目的,想跟万元胡来一次乱性,然后,该做什么选择,就死心塌地的做选择,岳昊天嘛,就这样算了。

可是,看着万元胡,温暖觉得,自己的酒喝的还是不够多。至少,清醒了一半,她就没有勇气跟他继续下去了。

"休息?"万元胡不可置信地望着温暖,显然到了这个节骨眼上,让作为男人的他停下来，是一件非常不可思议的事。

温暖点点头："我现在好累，头也好晕，好难过。"语气尽可能说的可怜巴巴的。

万元胡认真地看着温暖，半晌都没有开口，心里权衡着。

温暖的心里忐忑不安，可怜巴巴地眨巴着幽深的眸子，怯生生地看着万元胡，好像是做错事的孩子一般，又咬着唇低下头。

"温小姐。"万元胡隐忍着不快出声，温暖忙抬起脸，看着他，"你累的话，就好好休息。"然后，将温暖轻轻地推倒在床上，在她错愕中，麻利地帮她盖上被子。

温暖的眼睛睁得大大的，盯着万元胡，只见他又把椅子搬到床边，大大咧咧地坐了下来，他隔着被子，拍了拍温暖的肩，他的眼里闪过很多温暖看不懂的情绪，最后说了三个字，"我陪你。"

温暖有点不敢置信，但是，最终还是轻轻地闭上眼，她心里突然做了个决定。如果万元胡，能够抗拒性，真的爱着她的话，那她愿意跟他一起过日子。今晚，就当是一场考验吧。

温暖既然做出决定，对万元胡便抱着随意地态度。就算他真想怎么样，温暖也是个成年人了，可以对自己负责的，想通了这一点，她轻轻地对万元胡说："床很大，你可以跟我将就一晚。"

万元胡犹豫了下，点点头，"那我去洗个澡。"

听着淋浴间里传来的哗哗水声，温暖的心里，就好像小鹿乱撞似的，她不知道，用这样来考验一个男人是不是真心，自己这样幼稚的想法到底对不对。或者说，是不是有些残忍。但是，眼下她已经骑虎难下了，只能硬着头皮走一步算一步。

温暖在床上发了一会呆，万元胡就洗完澡出来了，围了一条白色的浴巾，身材比例的缺陷便立时暴了出来，不修边幅的胸前滴落着来不及擦干的水滴，头发湿漉漉的用毛巾胡乱的擦着，他咧嘴笑笑："温小姐，我打呼噜，你可别嫌弃我。"

温暖没有说话，只是将身子往床边挪了一下，将另外一半的床空了出来。

万元胡甚至都来不及擦干头发，猛地拉开被子，躺在了床上。

柔软的床垫下陷，让温暖的心，也跟着沉了下去，空气里都漂浮着暧昧的氛围，随时都有擦枪走火的可能。

温暖虽然做好了两种准备：一、盖着棉被，纯睡觉；二、真的跟万元胡发生点什么。不管是一，还是二，都是温暖自己的选择，她很想让自己放松，但是却浑身带着戒备，她的心都提到了嗓子口。

万元胡自然能感觉出来气氛的尴尬，随手把床头的灯拉灭了，对温暖说："温暖，你累的话，早点睡吧。"说完，他拉着被子，翻了个身，表示自己的诚意。

温暖的心里百感交集，忐忑不安地抱着被子缩到了床边上，脑海里不停地想着，她都引狼入室，主动贡献了床榻，万一万元胡真忍不住的要怎么了，她到底是要拒绝，还是接受？

万元胡很规矩地睡着床一边，没一会，响起了平稳的呼吸，呼噜声。

温暖这几天为了岳昊天的事焦虑不安，一直没睡好过。这会，看着万元胡睡的那么香沉，本来醉酒的脑袋，再一次的有了困意，打了个哈欠，就迷迷糊糊地睡了过去。死就死吧，乱性就乱性吧，正好可以给万元胡一个负责、照顾她的机会，省的自己再去纠结岳昊天了。

反正岳昊天明天就跟未婚妻结婚了。他以后就是名花有主的人了，温暖再也不想去瞎想了。

第二天醒来的时候，温暖看着一床的凌乱，以及还在沉睡的万元胡，心头微微有些动容。这个男人，不管他是好人还是坏人，不管他言语粗鲁还是举止不合体，至少算是君子一枚。

温暖跨过万元胡，轻轻地拿过扔的满地狼藉的衣服，挑出自己的，偷偷地穿着衣服。

"温小姐，你醒了？"

万元胡的声音!

温暖的心头一阵慌乱,转过脸,看着万元胡拉开了室内的灯,神采奕奕地盯着她看。温暖心虚的不敢直视万元胡的脸,胡乱地往身上套着毛衣。

"穿反了!"万元胡忍不住打趣,看着温暖那副羞涩的模样,真的很想拥入怀中,珍藏起来。

温暖脱下穿反、扭在一起的毛衣,脸红的犹如被火熏着了似的,扯过被子,就往自己身上遮去。结果,这一拉万元胡走光了,赤裸裸的身子大大方方地跃入温暖的眼中。温暖一看急了,忙把被子给他遮了过去,结果,自己又春光乍泄了……

温暖忙手忙脚,不停地在给他遮,给自己的遮之间,走光着。

万元胡终于忍不住哈哈大笑了起来。

"你别笑了。"温暖有些恼羞成怒。

"好了,我不笑,你衣服慢慢穿,我又不看你。"万元胡开着玩笑。

温暖懒得理会万元胡,忙抱着自己的衣服,急匆匆地冲去洗手间,迅速地收拾好了自己,稳了稳心神,才走出洗手间,红着脸,看着万元胡道,"昨晚,我喝多了。"她必须要为自己的唐突找一个借口来。

"嗯,我知道。"万元胡也不去较真,他拉开被子,从床上起身,大步走到温暖面前,认真道:"温暖,跟我结婚好不好?"

温暖望着他眼里急切、恳切的神情,犹豫了一秒,强忍着心头偏执的不甘心,点了点头,"好。"

"你答应了?"万元胡的脸上布满了欢喜,猛地一把抱起温暖,"我太开心了。"

温暖心里有点酸涩,但她什么都没有说,也不想说什么。

在岳昊天结婚的这一天,温暖也终于答应做万元胡的新娘,这是多么巧合的一件事。

温暖心里下定决心了,便有勇气带着万元胡去参加岳昊天的婚礼了,她谁都没有联系，直接到了酒店的宴会厅，那些流程，节目活动，还有地理位置，温暖熟门熟路。

戚雪看到挽着万元胡进来的温暖愣了下，随即目光在整个会场扫了一圈，想寻找到岳昊天的影子，没有找到，她便打着哈哈，笑着安排温暖他俩坐下，"诺，这里一会是咱们四个的位置，你来了正好了。"

"温暖，我们办个订婚宴呢，还是直接就结婚？"万元胡忍不住拉着温暖的手，羡慕地说。

温暖愣了下，不知道该回什么，眼神不自觉地在宴会厅里找寻岳昊天的影子，她心里其实还是有着那么点不甘心的。

就算岳昊天今天要成为别人的新郎了，但是至少要为前天两个人的吻画个句号吧！哪怕就是拒绝，也要对温暖说上几句狠话吧？不痛不痒地，这算什么呀。

"都好。"看着万元胡期冀的眼神，温暖突然有些无力，淡然道。这一刻温暖突然觉得自己有点没意思，然后，淡淡地收回视线，看着自己面前的酒杯。

耳尖的柔柔却听到了，她咋咋呼呼地叫起来："暖暖姐，你们要订婚了？"随即又扭过脸，看着万元胡问："万元胡，你啥时候求婚的哇？我们怎么都不知道？"

"人家万元胡跟暖暖姐的事，哪需要件件跟你汇报啊？"童小惜笑着打断柔柔，"你这个小八卦。"

"你才八卦呢。"柔柔示不干弱。

"你不八卦？有种你别一个劲儿地问，今天的新娘是谁。"童小惜正色地反击柔柔。

"哎哟，小惜姐姐，你快点告诉我嘛，今天的新娘是谁呀？"柔柔立马摆出一副乖巧的样子来，谄媚地捏着童小惜的手臂，亲昵地摇晃，"我找了半天没看到结婚照的，到现在也没看到新娘人的，岳昊天藏的太深了。"

温暖看着柔柔跟童小惜的对话，心里咯噔了下，但是嘴角还是忍不住地轻扯了一抹笑。只是她觉得自己这笑，笑得有点苦涩。

饭局吃到一半的时候，万元胡突然接了一个电话，神色顿时严肃起来，他对温暖说："温暖，外地有个工程出了点问题，我必须马上去处理下。"

温暖看着万元胡焦急的神色，忙点头："那你快去吧。"

"嗯，我走了。"万元胡跟饭桌上其他人打了个招呼，便匆匆地离去。

温暖从来都不是一个爱酒、嗜酒的人，可是她发现自己最近爱上了喝酒，一杯一杯地那种喝，把自己的脑袋喝得晕乎乎的，似乎只有醉了，她才能够好好睡上一觉。

洗手间里，温暖将自己的脸埋在冰冷的水里，努力让自己清醒理智。心里告诫自己，不要隐约的失落，也不要在感觉苦涩。可是不知道为什么，她就是笑不出来，就是很难过。岳昊天的婚礼，她亲自给他策划的婚礼，多么可笑的事！将自己心心念念喜欢的男人，安置给别的女人，自己还要装作很大度地去祝福，她的心里真的好难过。

温暖看着镜子里的自己，牵强地扯着嘴角笑了笑，却发现，似乎要用尽全部的力气。她觉得，自己有点累，想出去透透气，而她走到酒店外廊的露台时，却又看到了牵动她心的人——今天的新郎，岳昊天。

他一个人倚靠着露台，白皙漂亮的手夹着一支烟，那烟徐徐升起，冒着星光点点，衬托的他的身形，有些落寞。

这是温暖第一次看到岳昊天抽烟，姿势性感的要命，让她不由自主地想要去靠近。但是看着他那面无表情的俊脸，温暖顿时缩回脚步，想要转身离开，她现在依旧没有办法冷静平和地去面对他。

岳昊天却张口唤住了她："温暖。"

温暖的脚步顿了下，抬起脸，望着他："嗨。"很勉强地扯着僵硬的嘴角，打了个招呼。

"你在躲我？"岳昊天直白的开口。

是你在躲我吧,自从那个吻之后,那一晚打过一个不痛不痒的电话之后,他就消失在温暖的生活里了。但是这些话,温暖不会说,也不必说。

"为什么躲我?"岳昊天长腿一跨,大步地朝着温暖走来,带着一股压迫感。

"到底是谁躲谁?"温暖忍不住反问,眼神直直的盯着岳昊天,她本来不想说的。既然岳昊天要说的话,那就干脆摊开说好了。就算她自作多情被拒绝,那也省的温暖每天不自觉的揪心,想那些个乱七八糟的事糟心来得好。

"你要跟万元胡订婚了?"岳昊天不答,又反问。他确实有刻意避开跟温暖的接触,因为,那一吻之后,他还来不及跟温暖说什么,她就匆匆地跑了。给她打电话的时候,岳昊天就在温暖家楼下,温暖没有接。岳昊天看着她屋子里的灯,开了又关,关了又开,整整一晚,他在楼下,温暖在楼上,她没睡,却没有给他回电话。

岳昊天本来就是一个对待爱情木讷的人,温暖的心思,他琢磨不定。他在车里,一支接一支的抽烟。直到天亮,看着温暖光彩亮丽的出门,上了万元胡接她的车。他有点自嘲,于是,他一个人远远地走开了。当岳昊天被戚雪喊去温暖公司的时候,岳昊天其实想给她惊喜,却不料看到戚雪跟温暖那一番对话,岳昊天这才彻底不想联络温暖。

既然她想要选择那个人,岳昊天就成全她。

"你今天都要结婚了,我跟万元胡订婚有什么稀奇的?"温暖扯着嘴角,苦涩地笑了笑。

"温暖,我说过,我的婚礼缺一个新娘。"温暖愣住,感觉自己手背一热,她的手便被岳昊天结结实实的握在了手里,耳边只听着他问:"那一晚,为什么要吻我?"

"你呢?为什么也吻我?"温暖反问,然后怔怔地望着岳昊天,心里期待他能说些什么。

岳昊天黝黯的黑眸,闪过一丝隐晦,紧抿的性感薄唇轻扯了下,却什

第十章 缺新娘的婚礼

么都没有说。

温暖布满希冀的双眼渐渐暗淡，随即轻扯了下嘴角，苦涩笑笑，"我先走了。"温暖是不相信岳昊天婚礼缺新娘的，如果真缺，他得要闹多大的笑话！温暖她主动投怀送抱过一次，这次，她不想再主动告白了。而且，她现在跟万元胡交往，岳昊天跟未婚妻结婚之后，算已婚的身份了，就算温暖告白了，也只是徒增彼此的烦恼。还不如，快刀斩乱麻，早早结束这一场没开始，却揪心难过的暗伤。

温暖刚转身，岳昊天却猛地一把从背后，紧紧地抱住了她，低声地道："我不想你跟他在一起。"

温暖的大脑一片空白，下意识地问："那你想我跟谁在一起？"

"跟我。"岳昊天回答的毫不犹豫。

"你未婚妻怎么办？"温暖问。

"什么？"岳昊天不明白，"我什么时候有未婚妻了？"今天这场婚礼，本来就是为了哄岳妈妈高兴而做假的，岳昊天从来没有未婚妻。

"昊天。"安瑶穿着婚纱找了过来，"岳妈妈喊我们过去。"

温暖转过脸，看着新娘妆的安瑶，轻轻地拉开了岳昊天的手，背着身子，对他道："你妈妈在找你。快去吧。"

岳昊天拧着俊眉，看着温暖在他眼前落荒而逃。甚至还撞上了安瑶，说了一声道歉，便跑得不见了人影，

"她怎么了？"安瑶带着点莫名其妙地问岳昊天。

岳昊天只是深深地看了一眼安瑶，心想，温暖，或许误会了他跟安瑶吧。

"你喜欢她？"安瑶挑了挑秀眉，看着岳昊天问。

"跟你没关系。"岳昊天淡漠地说完，转身走了出去，温暖却已经匆匆离开。

"喂。"安瑶不满地瞥了瞥嘴，自言自语道："就算我是你请回来帮忙演戏的，好歹也是你前任，真是太没风度了。"

"婚礼完成了。"岳昊天给温暖发消息。

温暖的心便细细密密疼痛起来，"恭喜你早生贵子。"

当温暖看到岳昊天发来的信息：我跟安瑶只是朋友，现在在你楼下。我有事要跟你解释。温暖的心顿时雀跃地狂跳起来。甚至急的连鞋都没换，毫不犹豫地穿着拖鞋就匆匆地奔了下去。看到倚靠在车边，身形落寞的岳昊天，冲过去毫不犹豫地拥抱住了他，将自己的脸深深地埋进了他的怀里。这一刻，温暖真的欢喜得想要呐喊。

不管怎么说，岳昊天在新婚之夜来找她解释，于情于理，她都得要听听。

他们两个人，什么话都没有说，只是紧紧地拥抱着彼此，许久之后，岳昊天松开温暖，皱眉看着她脚上的拖鞋，"不冷吗？"

"冷。"温暖点点头。

"我送你回去。"岳昊天将温暖送回家，"今天的婚礼，是做给我妈妈看的。"刚进门，岳昊天便开口解释。

"做给你妈妈看的？"温暖茫然地看着岳昊天，"为什么？"

"我妈妈身体不好。"岳昊天说道这深呼吸了一口气，"可能没多少日子了。"

温暖看岳昊天那忧伤的神色，了然地点头："我大概能懂。"说完温柔地伸手抱住岳昊天，"你别太难过，以后多抽点时间陪陪你妈妈。"

"温暖，我不知道自己喜欢你。"岳昊天木讷地解释，"在你没主动吻我之前，我压根不想你是会喜欢我的。"所以岳昊天才会请前任回来帮助演戏，把婚礼演习一遍，如果早知道他自己那么喜欢温暖的话，这场婚礼的新娘都是现成的了。

"那我吻你了，为什么你还无动于衷？"温暖不由得委屈道："你知不知道我差点选了别人？"如果，那一晚跟万元胡真的发生了点什么的话，只怕温暖跟岳昊天之间也只能带着遗憾，擦肩而过了。

"你说，你想选择万元胡了，我就成全你。"岳昊天神色认真地开口，"温暖，我是个不太会说话的人，我不知道怎么说好话去哄你，所以，我只会悄悄地看着你。"看着你去选择别的男人,心里明明吃醋的要死,却依旧是死要面子活受罪。

"你是男人,你为什么不能主动一点呢?"温暖憋屈道,她这个被爱伤过的女人,主动是真的太需要勇气了,如果不是酒精上头的话,是不敢去做那么大胆的事的。

"我怕你拒绝我。"岳昊天说的实在,"我这个人没啥情趣,是个女人都受不了我。"

"没有啊,我看你前任应该就很喜欢你。"温暖笑着分析,"如果她不喜欢你,是不会心甘情愿陪你演戏给你妈妈看的。"

"你放心吧,我跟她过去了。"岳昊天生怕温暖吃醋,忙解释了句:"我们已经分手三年了。"如果不是岳妈妈折腾,非要他结婚,而他找不到人结婚,他也不会厚着脸皮去找她帮忙的。

"岳昊天,我相信你。"温暖温柔地勾住了他的脖子,踮起脚尖,轻轻地吻住了他的唇。

岳昊天错愕地任由温暖试探地在他唇上,温柔的摩挲了一下,然后,飞快地退开,岳昊天却一把猛地将温暖再次带入自己的怀里,俯身,吻上了她的唇。她的唇,柔柔的,温润的,带着一股魅惑,让岳昊天只有疯狂的想吻的欲望。

温暖蓦然地瞪大了黑眸,任由着岳昊天灵巧的舌,撬开了她的唇齿,纠缠着她的舌尖,霸道的,温柔的,亲吻了起来……

这个吻,缠绵又悠长,让两个人都激情四溢了起来。

很久之后,温暖都觉得自己快被这个灼热的吻给吻得透不过气了,岳昊天才轻轻地松开了她,"从现在起,你就是我女朋友了。"

温暖忙不迭地点头,"岳昊天,我喜欢你。"

"我也喜欢你。"岳昊天犹豫了会,羞涩着俊脸告白,随即关切道:"你今天喝了不少酒,早点休息。"

"嗯,好。"温暖幸福来的有点突然,她措手不及的有些局促。

"晚安。"岳昊天说完，俯身在温暖的唇上，亲啄了下，转身，带上门离去。

这一晚，温暖睡的特别的踏实，直到第二天醒来，她收拾妥当自己，出去上班，看到岳昊天的车停在那里接她上班，她心里顿时好像吞了蜜一般的甜蜜，笑得异常的灿烂。这样的笑，她觉得自己是幸福，而不是强颜欢笑。

回到办公室，温暖先给万元胡发了一条慰问的消息，等他回了条"工程有问题，要过段时间回来"。温暖想跟他说分开，但是瞬间却又觉得自己残忍。寂寞的时候，用他填补空白，而自己一旦拥有了色彩，便毫不犹豫地想分开。

可是如果不和万元胡分开，温暖又怎么能够心安理得跟岳昊天在一起呢？劈腿这样的事，温暖真做不来。她斟酌了下，最终，还是跟万元胡发了这么条信息：等你回来，我们谈谈。

温暖看了看手机，万元胡没有回信息，大概真的是很忙。

第十一章　大结局

　　岳昊天的车，停在温暖的小区门口，她走下来，岳昊天跟着下来，牵着她的手。他最近习惯了每天把温暖送回家，然后两个人互相吻别，他再回去。

　　独处的时候，岳昊天只是话少，但是，他还是按照谈恋爱的模板，跟温暖正常地约会着。

　　温暖和岳昊天在一起，就算不说话，两个人只要在一个空间里，她的心都会感觉莫名的踏实，让她不由得想到一句话，只要心安定了，随处都可以是家。岳昊天能够让温暖的心安定，跟他在一起，笑容都是发自内心的。

　　"温暖。"万元胡那幽怨的喊声，将温暖的心惊了下。

　　因为万元胡去了外地，自从温暖跟他说，等他回来好好谈谈之后，两个人大概有半个多月没有联络。万元胡是忙的焦头烂额，而温暖，则是跟岳昊天谈着温情的恋爱，而把这个人给忘记了。

　　万元胡从暗处漫步走了出来。他的手里捧着一大束鲜红欲滴的红玫瑰，神情沉郁地望着温暖跟岳昊天交握的两只手。

　　温暖不自在地松开了岳昊天，心里顿时乱如麻，措手不及的她，压根不知道该怎么跟万元胡解释。她还没跟他谈完，还没分开，就已经跟岳昊天好上了。这于情于理的，都是温暖对不起万元胡。而且，还正好被他撞到这一幕，更让温暖莫名地心虚，就好像被丈夫逮住了红杏出墙的妻子。

或许，潜意识里，温暖跟万元胡的交往，她是想把万元胡当作结婚对象的。可是没有想到，她跟岳昊天之间感情能够升温的这样快。

岳昊天沉默地看了一眼自己被温暖甩开的手，黝黯深邃的眸子，隐晦地看了看万元胡以及他怀里那一束刺眼的玫瑰，

三个人都沉默地站着，气氛微妙而又尴尬。

"岳昊天，你先回去吧。"温暖真没办法淡定地同时面对这样两个男人。对万元胡，她有愧，今晚，必须把话说清楚。

岳昊天一听这话，立马转身离去，只是，临走那一瞥让温暖感觉到了他眼中的怒气。岳昊天是个情绪波动极少的人，至少，他控制的很好，可是，现在他毫不遮掩地表现出来，可见他真的动怒了。

温暖此时，也顾不得安抚岳昊天的怒意，她必须硬着头皮，面对万元胡无声的控诉，"万总，我……"温暖想解释什么，但是，却又觉得她此时说什么都是空洞的。毕竟这件事，真的是她的错，既然错了，就得要承认："万总，我很抱歉，对不起。"

"温暖，这就是你要跟我说的事吗？"万元胡双眼哀沉地看着温暖。

温暖愧疚地低下了头，"我不知道该跟你说什么，但是，我真的很抱歉。"温暖心里无数次想过，要怎么开口跟万元胡说，才能将伤害降到最低。或许，幸运的话，还能退回朋友的位置，但是眼下这样措手不及的状况，让温暖真的有些语无伦次了："我真的很抱歉。"除了道歉她真的不知道说什么，也不敢去想象万元胡的怒火是不是铺天盖地而来。

"为什么？"万元胡深呼吸了一口气，将心头的怒火隐忍着，"我对你不够好，不够认真吗？"

"万总，你对我很好，真的很好。"温暖一脸正色地点头，"你也很多次的感动了我，但是，我始终找不到合拍的感觉。"温暖说到这儿，顿了顿，

第十一章 大结局

"我想过，跟你将就的过下去，可是，我过得很累。"咬了咬唇，"我知道，你想方设法讨我欢心，可是，万总，我不开心，真的不开心。"

这就是每个女人在遇到真的爱情以后会说的一句话，感动，始终只是感动，没有办法成为感觉。而温暖经历了一次将就的婚姻之后，她渴望的是有感觉，而不想再将就。这样的时刻，遇到了岳昊天，就好像磁铁的南北极一样，不由自主地相互吸引着。就算她曾经抗拒过，但还是情感战胜理智。

万元胡的脸色随着温暖的话，越来越沉，"真的不开心吗？"

温暖诚实地点点头，随即道："万总，你是一个好人，会遇到比我更好的女人的。"

"你那晚就决定要跟我分开，和他在一起了？"万元胡沉默很久才问。

"我……"温暖心虚地停顿了下，随即坚定地点点头，"万总，对不起。"这是那一天温暖就想跟万元胡谈的问题，她要离开他跟岳昊天在一起。只是不知道怎么开口。现在万元胡说出来，她心里倒是松了口气。

"那好，我们就散了。"万元胡说完，转身就走，将那一束红玫瑰，就这样扔在了温暖的脚边。

温暖怔怔地望着万元胡大步流星离去的背影，看着他上车，启动，离开，她犹豫了下，还是发了条信息：万元胡，真的很对不起。

万元胡不会给温暖回信息，温暖知道，她伤害了他。可是，每个女人，面对感情都是自私的。她只不过是想顺着自己的心，给自己一次选择而已！

回到家，温暖又给岳昊天打电话去，他的手机始终处于无人接听的状态。她的心里，有些沮丧。最终还是发了条信息去，"岳昊天，对不起。"

岳昊天也没有给温暖回信息，这一刻，温暖突然觉得自己有点里外不是人的感觉，她的犹豫，同时伤到了万元胡和岳昊天。可是，当初她哪里知道会这样？

第二天，温暖到公司第一件事，就是给岳昊天打电话，可是响了一下，便被挂断。再打，依旧这样。如此，温暖便不再打。她知道，岳昊天在生气她没跟万元胡分手就跟他在一起了，可是，温暖真的不是故意这样劈腿的。

她只不过是因为自己内心的单纯善良，才把这事给拖出来这么一个恶性的结果。

岳昊天确实在生温暖的气，当他看到手捧着红玫瑰的万元胡时，顿时傻眼了。当温暖不自觉地松开他的手，心虚地望着万元胡时，他的心，顿时又凉了半截。只怕，温暖跟他在一起的同时，根本就没跟万元胡分开。不然万元胡不会这样大晚上的，手捧着花出现在温暖家楼下。

岳昊天从来都没有遭遇过这样尴尬的事，想到当初温暖跟万元胡的即将订婚，他心里便忍不住酸涩地冒火。他需要冷静一下，暂时，不想跟温暖联络，也不想听到有关任何的解释。因为，这件事，压根就不需要解释。

男人有时候气量小起来，真的也是一件不可理喻的事。尤其遇到这种类似绿帽压顶的事，更是小肚鸡肠的让人无法想象。

男人有时候就是这样，爱你的时候你就是宝，当他不爱你的时候，你比草都不如。岳昊天就是想晾着温暖几天，给她空间处理万元胡的事。

等岳昊天气消了，自然会重新去拥抱着温暖，他不舍得她难过的。

乐乐的幼儿园开亲子运动会，本来答应参加的谢天在头一天突然打电话给温暖说要出差。

温暖没当回事，第二天送乐乐去学校的时候，才说："宝贝，你爸爸今天有事不能来了。"

乐乐非常失望，"那我的运动会怎么办？"

温暖安慰儿子："好了，宝贝，今年运动会，咱们家不参加，明年我们得一个大奖回来好不好？"

第十一章 大结局

"不好，不好。"乐乐又哭又闹："别人都有爸爸妈妈，就我没有！我不要！"

"你这不是爸爸有事嘛！"温暖安抚乐乐，"下次，爸爸妈妈一定会陪你参加的。"

"我不要，我就要这次。"乐乐执拗地坚持，小脸上两行清泪就这样挂了下来。

温暖神色为难，掏出手机，想给谢天打电话，但是她知道远水救不了近火。谢天出差了，找他没用，还不如找别人。手指自然地划到岳昊天那一栏，想拨出去，又生生地缩了回来。这几天，她无数次地重复做着这样的事，想打，又不知道，打了该说什么？

归根究底，温暖跟他之间还横着那个结，打不开。温暖想解释，但是，岳昊天不给机会。几次下来，温暖的自信，就被打击的荡然无存了。

一个女人，在乎一个男人，就会变得小心翼翼，当这个女人是个骄傲的女人的时候，就更加会变得畏首畏尾，因为在乎，就害怕失去。

因为害怕失去，就会变得不知所措。

乐乐偷偷给岳昊天打电话请他来参加运动会，"叔叔，你帮帮我好不好？"

岳昊天本来要参加一个活动，但因害怕乐乐失望，忙答应了下来："好，叔叔一会去。"

安瑶看着岳昊天挂了电话，不满地瞪大了漂亮的眼睛："岳昊天，你疯掉了！"

"对不起。"岳昊天丢下气急败坏的安瑶，匆匆赶去幼儿园。

温暖见儿子一直往大门外张望，以为儿子还在等谢天，安慰儿子说："宝贝，爸爸有非常重要的事情，今天真不能来了，我们先进去好不好？"

这时岳昊天出现，乐乐开心地扑了上去，"叔叔，你真好！"

温暖转过身子，看着岳昊天，才短短一个星期没有见他，却发现思念深的好像一个世纪那么长了。咬着唇，温暖深吸了一口气，忍不住开口：

- 199 -

"岳昊天，我跟万元胡，没什么了……"

"过去了。"岳昊天淡然的说完，走过来一把紧紧地抱着温暖，"我想你了！"

温暖的鼻子一酸，眼睛红了一圈，顿时，委屈的好像是个小姑娘似的，勾着岳昊天的腰肢，紧紧地抱着他。

"妈妈，运动会要开始了。"乐乐奶声奶气地打断这两个忘我相拥的人。

温暖跟岳昊天赶快分开，然后，相视着深情对望了一眼，一人一手，牵着乐乐，"走，去参加运动会。"

岳昊天、温暖和乐乐像一家人一样参加了运动会，虽然岳昊天穿着正装，但因为平时经常锻炼，加上和乐乐温暖配合默契，夺得了冠军家庭。然后三人一起去吃了大餐，乐乐从来没有这么开心过，回去的路上在岳昊天身上睡着了。

岳昊天小心翼翼地将乐乐放上后座，接着开车送温暖母子二人回家。一路上，岳昊天一手开车，一手紧紧地握着温暖的手，这种实实在在的家的感觉让岳昊天很安心。

"以后咱们不吵架，不冷战了好不好？"岳昊天动情地开口。

"嗯。岳昊天，我爱你。"温暖认真地告白，而她的心，也是暖暖的。这一场，没有争执的战火，总算是烟消云散了。她跟岳昊天，再一次，回到了恋爱的状态。

温暖的心态，也改变了不少，从容淡定了，她安静地跟戚雪在露天咖啡厅喝茶，闲聊："雪，你喜欢女宝宝还是男宝宝？"今天温暖陪着戚雪去医院例行做检查。

"都好。"戚雪笑眯眯地看着温暖："你呢，跟岳昊天发展到什么地步了？"

"就那样呗。"温暖有些羞涩地低头。

"难得你脸红了，肯定非一般的地步了。"戚雪笑着打趣，随即挨过身子，低声对温暖道："亲爱的，我发现，你的行情越来越好了。"随即，又半真半假道:"风情少妇的行情,确实比我这样的少女要好得多。"

温暖无语地翻了翻白眼:"戚雪,你还少女,拜托,你肚子里有抗议的了。"

"我就随便说说,你就随便听听,何必当真?"戚雪笑着打趣,随即又道:"可是,我再三观察,确定那个男人是在看你,而不是在看我!"

温暖被戚雪掰过脑袋,幸福地看着岳昊天大步流星地走过来,甜腻地喊道:"昊天。"

"聊什么呢?这么开心?"岳昊天拉了把椅子,在温暖身边坐下。

"好像看到熟人了。"温暖伸手朝着门边指了下,那一对相依相偎的人影从门口晃过,温暖看着眼熟,定睛看了看,竟然是许久不见的万元胡。他甜蜜地拉着一位长相甜美的姑娘走了进来,大概是看到了温暖,他犹豫了下,还是走了过来,"嗨。"

"万元胡,你好,好久不见。"温暖礼貌地打招呼,脸上带着浅淡的笑,曾经,每天殷勤接送的万元胡,一段时间不见,竟然有一种陌生感。当温暖不动声色地看了看那姑娘,娇小可人,笑起来,脸上还有两个小酒窝,从她身上,温暖没有找到任何自己的影子,所以,自然也不会有苗苗的影子。

这一刻,温暖的心里深深地明白,万元胡已经走了出来,并且拥有了全新的开始。一段与过去的赎罪,一段与苗苗,与温暖完全没有任何联系的全新的开始。而她对万元胡的愧疚感,也顿时化作了祝福。

"这是顾筱兮,我女朋友。"万元胡轻快地介绍:"筱兮,这是温暖。"

"你好。"

"你好。"温暖跟她握了握手。

"最近还在做梦恒公司?"万元胡寒暄地问了句。

温暖点点头:"是啊,还在做。"女人不论何时何地,都得要保持自己的独立性,因为只有这样,才是最有魅力的。

哪怕,岳昊天的风华足够养活温暖,这一次温暖还是选择了自强。因为工作的时候,至少能保证温暖是跟这个社会有接触而不是脱节的,而且同样跟风华一样是婚庆公司,她跟岳昊天私底下有不少共同语言可以讨论,增加情感。

"我有个大型公益活动,让你们梦恒公司做,有没有好的策划?价格方面有没有友情价?"万元胡打趣着问,他是个在商言商的人。

"万元胡,那还不是一句话的事。"温暖笑着回答,接着认真地跟他约了时间,洽谈这个公益活动。

在温暖帮万元胡办的这个"喊出你的爱"大型公关活动的现场,一向在公众面前冷峻严肃的岳昊天和在岳昊天帮助下逐步恢复的乐乐,出乎温暖意料地来到现场。

"温暖,我爱你,嫁给我,好不好?"岳昊天单膝下跪,手里捧着戒指。

温暖激动的眼泪刷地一下流了出来,"岳昊天,我……"能跟岳昊天在一起谈恋爱,她已经幸福跟满足了,眼下,他这样惊喜的求婚,让温暖措手不及。

"答应我就好!"岳昊天打断温暖,含情脉脉地看着她。

"嫁给他,嫁给他……"其他人一起欢喜,热闹的起哄。

"妈妈,你答应吧!"乐乐拉了拉温暖的衣角,"我喜欢岳昊天爸爸!"

温暖咬着唇克制自己的眼泪,深呼吸了一口气,点点头:"我嫁你!"

其实想要在开始一段新的感情,除了勇气,就是坚持。只要我们坚持勇敢地爱,所有的一切都会是幸福的模样。

番外：童小惜篇

搬家的时候，童小惜开始整理她的衣物，又拉开抽屉看了眼那件从来没穿过的短袖。

衣服虽然是四年前买的，但是一点也不显小，脑子有些短路，就是这件破衣服，骗走了她的初吻！

都说初吻无价，可是童小惜觉得，她的初吻是标了价的，这件衣服的价格标签就明明白白地标着价钱呢！

那时候，童小惜身高一米六〇，体重六十公斤，自认为算是比较丰满的类型，因为比例匀称，所以看不出圆球形。但是在别人眼里就是个地道的小胖妹，那时候偏偏不巧她的死党叫沈静，那个身材简直就是让她自卑的不敢抬头见人。

二尺七的臀围，一尺九的腰，她们俩在一起，男生的眼光总是围着不停，看童小惜是鄙夷的，看沈静是流着口水犯傻的！

童小惜的自信心就在群众的眼光中慢慢地磨灭，她开始害怕照镜子，开始害怕买新衣服，你说她原本二尺四的腰，要是量出个二尺五来，她会郁闷得哭死啊！

于是，童小惜开始减肥，什么节食，减肥药，转呼啦圈，跑步，反正能做的都做了，可是体重还是有长不减！买裤子的尺码还是一个劲的往上长，看着沈静纤细的蛮腰，她总是妒忌得要狠狠的掐几把才泄愤！

童小惜望着沈静每到情人节、生日收到的礼物总能堆成一堆，她总是懊恼不已！她常会望着镜子里端正的五官，她也不觉得自己到底有多么难看，不就是腰里的肉多了点，不就是腿粗了点吗？至于遭受那么多鄙视的眼光吗？那感觉就像是闹饥荒时代，她被拉出来挨批斗似的！她也不想吃什么长什么啊！女孩子哪个不爱美？

每次买衣服，看到的都是苗条形的，专卖店小姐抱歉地说着："小姐，这些都是均码的，恐怕，您不太适合，要不然您来这边专门加大码区看看？"你说吧，胖人好像糟蹋粮食，犯罪似的！

想到没漂亮衣服穿这个问题，童小惜就特别的难过。都说再怎么瘦的女生都觉得自己的体重还得再瘦个2公斤下来，就像沈静总是嚷嚷着要再瘦了2公斤，她就能更加万人迷了！童小惜觉得自己有必要减20斤下来，才能穿那些均码的漂亮时装。可是20斤，20斤什么概念啊！一个猪大腿也没这么多肉！

不过在那么恶劣的条件下，萧威还是不顾众人鄙视的眼光，没去追求漂亮骨感的沈静，选择了童小惜，这让童小惜特别的感动。

童小惜虽然心里很自卑，但是也像别的小女生一样，甜蜜地经营着她的初恋。萧威那时候就一米七五的个子，长的白白净净，童小惜觉得她喜欢的任何偶像都比不上萧威的干净，帅气。按沈静那时候的话说，就是一朵新草长在一堆牛粪上，可惜了萧威那么一个帅哥。

你说，哪有这种死党的？简直就不是人！摧残了她幼小的心理承受力啊！

那天，童小惜过生日，在一家小饭馆里吃着，喝着，闹着，也就那么5个人，萧威，沈静，还有两个算比较好的哥们。

一个沈萧，一个劳笛。

当然，童小惜很有自知之明，清楚他们非要一起蹭过来，全完不是给她这个寿星面子，而是为了粘住沈静，全世界都知道他们两个在追求沈静，可是沈静却谁都没有接受，而是和他们耗着。

萧威掏出一个袋子，笑的特别地让童小惜感动："乐乐，生日快乐！这里是件情侣短袖，你先去换，和我穿一样的，我们这个才叫情侣么！"

"浪漫啊！"众人开始起哄，童小惜挪开椅子，也不推辞，到餐馆的厕所换衣服，等她换好衣服出来，众人都虚伪地夸赞着，童小惜也不去计较他们话里的真实性，开心地喝了不少啤酒，童小惜觉得头很晕，她特别想喝牛奶："我好想喝牛奶！"

萧威凑过头小声地说："可是，这里没有啊！要不然，我们去超市买？"

童小惜很乖巧地点点头，在萧威的搀扶下，她觉得自己的脚步很轻，有些飘忽的感觉，摇摇晃晃的站立不稳。

不过还是走到了超市，童小惜半眯着眼睛，想找纯牛奶的那排架子，可是脑子很昏，她根本看不清楚。萧威很耐心地扶着童小惜，把她搀到一边，让售货员小姐直接拿了一箱纯牛奶出来，拆开了散装在袋子里，付完钱，萧威就拎着袋子，半搂着童小惜准备回餐馆。

刚穿过马路，童小惜才喝了两口牛奶，就蹲下身，开始吐了起来……

萧威放下袋子，把童小惜搀到路边，又帮她开了一袋牛奶漱口，然后抱着她，童小惜望着萧威那双清澈的眸子，虽然脑子很昏沉，但是她突然好像就明白即将要发生的事了。

"乐乐，现在还难过吗？有没有好一点？"

童小惜望着萧威，摇了摇头，她很累，只想靠着支柱好好的休息，于是更加用力地抱着能依靠的萧威，有些疲惫地闭上了眼睛，要是能这样睡着，该多好！"乐乐，我想亲亲你！"萧威刚说完，童小惜就感受他呼出的热气散到她的鼻尖，有些迷迷糊糊的感觉，接着萧威的嘴便覆到了童小惜了唇上，童小惜感觉她本来就没力，现在脚软了，只能全身的力量全靠到了萧威身上。

童小惜并没有拒绝萧威,当萧威撬开她的唇,开始加深这个吻的时候,童小惜还是本能地回应着,虽然动作有些笨拙,但是两个人的舌头还是亲密不可分地纠缠到了一起,相互用力地吮吸着……很久很久,那种甜蜜的感觉有些让人眩晕……

直到彼此都快透不过气了,才依依不舍地放开彼此,深深地呼吸着新鲜空气,不一会,萧威又开始在童小惜脸上亲啄,从额上到脸颊,再移动到唇,接着两个人又开始了新一轮的唇舌大战……

忘记了那晚上接了多少次吻,童小惜的初吻就在这样喧闹的大街头给激情奉献了。直到几年后的今天回想起来,童小惜还是能感觉到那时候,萧威身上的气味,还有当时华灯初上的朦胧感,真的很美的感觉。

像做梦一样,让人有种飘忽的感觉!

这样美好的恋爱,并没有持续太久。如果当时她没有那么在乎的话,根本就不会敏感地连他身上有一点别的气味就开始留意。

女人太过聪明了,就容易受伤,有时候感情里,要适当装傻,寻根究底的结果,会让人痛不欲生的!童小惜不断留意,就发现破绽越来越多,当她看到萧威和沈静开房的那刻,她就知道,这辈子她都完了!因为双重的背叛,她不会再相信感情了!也不会相信这世界上有什么真爱了!

童小惜并没有哭和闹,她静静地走开了。仿佛什么都不知道一样,但是她清楚地知道自己的心是冷的,感情是麻木的,以后也不会那么容易去相信了。

那天,童小惜觉得就是世界末日,地球就像要和火星撞了,她甚至想了n多种方法要去报复他们,童小惜知道,那是个严打早恋的时期,只要她随便拨个电话给沈静或者萧威的爸妈,让他们恰当地抓奸在床,那他们就彻底玩完了!而她拿着手机,看着两家的号码,她却始终没有勇气拨号,最后童小惜直接关机,然后一个人去了学校后的池塘。

对着平静的湖面,童小惜掏出耳机,一遍一遍地听着为什么你要背着我爱别人,然后一遍一遍地唱着《七月七日晴》。说了再见是否就能不再想念，说了抱歉是否就能理解一切，眼泪代替你亲吻我的脸，我的世界忽然漫天白雪，拇指之间还残留你的昨天，一片一片怎么听见完全，七月七日晴，忽然下起了大雪，不敢睁开眼希望是我的幻觉，我站在地球边眼睁睁看着雪，覆盖你来的那条街，七月七日晴，黑夜忽然变白天，我失去知觉看着相爱的极限，我望着地平线天空无际无边，听不见你道别，拇指之间还残留你的昨天，一片一片怎么听见完全……唱着唱着，眼泪就这样的流了下来，谁知道一个丑小鸭的自卑感！是的，她不漂亮，可是就非得接受这样的不公平待遇吗？为什么男朋友的背叛不说，竟然和她最好的朋友？一下子，她丢了两份感情，却连诉说的人都没有！

童小惜捡起石头，丢向河里，忽然她觉得丢弃的不是石头，而是她最心爱的东西，她最纯真的感情！童小惜的心很干，干的胀裂发痛。

童小惜并没有选择跟萧威分手，但是卯足劲儿的开始减肥，开始懂得化妆打扮自己，直到遇到另外一个比萧威更好的男生，童小惜毫不犹豫地劈腿，并且给萧威一个盈盈闪光的绿帽。

童小惜心里的怨气是出了，但是她的心里也开始空洞了，不再有爱了。

如果年少的爱情没有错，那么童小惜只是错爱了两个人，只是在青春里留下了很深的伤痕！一段遗憾，影响着她以后不再年轻的感觉！一个心魔控制着她渴望爱却不敢爱的期待！

有时候，童小惜总会认为，她能做爱情专家了。以为她总是趋于爱情之上，她把爱情看的透彻了，冷漠了，也心灰意冷了，她知道，她不相信爱情，所以，她不配拥有爱情。童小惜跟萧威最后的不甘心跟爱到反目成仇，就是因为爱之深，恨之切。

之后几年童小惜跟萧威之间，就好像被下了魔咒似的，反反复复纠缠，有那么一段时间，温暖甚至以为，他们会不死不罢休地一直纠缠不清。

可是在童小惜那一次拿掉孩子以后，她才真正地放下了萧威。放下了这个差点把她人生给毁灭的"渣男"。故事原本就是按照最初的设定发展，没有好的期望，就不会有好的结局，快乐与温馨成了微不足道的事，而悲伤与无奈也不会有过多的戏份儿，激情过了，平淡也过了，仿佛不分开都对不起彼此，没人愿意接受分开的结果，可不知道这出戏的导演原本就是他们自己。他们交汇的目的只在于各奔东西。

童小惜的恋爱观是只讲究，不将就，她宁愿高贵地单着，也不愿意卑微的去倒贴这爱。不是她不想去爱，其实寻寻觅觅，童小惜一直在找寻真爱，可是真爱到底是在哪里呢？

真爱没有固定的模板，也没有固定的答案，它就藏在人心的角落里。

童小惜遇到林浩，不得不说是一件非常幸运的事，因为这个男人他就有一个爱好，宠老婆。

林浩对童小惜的宠，是真的疼到骨子里去的那种，童小惜的任性，小脾气，他都包容着，只要童小惜在男女关系上不乱来，林浩只要能做到的，只怕童小惜想要摘星星，他是绝对不会去摘月亮的。

童小惜有时候会觉得自己真的很幸福，她也想着要跟林浩就这样幸福地过下去，虽然她的梦里，时常会见到萧威，可是他却总是那么遥远，梦里的童小惜只是一个看客，远远地看着萧威跟他的老婆幸福着，而她总是会有着强烈的不甘心。

林浩用着很多的办法，引导着童小惜走出这一段感情的阴影，可是童小惜总是嘻嘻哈哈不当回事，因为她舍不得告别过去，是因为舍不得放下自己那么多年的情感。

童小惜不是怕失去萧威，也不是想跟萧威再重新来过，只是她真的不舍得自己这么多年的青春，说告别就告别了。

林浩的心里是难过的，他虽然相信童小惜不会再跟萧威有任何的联系，但是潜意识里总有这么一个疙瘩横在心里，他是人，不是神，迟早有一天，他觉得自己会爆发，而失去理智的男人，会做什么事？林浩自己都不敢去想象，所以，他就小心翼翼地避免让这样的事的发生。

可是，林浩看到童小惜在几年后再遇萧威，依旧能被拨动心弦并且哭得撕心裂肺的时候，他突然觉得自己累了，该放手了。

那是林浩第一次主动跟童小惜说分手，看着她当时的表情，林浩的喉咙口一阵生涩，他其实也是舍不得的，多么希望童小惜能够服软，说一句挽留他的话来。

可是童小惜什么都没有说，直接送了他一个"滚"。

林浩带着受伤的心离开了童小惜，那一刻，他觉得自己确实应该放弃了。

可是计划永远比不上变化快，林浩看到童小惜竟然放低身段来公司门口等着他的时候，心瞬间便软了下来。

"林浩，你还在跟我生气吗？"童小惜讨好地问。

"是啊，我不想看见你。"林浩不耐烦道，心里却暗自窃喜。

"林浩，你别生气好不好？"童小惜小媳妇似的拉了拉他的衣角："上次的事，我知道错了，跟你道歉好不好？"

"不好。"

"林浩，我错了，我道歉，我们和好好不好？"童小惜不顾林浩不耐的甩开她，像个小女孩一样撒娇着，"你大人有大量，你就别跟我一般见识了好不好？"

"你还会为了萧威哭吗？"林浩抬脸，正色地看着童小惜问。

"不会了。"童小惜信誓旦旦地保证，"林浩，你相信我的对吧？"

"我从来都是相信你的。"林浩看着童小惜，不动声色地叹了口气，"只是，你从来都不相信你自己。"不相信自己已经不知不觉中把萧威这个男人放下了，看到他，就会条件反射地想到伤害，整个人就会莫名其妙地情绪失控。

"林浩，我相信自己的。"童小惜看着他，"我也会努力把过去的回忆清除干净的。"心里认真地补充了句，我一定会努力去跟着你幸福生活的。

"你的回忆？"林浩嘴角带着冷笑，随即伸手指着公司门口的大马路，一本正经地问："小惜，你觉得这里人多吗？"

小惜不明白林浩的跳跃式说话方式，但是单纯的点点头："多啊。"

林浩猛地一把将小惜抱入怀里,然后,俯身,毫不犹豫地吻上了童小惜。

小惜傻眼,张嘴想说话,却被林浩灵巧的舌成功地堵住,吞咽下了她所有的茫然跟疑惑,霸道的啃吻……

直到小惜感觉自己都快要被吻地断气了,林浩才轻轻地松开她,"小惜,你的初吻在大街上,现在我补给你。"

童小惜愣住,"这都行?"她跟萧威的初吻确实是在大街上,林浩连这个都较真,童小惜真不知道该说什么了。

林浩亲昵地在童小惜的额头亲了亲后,笑吟吟道:"小惜,下次亲你的时候,你闭眼睛行不行?萧威跟你第一次接吻的时候,你是不是闭眼的?"

"林浩,你这话什么意思嘛?"童小惜不满了,"你还跟我较真了是不是?"她跟萧威的过去,如果能够时光倒流,重新来过的话,童小惜一定选择不去邂逅这么个人,可是时光不会倒流,童小惜的过去,萧威实实在在存在了,就算林浩要较真,也改变不了什么。

"小惜,我喜欢你。"林浩眼疾手快地抓着童小惜的手,将她的手,放在自己的心口,"你原来的那些回忆,都不要再去想了,我每一天都给你制造新的惊喜跟新的回忆好不好?"

童小惜顿时愣住,心情有些说不清楚的激动,"你说的是真的吗?"

"你觉得,我像是开玩笑的吗?"林浩一脸真诚地看着小惜,"我认真的。咱们一起把萧威给消灭,忘掉好不好?"

"我已经忘掉了。"童小惜茫然道,"在选择你的时候,我就已经把他给剔除了。"

"傻瓜,那咱们以后拉钩,说好不许再为这个破人吵架怄气,好不好?"林浩亲昵地伸手点了点童小惜的鼻尖:"小惜,你爱我吗?"

"林浩,你知道的,我爱你的。"童小惜扭捏地开口。

"你爱我，你也不亲亲我？"林浩忍不住扑哧一声笑了："来，在我脸上亲一个好不好。"

小惜歪着脑袋想了想，随即，咬着唇，点点头，踮起脚尖在林浩的俊脸上亲了下。

"小惜，我们结婚好不好？"林浩含情脉脉地看着童小惜，"你放心，我一定会一辈子都对你好的。"

童小惜犹豫了下，还是点点头，"好。"

"亲爱的老婆，那我可以继续吻你了！"林浩说着，再一次俯下身子，亲吻上了童小惜的唇，这一吻，温柔而又缠绵。

童小惜听到四周的口哨声，想着林浩刚说的闭眼，不由得轻轻地闭上了眼睛，用心跟着林浩的感觉，慢慢的、小心翼翼地回应着他的吻。

童小惜想，她是时候跟林浩安定下来了。因为这一刻，她的心里满满地装着甜蜜的感动与幸福。

而那一日之后，清早醒来的时候，童小惜不再想萧威。也不会在心里惦记着萧威的名字，更不会在某个夜晚想念他。童小惜可以清晰地睁开双眼，因为心曾深深地伤过，因为伤口已经愈合，即使心里会有一条难看的疤痕；因为心里不再疼痛，他们曾经照耀彼此的眼目，也曾粉身碎骨般的决裂，大喜大悲，大彻大悟之后，便如净土，犹如他们从未相逢过。彼此的记忆里，也都渐渐的开始遗忘，遗忘这样的结局，这样的人。

顾七兮写在后记

  这是一个挂着职场的名义,挂着单亲妈妈名义,但是却又是纯色爱情的言情故事,七兮写得并不好,尤其关于职场那些事,真的弱爆了。但是七兮还是写了,因为写下这个故事,只有一个意思,女人长得漂亮是优势,但是活的漂亮才是本事,女人不论何时何地,都得要保持自己独特的魅力,就算再苦再难,都得要抱着希望,勇敢的做了决定,就要不顾一切地走下去。

  女人,如果我们很幸福,那么就继续幸福下去。

  女人,如果我们不是那么幸福,那么就努力地去创造幸福。

  女人,如果我们感觉到自己真的不幸福了,那么果断地离开吧。

  爱情,每个人都在追与被追中,任由光阴流逝,最后,总会有遗憾在心头,默默的怅然!

  这个世界,不是谁离开了谁,就活不下去的,伤人的人,没心没肝。被伤的人一样也会没心没肝地忘记,因为生活就是在念念不忘中,最终却遗忘!

  女人不管是在恋爱,还是恋爱失败,或者结婚了,再或者婚姻失败了,总之在一个人精彩的时候,千万不要心灰意冷,也不要害怕遇不到对的人,或者遇到了却因为各种各样的原因而不敢轻易地付出感情，不敢去爱。

其实爱，只要勇敢，不一定非得要去追求什么结果，做到问心无愧，做到对得起自己就够了。

对待男女之间的情感，有位作家曾经说过这么一段话，或许给人启示很深。

男人初始时，大多是喜欢淡雅清丽的白玫瑰，皎洁的清香，像是冰凉的高山之雪，值得付出一生的代价，求得在这冰凉水流中的沉沦。

然而，在度过如醉如痴的欣喜若狂之后，男人渐渐变的不满足。他开始想要一个快乐的艳丽梦幻，妖娆的浓艳，摇曳在月的黄昏。红色的玫瑰，芳香弥散，辛辣魅惑。

其实，女人的美，从来蕴涵着千个面目，不是每个人都可以看到它。在一个足够聪明的男子面前，它会展露给你世上最微妙的色彩。彼刻，纯白艳红，呈现另番甜美的面貌。那样曼妙的花朵，需要刻骨的爱怜，聪慧的温情，才可以灌溉。

每一个女子的灵魂中都同时存在红玫瑰与白玫瑰，但只有懂得爱的男子，才会令他爱的女子越来越美，即便是星光一样寒冷的白色花朵，也同时可以娇媚地盛放风情。

可惜世间，懂得爱的男子实在是太少！在男人心里真正完美的女人，总是随着时间、阅历的变化，不断地变化着！你永远达不到他心里所想的要求。所以，不管是红玫瑰，还是白玫瑰，都永远有不能让人满足的遗憾和欠缺，所以男人总是永远地渴望别的玫瑰媚惑的来临。

而女人，不断地改变着，却一直达不到爱人的要求，为什么要结婚？只是女孩觉得，有必要把不牢靠的爱情化为亲情去维系，那时候，男人依然还是会欣赏美丽的花，但是，心底对妻子多了一份挂念，因为妻已经溶进了他的生命，与他密不可分了！是人，都不会选择自残，一份道德的约束，一份责任的使命！

七兮真的很羡慕那种能找到自己灵魂契约的人，谈撕心裂肺的恋爱，更羡慕那种能够幸福地走入婚姻殿堂的情侣，或许，七兮到现在还是没有遇到这样的人吧，总是在将就跟讲究之间徘徊不已。

七兮一直觉得，等着等着，便把自己蹉跎着等剩下了。是时候该要去寻找幸福了。

可是，幸福到底在哪里？

现在的我，需要爱，渴望爱。但是又不敢去爱，更不想被单纯的爱着。

这是一种极其矛盾的心理，但却又好像是一个无底深渊。迷途的人跌落其中，伸手触及的都是垂直的崖壁，怎么爬都爬不出去。

幸福的出口在哪里？未知的迷茫下，带着深深的绝望跟无助。

按照当下"度娘"的解析，（一）25周岁至28周岁之间，为初级剩女，这些人还有勇气继续为寻找伴侣而奋斗，故称"剩斗士"（圣斗士）；

（二）28周岁至32周岁之间，为中级剩女，此时属于他们的机会已经不多，又因为事业而无暇寻觅，别号"必剩客"（必胜客）；

（三）32周岁至35周岁之间，为高级剩女，在残酷的职场斗争中存活下来，依然单身，被尊称为"剩者为王"（胜者为王）；

（四）到了35周岁往上，那就是特级剩女，当尊之为"齐天大剩"（齐天大圣）。

27岁的我，不尴不尬的年纪。但也属于初级剩女的行列，父母的焦急，三姑六婆的催促，所有亲戚好友的叨念，好像我不婚、不恋爱就对不起大众似的。说实话，我不是不想去爱，也不是不想去找一个最爱的、深爱的人来告别单身。如果缘分来了，遇到那一个对的人，这个世界上，是没有人会主动拒绝去接受那个适合自己的人，因为没有人不会希望自己过得不幸福。

可是，对我而言，或许对很多只讲究不愿将就，不尴不尬的姑娘而言，幸福真的是一个迷离的问号，它就藏在角落里，跟我们玩着一种叫做捉迷藏的游戏，躲躲闪闪，不让我们轻易地去遇见。很多时候，我也会问自己，是不是真的要求太高了？选择太挑了？以至于把自己给选剩了？曾几何时为了早日告别单身，寻找我的"白马"王子而不停的奋斗，穿梭到各种各样的相亲盛宴中，见识了众多参差不齐"人物"之后，我才接受自己27岁已经算剩女的事实，也终于明白，缘分天定！有些人一眼就能万年，但是有些人就算擦破了衣服，还是不会有火花摩擦出来。

　　当今社会上，剩女现象为什么会这样严重？电视、报纸、媒体炒得火热的相亲节目为什么能那么红火？

　　因为普遍存在那么一波优秀人群，渴望爱，却始终得不到爱，还在等待爱的事实。

　　"度娘"曾经解析过，关于"剩男"与"剩女"的鲜明话题。最简单的一个比方是这样说的，男人和女人都是好面子的动物。在择偶时，男人喜欢找一个比自己弱的女人，女人也不喜欢比她弱的男人，这样假如我们可以将人分成ABCD四个层面的人，A男选择B女，B男选择C女，C男选择D女，那么剩下了D男和A女，便成了当今的"剩男、剩女"。

　　这些"剩男、剩女"多半是这个社会上相当极端的两种人。而这两种极端得人形成的原因也都是各种各样的。

　　就拿我来说吧，在最美的花开遇到一场桃花的浩劫，我曾经以为幸福离自己真的很近，很近，触手便可及。可是从伤痕累累的今天看来，那就好像是一场看似美丽却又漏洞重重的舞台剧。曾经作为演员的我，也曾激情忘我的表演，可最终却只是一场短暂绚烂的表演。剧终，落幕，一个人悲伤地看着两个人的错爱。最初的导演，已经设定好了这剧的结局，无论怎么挣扎，都徒劳无功，感情走到末路，相互折磨，相互伤害，相互疼痛，除了转身放手，再没有别的出路。

　　远望的时候，望的见的都已经看见。望不见的就这样慢慢遗忘，成为陌路。彼此的生活没有了更多的交集，原来，就算曾经有太多过去，离开之后，彼此都会开始属于自己的重生生活。

　　这个世界不是谁离开了谁便活不下去的，幸福是自己可以给予自己，再痛的伤口时间都能给予治疗，某年某月的某天，再听到过去的消息，再听到他的故事，我波澜不惊，虽然心里那五味的瓶子，复杂得难以想象。理智着，焦虑着，好奇着，担心着，心疼着，伤心着，无奈着，悲痛着，希望着，却最终理智地告诉自己，这些都跟自己无关了。

我想要做的事，就是去寻找属于自己的幸福，当然这幸福跟他也无关。

如何告别剩女，如何去重新寻找幸福，是我一直在努力去做的事。当然，现在我不说我不快乐，也不说我不幸福，只是我的幸福有那么一点点的缺憾，少了那个携手相伴分享的人而已。

我一直相信，善良、执着、乐观的我，一定能够等到属于我的幸福，就算现在幸福躲在我看不到的远方，我还需要用太多的时间去等待。但是我真的愿意去等，就算是看不到尽头的那种苦等，我也一样的心甘情愿。

我只是希望人群中，有那么一个人，让我能够一眼看了便敢肯定他就是我要的人，我敢跟着他风雨无阻地走下去。

身边的女子，一个个都去寻觅幸福了。邂逅一个人，遭遇一段爱，一个一个幸福的转身，笑颜如花。时常拿依旧形影单吊的我解嘲，我微笑，我不主动，只是在等，等我那个对的人出现。亦或，等待幸福。那种也是可以预见的未来。

有时候，心里带着一种希冀，等待何尝不是一件幸福的事呢？

一旦邂逅，再永不分离，你敢天长，我便地久！

我想很多不愿意主动的姑娘，一定跟我一样，在等待那个对的人出现而已。一不小心把自己等剩的姑娘，其实很勇敢，因为我们在坚持我们所想要的那一份坚定跟执着。

等待被懂得，被理解，其实又是一种幸福。